ULLSTEIN

Das Buch

Zur Unterstützung der Aufständischen gegen die spanische Monarchie wird die von Kapitän Hornblower befehligte Fregatte *Lydia* an die südamerikanische Westküste entsandt. Erst nach monatelanger Fahrt gelangt die *Lydia* ans Ziel ihrer Reise, deren Strapazen und Entbehrungen die Mannschaft ohne Murren ertragen hat. Doch inzwischen haben sich die politischen Fronten geändert. Dies ist eine Ironie des Schicksals, über die länger nachzusinnen Hornblower sich verbietet. Er hat ein weit schwierigeres Problem zu bewältigen: Wird es ihm gelingen, seine Empfindungen für den in Panama an Bord gekommenen weiblichen Passagier vor seiner Mannschaft zu verbergen? Bald zeigt sich, daß es Hornblower leichter fällt, die Ordnung auf seinem vom Seegefecht mitgenommenen Schiff wiederherzustellen, als der Verwirrung Herr zu werden, die Lady Wellesley in seinem Herzen anrichtet.

Der Autor

Cecil Scott Forester machte Hornblower mit seinen Romanen, die von Lesern in aller Welt zu Bestsellern gekürt wurden, zum berühmtesten Seehelden aller Zeiten. Er wurde damit selbst zu einem Autor mit Millionenauflagen.

Die elf Romane der Hornblower-Serie liegen als Ullstein Taschenbücher vor.

C. S. Forester

Hornblower – Der Kapitän

Roman

Aus dem Englischen
von Fritz von Bothmer

Ullstein

Besuchen Sie uns im Internet:
www.ullstein-taschenbuch.de

Umwelthinweis:
Dieses Buch wurde auf chlor- und säurefreiem Papier gedruckt.

Ullstein Verlag
Ullstein ist ein Verlag des Verlagshauses Ullstein Heyne List GmbH & Co. KG.
1. Auflage Februar 2003
Taschenbuchausgabe mit freundlicher Genehmigung des Wolfgang Krüger Verlages, Hamburg

Titel der englischen Originalausgabe: *The Happy Return*
Übersetzung: Fritz von Bothmer
Umschlaggestaltung: Hansbernd Lindemann, Grafikdesign, Berlin
Titelabbildung: Farbreproduktion nach einem Gemälde von Willem van de Velde, Hamburg, aus dem Buch »Maler der See« von Prof. Dr. Jörgen Bracker, Dr. Michael North und Peter Tamm, Koehlers Verlagsgesellschaft mbH, Herford 1980.
Druck und Bindearbeiten: Ebner & Spiegel, Ulm
Printed in Germany
ISBN 3-548-25655-4

I

1

Bald nach dem Anbruch der Morgendämmerung betrat Kapitän Hornblower das Achterdeck der *Lydia*. Bush, der wachhabende Offizier, führte grüßend die Hand an den Hut, sagte aber nichts. Im Verlauf einer sieben Monate lang dauernden Reise, bei der man kein Land berührt hatte, war er sich über manches klargeworden, was dem Kommandanten gefiel oder nicht gefiel. So durfte man ihn zum Beispiel während der ersten Stunde des Tages nicht anreden oder auf andere Weise seine Gedankengänge unterbrechen. Den ständigen Befehlen entsprechend, die infolge der ungewöhnlichen Länge der Fahrt bereits zur Überlieferung geworden waren, hatte Bootsmann Brown dafür gesorgt, daß die Luv-, also die dem Winde zugekehrte Seite des Achterdecks schon beim ersten Tagesschimmer mit Sand und Steinen gereinigt worden war. Sowie Hornblower erschien, zogen sich Bush und der Midshipman der Wache auf die Leeseite zurück, worauf Hornblower sofort mit seinem einstündigen Morgenspaziergang begann. Er beschränkte sich darauf, auf dem sieben Meter langen, eigens für ihn mit Sand bestreuten Teil der Decksplanken auf und nieder zu gehen. Auf der einen Seite wurde seine Wanderung durch die Gleitschienen der Decksgeschütze begrenzt, auf der anderen durch die in das Deck eingelassenen Ringbolzen, an denen die Taljen zum Richten der

Kanonen angeschlagen wurden. So kam es, daß die Fläche, auf der sich Hornblower frühmorgens Bewegung zu machen pflegte, fünf Fuß breit und einundzwanzig Fuß lang war.

Schnellen Schrittes wanderte der Kapitän hin und her, hin und her. Obwohl er ganz in Gedanken versunken war, wußten seine Untergebenen doch aus Erfahrung, daß sein seemännischer Instinkt stets wach blieb. Unbewußt bemerkte er den über die Decksplanken fallenden Schatten der Takelage des Großmastes, und er spürte den Luftzug auf seiner Wange, so daß die geringste Unachtsamkeit des Rudergängers eine Zurechtweisung seitens des Kommandanten nach sich zog; sie fiel um so schärfer aus, als Hornblower in der wichtigsten Stunde seines Tagewerks gestört wurde. In gleicher Weise nahm sein Unterbewußtsein die Wind und Wetter betreffenden Tatsachen zur Kenntnis. Beim Erwachen hatte er, ohne es bewußt zu wollen, noch in der Koje liegend, an dem über ihm im Deck befestigten Kajütskompaß festgestellt, daß Kurs Nordost anlag, wie das seit drei Tagen der Fall war. Ebenso unwillkürlich erkannte er beim Betreten des Oberdecks, daß die westliche Brise gerade ausreichte, das Schiff steuerfähig zu erhalten, daß alle Segel bis zu den Royals standen, daß der Himmel ein ungetrübtes Blau zeigte und daß die See fast spiegelglatt war. Gewichtig und gleichmäßig glitt die *Lydia* über die langgestreckte, friedliche Dünung.

Der erste bewußte Gedanke des Kommandanten bestand in der Beobachtung, daß der im Morgenlicht tiefblaue und gegen den Horizont hin silbrig werdende Pazifik einem in Silber und Blau gehaltenen Wappenschild ähnelte, und dann schmunzelte Hornblower fast ein wenig, denn dieser Vergleich drängte sich ihm seit vierzehn Tagen jeden Morgen auf. Der Gedanke und das Schmunzeln machten sein Hirn im Augenblick ganz klar. Er sah drunten auf dem Hauptdeck die Leute mit Sand und Steinen schrubben. Man unterhielt sich in gleichbleibendem Tonfall. Zweimal vernahm er ein Lachen. Das war gut so. Leute, die plauderten und lachten, sahen nicht danach aus, als planten sie eine Meuterei. An solche Möglichkeit hatte Kapitän Hornblower aber letzthin immer wieder denken müssen. Sieben Monate befand sich das Schiff in See. Die Vorräte waren fast aufgezehrt. Vor acht Tagen hatte er die tägliche Wasserration auf einunddreiviertel Liter herabsetzen müssen, und das war für Männer, die zehn Grad nördlich des Äquators vorwiegend von Salzfleisch und Hartbrot leben mußten, nicht viel, zumal das seit über einem halben Jahr mitgeführte Wasser schon fast zu einem grünlichen, von Lebewesen wimmelnden Schlamm geworden war.

Ebenfalls vor einer Woche hatte Hornblower den letzten Zitronensaft austeilen lassen. Innerhalb eines Monats durfte man mit dem Auftreten von Skorbut rechnen; und dabei befand sich kein Arzt an Bord, denn Hankey war, als man in der Höhe des Kap Hoorn stand, der Syphilis und den Folgen alkoholischer Ausschweifungen erlegen. Seit Monatsfrist gab es wöchentlich fünfzehn Gramm Tabak, und Hornblower beglückwünschte sich dazu, daß er den Tabakvorrat in persönliche Verwaltung genommen hatte. Hätte er das unterlassen, so würden die Narren bereits alles verraucht haben, und ohne Tabak wurden die Männer unzuverlässig. Er wußte auch, daß die Leute sich die Kürzung des Tabaks mehr zu Herzen nahmen als den Mangel an Brennstoff, der es mit sich brachte, daß ihnen tagtäglich das gepökelte Schweinefleisch ausgegeben wurde, sowie das zur Zubereitung verwendete Seewasser den Siedepunkt erreichte.

Dennoch bedeuteten alle diese Einschränkungen noch nichts im Vergleich mit der weitgehenden Verringerung der Grogration. Sie vollends zu streichen, hatte Hornblower nicht gewagt, aber nun befand sich nur noch für zehn Tage Rum an Bord. Der besten Kriegsschiffsbesatzung der ganzen Welt war nicht mehr zu trauen, wenn man sie ihrer Rumration beraubte. Man weilte in der Südsee, und im Umkreis von zweihundert Seemeilen gab es kein anderes Schiff des Königs von England. Dafür aber lagen dort irgendwo im Westen Inseln der Romantik mit schönen Frauen und reichlicher Nahrung, die man sich mühelos beschaffen konnte. Ein Leben glückseligen Nichtstuns schien zum Greifen nahe zu sein. Es brauchte sich bloß ein Halunke unter den Leuten zu befinden, der, besser unterrichtet als die übrigen, davon erzählte. Wohl würde er zunächst keinen Einfluß ausüben können, aber wenn es in Zukunft mittags nicht mehr das erfreuliche Grogstündchen gab, so mußte damit gerechnet werden, daß die Mannschaft solchen Einflüsterungen zugänglich wurde. Seitdem die von den Reizen des Pazifik betörte Besatzung der *Bounty* gemeutert hatte, lastete dieses Ereignis auf der Seele eines jeglichen Kommandanten Seiner Großbritannischen Majestät, den der Dienst in jene Gewässer führte.

Immer noch raschen Schrittes auf und nieder gehend, warf Hornblower den Matrosen nochmals einen scharf prüfenden Blick zu. Sieben Monate ununterbrochener Seefahrt hatten zwar glänzende Gelegenheit geboten, aus dieser Bande von Galgenvögeln und gepreßten Menschen brauchbare Seeleute zu machen, aber die Reise dauerte dafür, daß es keinerlei Ablenkung gab, nachgerade zu lange. Je eher man die Küste von Nicaragua erreichte, desto besser. Ein Landurlaub würde die Leute zerstreuen, und zudem konnten frische Lebensmittel, Wasser, Tabak und alkoholische Getränke beschafft werden. Hornblowers Gedanken beschäftigten sich mit den Ergebnissen des letzten Bestecks, durch das der Standort des Schiffes festgestellt werden sollte. Der Richtigkeit der errechneten Breite war er gewiß, und die Mondbeobachtung der vergangenen Nacht schien die mittels des Chronometers bestimmte Länge zu bestätigen, obwohl es eigentlich unglaublich war, nach siebenmonatiger Reise überhaupt noch den Chronometer zu Rate ziehen zu können. Wahrscheinlich lag die Küste Zentralamerikas keine hundert Seemeilen weit mehr vor dem Bug des Schiffes, und höchstens handelte es sich noch um dreihundert. Crystal, der Obersteuermann, hatte zwar zu Hornblowers bestimmter Versicherung zweifelnd den Kopf geschüttelt, aber Crystal war ein alter Idiot, den man als Navigationsoffizier nicht brauchen konnte. Jedenfalls würde es sich binnen weniger Tage herausstellen, wessen Meinung die richtige war.

Wiederum sprangen die Gedanken des Kapitäns um. Wie sollte man die nächsten zwei oder drei Tage zubringen? Die Mannschaft mußte beschäftigt werden. Nichts war für das Entstehen einer Meuterei günstiger als lange, faule Tage. Während der wilden zehn Wochen, die ihn das Umsegeln des Kap Hoorn gekostet hatte, war ihm überhaupt nicht die Möglichkeit einer Empörung vor Augen getreten. Also der Vormittag sollte zu einer Klarschiff-Übung und zu einem Scharfschießen verwendet werden, wobei jedes Geschütz fünf Schuß verfeuern sollte. Möglicherweise wurde das bißchen Wind durch die Erschütterung der Luft zeitweilig gänzlich vertrieben, aber daran ließ sich nichts ändern. Vielleicht war dies die letzte Gelegenheit zur Übung, ehe es zu wirklichen Gefechtshandlungen kam.

Eine neue Erwägung drängte sich dem Kommandanten

auf. Fünf Lagen würden das Schiff durch den Verbrauch von Pulver und Kugeln um über eine Tonne erleichtern. Dabei lag die *Lydia*, deren Vorräte fast völlig verbraucht waren, ohnehin leicht auf dem Wasser. Vor seinem geistigen Auge sah Hornblower die unteren Räume und vor allem die Vorratslasten der Fregatte. Es war Zeit, an das Trimmen, an den Ausgleich der Gewichte zu denken. Nach dem Mittagessen der Leute gedachte er, sich in einem Kutter um das Schiff pullen zu lassen. Vermutlich lag es achtern etwas hoch. Nun, das ließ sich gleich morgen dadurch in Ordnung bringen, daß man die beiden vorn stehenden Karronaden wieder auf ihren ursprünglichen Platz schaffte. Und da die Fregatte während dieser Besichtigungsfahrt im Beiboot Segel kürzen mußte, so konnte Hornblower die Sache gründlich tun und Bush anweisen, die Mannschaft in der Takelage zu bewegen. Wie es sich für einen Ersten Offizier gehörte, besaß Bush geradezu eine Leidenschaft für diese Art der Seemannschaft. Heute bot sich der Mannschaft Gelegenheit zur Verbesserung ihres eigenen Rekordes. Bisher hatte sie mindestens elf Minuten, einundfünfzig Sekunden zum Hochbringen der Marsstengen und vierundzwanzig Minuten, sieben Sekunden zum Setzen aller Segel bei niedergeholten Marsstengen benötigt. Hornblower stimmte mit dem Ersten darin überein, daß es sich dabei durchaus nicht um Spitzenleistungen handelte; viele Schiffe konnten mit anderen Zahlen aufwarten; jedenfalls behaupteten das ihre Kommandanten.

Hornblower stellte fest, daß der Wind um einen geringen Grad aufgefrischt hatte; wie ein leises Flüstern strich es durch die Takelage. Dem Gefühl nach, das er auf seinem Nacken und auf seiner Wange empfand, mußte die Brise um einen Strich oder zwei umgesprungen sein, aber noch während der Kapitän überlegte, wie lange es wohl dauern würde, bis Bush davon Notiz nahm, hörte er bereits den Ruf nach der Wache. Clay, der auf dem erhöhten Achterdeck stehende Midshipman, brüllte wie ein Stier. Seit der Abfahrt von England wechselte der junge Mensch die Stimme. Er konnte sie jetzt schon richtig anwenden, während er früher nur immer gequiekt und gekrächzt hatte. Anscheinend ohne der Geschehnisse zu achten, lauschte Hornblower doch dem Lärm, den die an Oberdeck und an die Brassen stürzenden Seeleute verursachten, indessen er selbst nach wie vor auf der Hütte, wie das Achterdeck mit anderem Namen genannt wurde, auf und ab schritt. Ein Klatschen und ein Schrei verrieten ihm, daß der Bootsmann Harrison seinen Stock auf dem Sitzfleisch irgendeines feisten oder unglücklichen Matrosen hatte landen lassen. Harrison war ein prächtiger Seemann, der nur die Schwäche besaß, seinen Rohrstock mit umfangreichen Hinterteilen in Berührung zu bringen. Jeder Mann, dessen Hosen prall ausgefüllt waren, durfte darauf gefaßt sein, lediglich aus diesem Grunde einen Hieb vor die Kehrseite zu empfangen; vor allem dann, wenn er das Pech hatte, beim Vorbeikommen Harrisons mit einer dienstlichen Verrichtung beschäftigt zu sein, die notwendigerweise eine gebückte Haltung erheischte. Die Betrachtungen, die Hornblower über die Schwäche des Bootsmanns anstellte, hatten fast die ganze, zum Trimmen der Segel nötige Zeit in Anspruch genommen. Nun das Manöver beendet war, brüllte Harrison »Belege das!«, worauf sich die Wache wieder an ihre bisherige Beschäftigung begab. Gleich darauf schlug die Schiffsglocke siebenmal an. Sieben Glas in der Frühwache. Hornblower hatte die Morgenwanderung ein gutes Stück über das Stundenmaß hinaus ausgedehnt. Er fühlte, daß seine Haut unter dem Hemde schweißig wurde. Nun trat er zu dem neben dem Ruder stehenden Ersten Offizier.

»Guten Morgen, Mr. Bush«, sagte Kapitän Hornblower. »Guten Morgen, Sir«, erwiderte Bush genauso, als sei der Kommandant nicht bereits seit fünfviertel Stunden wenige Meter von ihm entfernt hin und her gewandert.

Hornblower besah sich die Schiefertafel, die einen Überblick über die Geschehnisse der letzten vierundzwanzig Stunden ermöglichte. Es hatte sich nichts Besonderes ereignet. Das stündliche Loggen hatte Geschwindigkeiten von drei bis viereinhalb Knoten ergeben, und aus der Rückseite der Tafel war zu ersehen, daß das Schiff während des ganzen Tages auf nordöstlichem Kurse geblieben war. Der Kapitän merkte sehr wohl, daß ihn sein Erster gespannt ansah und daß er mit Fragen sozusagen geladen war. Es befand sich nur ein einziger Mensch an Bord, dem das Ziel der *Lydia* bekannt war, und dieser eine war der Kommandant selbst. Mit versiegelter Order hatte er die Heimat verlassen, und als er den Umschlag befehlsgemäß auf 30 Grad Nord und 20 Grad West geöffnet hatte, war es ihm nicht in den Sinn gekommen, wenigstens den Nächstkommandierenden vom Inhalt des Schreibens zu unterrichten. Seit sieben Monaten gab sich Leutnant Bush alle Mühe, keine Fragen zu stellen, aber es fiel ihm sichtlich schwer.

»Ha . . . hm«, räusperte sich Hornblower ausweichend. Ohne ein Wort zu sprechen, hängte er die Tafel wieder auf, stieg den Niedergang hinunter und betrat seine Schlafkammer.

Es war Pech für Bush, daß er in solcher Weise im dunkeln gehalten wurde, aber Hornblower hatte nicht deswegen auf eine Erörterung seiner Befehle verzichtet, weil er Bushs Schwatzhaftigkeit fürchtete; vielmehr hegte er andere Befürchtungen. Als er vor nunmehr fünf Jahren sein erstes selbständiges Kommando antrat, hatte er seinem eigenen Mitteilungsbedürfnis die Zügel schießen lassen, und sein damaliger Erster Offizier hatte sich das so weitgehend zunutze gemacht, daß Hornblower schließlich keinen Befehl mehr erteilen konnte, ohne daß dieser vorher besprochen wurde. Auf der letzten Reise war er bemüht gewesen, den Untergebenen innerhalb der von den Regeln der Höflichkeit gezogenen Grenzen zu halten, doch hatte er erkannt, daß es ihm selbst unmöglich war, diese Grenzen zu bestimmen; stets sprach er ein Wort zuviel, das er dann später bereute. Dieses Unternehmen nun hatte er mit dem festen Vorsatz begonnen – er ähnelte darin einem Trinker, der sich nicht zutraut, bei mäßigem Alkoholgenuß zu bleiben –, nichts zu seinen Offizieren zu sagen, was nicht unmittelbar zum Dienst gehörte. Der Entschluß war durch die zwingende Notwendigkeit zur Geheimhaltung der ihm erteilten Befehle noch verstärkt worden. Sieben Monate lang hatte er durchgehalten. Je stärker er unter die Einwirkung des natürlichen Standes der Dinge geriet, desto verschlossener wurde er. Im Atlantik hatte er mit Mr. Bush immerhin zuweilen über das Wetter gesprochen. Hier drüben im Stillen Ozean beschränkte er sich auf ein Räuspern.

Seine Kammer war ein winziges, von der Kajüte durch eine Holzwand getrenntes Gelaß. Die Hälfte des Raumes wurde von einem Achtzehnpfünder eingenommen, und im Rest hatten gerade noch seine Koje, der Schreibtisch und eine Truhe Platz. Sein Steward Polwheal packte das Rasierzeug und den Ledernapf aus, den er auf einer kleinen Konsole unterhalb des an der Wand angebrachten Stückchens Spiegelglas aufbaute. Die beiden Männer vermochten sich in der Enge kaum zu bewegen. Um seinen Vorgesetzten eintreten zu lassen, quetschte sich Polwheal gegen die Truhe. Er sagte nichts, denn er war ein Mann weniger Worte. Aus diesem Grunde hatte Hornblower ihn ausgesucht, denn auch seinen Dienern gegenüber mußte er sich vor seiner Sünde der Geschwätzigkeit in acht nehmen.

Der Kapitän streifte das feuchte Hemd und die Hosen ab. Nackend trat er vor den Spiegel, um sich zu rasieren. Das Gesicht, das er im Glase bemerkte, war weder hübsch noch häßlich, weder alt noch jung. Melancholisch braune Augen blickten ihn an; die Stirn war ziemlich hoch, die Nase einigermaßen gerade, und der gutgeformte Mund verriet die in zwanzigjährigem Seedienst erworbene Charakterfestigkeit. Das leicht gelockte braune Haar begann an den Schläfen lichter zu werden, wodurch die Stirn noch etwas höher erschien. Für Hornblower bedeutete diese Erscheinung eine Quelle der Unruhe, denn der Gedanke, eine Glatze zu bekommen, war ihm verhaßt. Und als er nun an seinem nackten Körper hinuntersah, kam ihm die andere Sorge zum Bewußtsein. Schlank und muskulös war er gebaut; ja, wenn er sich zur ganzen Höhe seiner sechs Fuß aufrichtete, machte er eine durchaus wirkungsvolle Figur. Dort unten aber, wo die Rippen endeten, ließ sich das Vorhandensein eines Bauches nicht verheimlichen, der gerade begann, über den unteren Teil des Brustkorbes hervorzutreten. Mit einem für seine Generation seltenen Abscheu fürchtete Hornblower das Dickwerden. Ihn ekelte der Gedanke, seinen schlanken, glatthäutigen Körper durch eine unziemliche Wölbung verunstaltet zu sehen. Das war der Grund, weswegen er, der im Grunde genommen zur Bequemlichkeit neigte und das Gewohnheitsmäßige haßte, sich dazu zwang, jeden Morgen einen Spaziergang auf dem Achterdeck zu machen.

Nachdem er das Rasieren beendet hatte, legte er Messer und Pinsel nieder, damit Polwheal sie reinige und wegräume, worauf ihm der Steward einen zerschlissenen Schlafrock um die Schultern hängte. Polwheal folgte ihm über Deck bis zur Hauptpumpe, nahm ihm den Schlafrock ab und pumpte eifrig Seewasser, während sich Hornblower würdevoll unter dem Wasserstrahl drehte. Dann bekleidete der Kapitän die tropfnassen Schultern abermals mit dem Schlafrock und begab sich in die Kajüte zurück. Ein sauberes Leinenhemd – verbraucht, aber instand gesetzt – sowie weiße Hosen lagen auf der Koje. Hornblower zog sich an, und Polwheal half ihm in den abgetragenen, mit verblichenen Litzen besetzten Rock und reichte ihm den Hut. Während der ganzen Zeit wurde kein Wort gesprochen, sosehr war dem Kommandanten das System des Schweigens, zu dem er sich selbst gezwungen hatte, in Fleisch und Blut übergegangen. Und er, dem jede Routine verhaßt war, hielt sich jetzt, um das überflüssige Sprechen zu vermeiden, so völlig an sie, daß er, wie das übrigens jeden Morgen geschah, genau in dem Augenblick wieder an Oberdeck erschien, als es acht glaste.

»Mannschaft zum Strafvollzug, Sir?« fragte Bush, die Hand am Hutrand.

Hornblower nickte. Sofort begannen die Bootsmannspfeifen zu trillern.

»Antreten zum Strafvollzug!« brüllte Harrison, der auf dem Hauptdeck stand, und aus allen Teilen des Schiffes quollen die Leute hervor, um an den ihnen zugewiesenen Stellen anzutreten.

Regungslos stand Hornblower in der Nähe der Reling des Achterdecks. Sein Gesicht versteinte sich. Ihn bedrückte die Tatsache, daß ihm der Vollzug körperlicher Strafen als bestialische Angelegenheit erschien, daß es ihn ekelte, sie anzuordnen und ihnen beizuwohnen. Ein paar tausend Auspeitschungen hatte er im Laufe der letzten zwanzig Jahre gesehen und war doch nicht unempfindlich dagegen geworden; ja, beschämt mußte er sich eingestehen, daß er weicher war als damals der siebzehnjährige Fähnrich. Jedoch hatte er sich auch heute nicht der Beaugenscheinigung der Angelegenheit entziehen können. Das Opfer war ein Walliser namens Owen, der es sich einfach nicht abgewöhnen konnte, an Deck zu spucken. Ohne sich auf den Kommandanten zu berufen, hatte Bush geschworen, er werde ihn für jede weitere Übertretung peitschen lassen, und Hornblower blieb nichts anderes übrig, als diesen Beschluß im Namen der Disziplin zu decken, doch hegte er Zweifel, daß ein Mensch, der dumm genug war und sich nicht einmal durch die Furcht vor einer körperlichen Züchtigung zurückschrecken ließ, auf die Decksplanken zu spucken, es nach erhaltener Strafe unterlassen würde.

Glücklicherweise war die Sache bald überstanden. Die Bootsmannsmaaten heißten den bis zur Hüfte nackten Owen in die Wanten des Großtopps und hieben nach dem Rasseln der Trommeln drauflos. Im Gegensatz zur Mehrzahl der Seeleute heulte der Gepeinigte auf, als ihn die neunschwänzige Katze in die Schultern biß. Er führte groteske Tanzbewegungen aus, seine bloßen Füße klatschten auf Deck, bis er gegen das Ende der ihm zugemessenen zwei Dutzend Schläge regungslos und stumm an den gefesselten Unterarmen baumelte. Irgend jemand übergoß ihn mit Wasser, und dann wurde er unter Deck geschafft.

Antreten lassen zum Frühstücksempfang, Mr. Bush«, stieß Hornblower hervor. Er hoffte, daß ihn die von der Tropensonne gebräunte Haut davor bewahrte, so blaß auszusehen, wie er sich fühlte. Auf nüchternen Magen der Auspeitschung eines geistig Minderwertigen zuzusehen, war durchaus nicht nach seinem Geschmack. Dabei ärgerte er sich maßlos über sich selbst, daß er nicht energisch genug war, derlei überhaupt zu verhindern, und auch, daß ihm kein Ausweg aus dem Dilemma eingefallen war, in das ihn Bushs Entscheid gebracht hatte.

Die Gruppe der auf dem Achterdeck versammelten Offiziere zerstreute sich, als alles wegtrat. Gerard, der zweite Leutnant, übernahm von Bush die Wache. Hornblower ging nach unten, wo Polwheal das Frühstück für ihn bereithielt. »Kaffee, Sir«, sagte der Steward. »Burgoo.«

Hornblower setzte sich zu Tisch. Im Verlauf der sieben Monate dauernden Reise hatte längst jeglicher Luxus aufgehört. Der Kaffee war ein Extrakt aus verbranntem Brot, und alles, was man zu seinen Gunsten sagen konnte, bestand darin, daß er heiß und süß war. Das Burgoo vollends stellte eine unappetitliche, aus zerquetschtem Hartbrot und gehacktem Pökelfleisch zusammengerührte Masse dar. Hornblower aß, ohne bei der Sache zu sein. Mit der Linken, die ein Stück Hartbrot hielt, klopfte er auf den Tisch, um die im Brot enthaltenen Maden zu veranlassen, auszuwandern, bis er mit seinem Burgoo fertig geworden war.

Während er aß, umgaben ihn ringsum die Geräusche des Schiffes. Jedesmal, wenn die *Lydia* ein wenig schlingernd auf den Kamm der Dünung gehoben wurde, knarrte es leise im Gebälk. Droben vernahm er den Schritt Gerards, der auf dem Achterdeck hin und her ging. Zuweilen auch ertönte das Klatschen einer hornigen, nackten Sohle, wenn irgendein Matrose vorüberkam. Im Vorschiff rasselten und klinkten die Pumpen bei der täglichen Arbeit des Lenzpumpens der Bilge. Doch alle diese Geräusche waren von längerer oder kürzerer Dauer. Ein Laut nur blieb in seiner Art so gleichförmig, daß sich das Ohr daran gewöhnte und ihn nur wahrnahm, wenn die Aufmerksamkeit bewußt darauf hingelenkt wurde: das Wehen der Brise in den unzähligen Teilen der Takelage. Eigentlich war es nur ein ganz feines Summen, eine Harmonie von Tausenden hochschwingender Töne, aber dennoch durchdrang es das ganze Schiff. Selbst die Ketten und das periodisch ächzende Holzwerk leiteten es weiter.

Hornblower hatte mittlerweile sein Burgoo gegessen und wandte sich dem Stück Hartbrot zu, mit dem er auf die Tischplatte getrommelt hatte. Mit beherrschtem Widerwillen musterte er es. Eine dürftige Nahrung für einen Mann, und in Ermangelung der Butter – das letzte Faß war schon vor einem Monat ranzig geworden – mußte man das trockene Zeug wohl mit dem sogenannten Kaffee hinunterspülen. Ehe Hornblower jedoch den ersten Bissen zu sich nehmen konnte, ließ ihn ein oben ertönender Schrei aufhorchen, so daß seine Hand, die den Schiffszwieback hielt, auf halbem Wege zum Mund stehenblieb.

»Land!« hörte er. »Land, zwei Strich an Backbord voraus, Sir!«

Das war der Ausguck, der vom Vortopp aus das Oberdeck anrief. Hornblower, der noch immer regungslos verharrte, vernahm wachsenden Lärm. Nach drei Monaten bekam man zum erstenmal wieder Land zu sehen, und das mußte natürlich gerade auf dieser Reise mit unbekanntem Ziel jedermann in Aufregung versetzen. Der Kapitän selbst machte davon keine Ausnahme. Nicht nur war er äußerst gespannt, ob er das Land richtig angesteuert hatte, es bewegte ihn auch der Gedanke, daß er sich möglicherweise binnen vierundzwanzig Stunden mitten in jener gefahrvollen und schwierigen Mission befand, mit der ihn die Mylords der Admiralität betraut hatten. Er fühlte, daß sein Herz schneller zu schlagen begann. Er spürte das leidenschaftliche Verlangen, der ersten Gemütsregung nachzugeben und an Deck zu stürmen, doch bezwang er sich. Stärker noch als sonst wünschte er in den Augen seiner Offiziere und Mannschaften als ein Mann zu erscheinen, der über unerschütterliches Selbstvertrauen verfügte. Je mehr Respekt man vor dem Kommandanten hatte, desto besser war es für das Schiff. So nahm er denn gewollt eine durchaus bequeme Haltung ein, schlug die Beine übereinander und schlürfte gänzlich gleichgültig seinen Kaffee, als der Midshipman Savage an die Kajütentür klopfte und gleich darauf hereinstürzte.

»Mr. Gerard schickt mich, Ihnen zu melden, daß Land an Backbord voraus gesichtet wurde, Sir«, sagte der junge Mann, der vor Erregung kaum stillzustehen vermochte. Hornblower schlürfte erst noch einen Schluck Kaffee, bevor er antwortete, und dann kamen seine Worte langsam und ruhig.

»Sagen Sie Mr. Gerard, daß ich in wenigen Minuten nach Beendigung meines Frühstücks an Deck kommen werde.«

»Aye, aye, Sir«, stieß der Midshipman hervor. Das von ihm benutzte Wort bedeutete soviel wie »verstanden«. Im Sturmschritt verließ er die Kajüte. Seine großen plumpen Füße polterten über die Stufen des Niedergangs.

»Mr. Savage! Mr. Savage!« schrie Hornblower ihm nach, worauf das Vollmondgesicht des Gerufenen abermals erschien.

»Sie haben vergessen, die Tür zu schließen«, sagte Hornblower kühl. »Und bitte machen Sie nicht solchen Lärm auf der Treppe.«

»Aye, aye, Sir«, stammelte Savage niedergeschlagen.

Hornblower war mit sich zufrieden. Wohlgefällig strich er sich über das Kinn. Dann nippte er wieder an seinem Brotkaffee, doch sah er sich außerstande, noch mehr von dem Hartbrot zu essen. Mit den Fingern trommelte er auf die Tischplatte, als könne er dadurch die Zeit beschleunigen. Vom Vortopp, wohin ihn Gerard vermutlich mit einem Fernglas geschickt hatte, vernahm er die Stimme des jungen Clay. »Sieht aus wie ein brennender Berg, Sir. Zwei brennende Berge. Vulkane, Sir!«

Sofort stand vor Hornblowers geistigem Auge das Bild der Seekarte, die er so oft in der Abgeschlossenheit seiner Kajüte studiert hattc. Vulkane gab es hier an der Küste überall; die Gegenwart zweier feuerspeiender Berge an Backbord konnte den Standort des Schiffes noch nicht mit Bestimmtheit festlegen. Und dennoch ... dennoch ... unzweifelhaft würde die Einfahrt zum Golf von Fonseca durch zwei an Backbord erscheinende Vulkane markiert werden. Es lag also durchaus im Bereich der Möglichkeit, daß er, nachdem man elf Wochen lang außer Sicht von Land geblieben war, tadellos navigiert hatte, Hornblower vermochte nicht länger stillzusitzen. Er stand auf, besann sich noch gerade rechtzeitig darauf, daß er langsam gehen mußte, und begab sich mit völlig gleichgültigem Gesichtsausdruck an Oberdeck.

2

Auf dem Achterdeck drängten sich die Offiziere. Die vier Leutnants waren zur Stelle, außerdem der Obersteuermann Crystal. Simmonds von den Seesoldaten, der Zahlmeister Wood und der Midshipman der Wache. Die Wanten wimmelten von Unteroffizieren und Matrosen. Sämtliche Ferngläser des Schiffes schienen in Gebrauch zu sein. Hornblower sagte sich, daß ein streng auf Manneszucht achtender Vorgesetzter an solchem ganz begreiflichen Verhalten Anstoß nehmen würde, und so tat er desgleichen.

»Was soll denn das heißen?« rief er scharf. »Hat hier an

Bord kein Mensch etwas zu tun? Mr. Wood, bitte, lassen Sie den Küfer kommen und bereiten Sie mit ihm das Auffüllen der Wasserfässer vor. Lassen Sie die Royals und die Stagsegel festmachen, Mr. Gerard.«

Sofort kam wieder Leben ins Schiff. Die Bootsmannspfeifen trillerten, und Harrison brüllte. »Alle Mann auf, klar zum Segelbergen!« Mit fast schlaffen Segeln rollte die *Lydia* in der Dünung.

»Jetzt glaube ich, den Rauch schon von Deck aus erkennen zu können, Sir«, meinte Gerard schuldbewußt. Er reichte dem Kommandanten sein Glas und deutete nach vorn. Unterhalb eines weißen Wolkenstreifens lag dicht über dem Horizont etwas grau Aussehendes, das immerhin Rauch sein konnte. »Ha . . . hm«, räusperte sich Hornblower nach seiner Gewohnheit statt einer allgemeinen Redensart. Er begab sich zum Vorschiff und begann in die Unterwanten des Vortopps zu entern. Da er von Natur kein Turner war, empfand er einen leichten Widerwillen gegen diese Tätigkeit, doch mußte sie durchgeführt werden. Dabei war ihm das Bewußtsein unbehaglich, daß sich unzählige Augenpaare auf ihn richteten. Obwohl ihn das mitgenommene Fernglas behinderte, mußte er auf die Benutzung des sogenannten Soldatenloches verzichten und den schwierigeren Weg außen um den Mars herum wählen. Unterhalb dieser Plattform befanden sich die Püttings, bei deren Passieren er zeitweilig hintenüberhing. Nicht einmal eine Atempause durfte er sich gönnen, um sich vor seinen Midshipmen keine Blöße zu geben, denn diese jungen Burschen pflegten mit unglaublicher Behendigkeit ohne weiteres bis zum Flaggenknopf des Großtopps aufzuentern. Hand über Hand strebte er nach oben. Die Arbeit strengte ihn gehörig an. Endlich erreichte er schweratmend die Bramsaling, eine dem Mars ähnliche, aber viel schmalere

Plattform. Er suchte dem Fernrohr einen festen Halt zu geben, soweit ihm das die arbeitende Brust und seine plötzlich einsetzende Nervosität gestatteten. Clay saß wenige Meter von ihm entfernt in lässiger Haltung im Reitsitz auf der Rahe, aber Hornblower beachtete ihn nicht. Die leicht rollende Bewegung des Schiffes hob und senkte ihn in korkzieherartigen Windungen; aufwärts ging es, vorwärts, nach der Seite und wieder abwärts. Zunächst konnte er nur selten einen Blick auf die fernen Berge erhaschen, doch gelang es ihm nach einem Weilchen, das Ziel ziemlich gleichmäßig im Auge zu behalten. Eine fremdartige Landschaft sah er vor sich. Dort waren die spitzen Kegel mehrerer Vulkane; zwei sehr große an Backbord und beiderseits eine Menge kleinerer. Noch während er beobachtete, quoll eine graue Dampfwolke aus dem einen Berg hervor, doch geschah das nicht am eigentlichen Krater, sondern an einer seitlichen Spalte. Träge stieg der Dampf aufwärts, um sich mit der darüberhängenden weißen Wolke zu vereinigen. Außer diesen Kegeln befand sich dort drüben eine langgestreckte Bergkette, der die Peaks vorgelagert waren, doch schien auch das Gebirge selbst aus alten verwitterten Vulkanen zu bestehen. Jener Küstenstreifen mußte einer Höllenküche geglichen haben, als sich noch sämtliche Feuerschlünde in Tätigkeit befanden. Die oberen Teile der Berghänge sahen grau aus mit einem ins Rötliche gehenden Schimmer, und weiter unten bemerkte Hornblower etwas wie grüne Wasserfälle. Offenbar waren es Vegetationsstreifen, die sich in den Schluchten und Spalten der Berge hinaufzogen. Der Kapitän schätzte die unterschiedlichen Höhen der Vulkane und verglich sie mit den ihm geläufigen Angaben der Seekarte. Zweifellos stimmten sie damit überein.

»Ich glaube, soeben Brecher gesehen zu haben, Sir«,

meldete Clay, worauf Hornblower seine Aufmerksamkeit dem Fuß der Bergkette zuwandte.

Dort bemerkte er einen zusammenhängenden grünen Streifen, der nur an jenen Stellen unterbrochen wurde, wo kleinere Vulkane ihn überragten. Langsam ließ Hornblower das Glas hin und her gleiten, wobei er es stets in der Höhe der Kimm hielt. Er sah etwas Weißes aufblitzen, spähte genauer hin und erkannte, daß der winzige weiße Fleck in regelmäßigen Zwischenräumen immer wieder erschien.

»Ganz recht; das sind Brecher«, bemerkte er und bedauerte bereits im gleichen Augenblick seine Worte. Es wäre durchaus nicht nötig gewesen, Clay etwas zu erwidern.

Die *Lydia* behielt ihren Kurs zur Küste bei. Hornblower blickte in die Tiefe. Er konnte unten auf dem zweiundvierzig Meter unter ihm liegenden Vorschiff die seltsam verkürzten Gestalten der Leute und rund um den Vordersteven den Ansatz einer Bugwelle erkennen. Sie verriet ihm, daß das Schiff ungefähr vier Seemeilen Fahrt machte. Man würde also lange vor dem Einbruch der Dunkelheit vor der Küste stehen; zumal dann, wenn die Brise im Verlauf des Tages auffrischte. Der Kapitän setzte sich ein wenig bequemer zurecht und starrte abermals zur Küste hinüber. Allmählich gewahrte er noch mehr Brandungswellen rechts und links der Stelle, wo er den ersten Brecher beobachtet hatte. Demnach mußte die Ozeandünung gerade dort gegen eine senkrechte Felswand donnern, wobei der Gischt hoch emporgeschleudert wurde. Hornblowers Überzeugung, sein Reiseziel tadellos angesteuert zu haben, wurde jetzt bestärkt. Beiderseits der Brecher sah er am Horizont einen Streifen Wasser, und jenseits davon ragte ebenfalls auf beiden Seiten je ein mittelgroßer Vulkan empor. Eine weitgespannte Bucht, eine Insel in der Mitte der Einfahrt und zwei flankierende Vulkane; genauso sah die Bay von Fonseca auf der Karte aus. Allerdings war Hornblower recht besorgt, denn er wußte, daß selbst ein ziemlich geringfügiger Fehler in der Navigation ihn bis zu hundert Meilen abseits seines Ziels hatte bringen können. Er sagte sich, daß an einer Küste, die wie diese mit feuerspeienden Bergen geradezu besät war, ein Abschnitt dem anderen sehr ähnlich sehen konnte. Selbst das Aussehen einer Bucht und einer Insel mochte sein Gegenstück in irgendeiner anderen Formation des Küstenstreifens finden. Überdies konnte er sich auf die Seekarten nicht verlassen. Sie waren von jenen abgezeichnet worden, die Anson vor sechzig Jahren in diesen gleichen Gewässern erbeutet hatte, und hinsichtlich der Brauchbarkeit solcher Dago-Karten wußte jedermann Bescheid. Dago-Karten aber, die man noch der Revision durch irgend solch einen unnützen Zeichner der Admiralität überlassen hatte, konnten ganz und gar unzuverlässig sein.

Doch während er weiterbeobachtete, schwanden die Zweifel nach und nach. Die Bucht, die sich da vor ihm auftat, besaß einen riesigen Umfang. An der ganzen Küste konnte eine zweite ihrer Art nicht einmal der Aufmerksamkeit eines spanischen Kartographen entgangen sein. Hornblower schätzte die Breite der Einfahrt auf über zehn Seemeilen. Tiefer drinnen in der Bay lag eine große Insel, deren Umrisse typisch für die Landschaft waren; unvermittelt erhob sich der steile Kegel aus dem Meer. Das innere Ende der Bucht war selbst jetzt, da das Schiff ein gutes Stück näher herangekommen war, nicht sichtbar.

»Mr. Clay«, sagte der Kapitän, ohne das Auge vom Kieker zu nehmen, »Sie können niederentern. Sagen Sie Mr. Gerard, er soll alle Mann zum Mittagessen schicken.«

»Aye, aye, Sir.«

Jetzt würde die Besatzung wissen, daß etwas Außergewöhnliches in der Luft lag, denn das Essen wurde eine halbe Stunde vor der üblichen Zeit ausgegeben. Die Offiziere britischer Schiffe legten stets großen Wert darauf, daß die Leute einen vollen Magen bekamen, ehe man Anforderungen an sie stellte, die über das alltägliche Maß hinausgingen.

Hornblower bezog wieder seinen Ausguck. Nun stand es fest, daß die *Lydia* in den Golf von Fonseca einfuhr. Er hatte also ein navigatorisches Meisterstück geleistet, über das jeder berechtigten Stolz empfinden durfte, denn es war wirklich keine Kleinigkeit, ein Schiff geradewegs seinem Ziel zuzuführen, obwohl man elf Wochen lang in See gewesen war, ohne Land zu sehen. Dennoch versetzte ihn die Erkenntnis nicht in gehobene Stimmung. Es lag nicht in seiner Natur, sich über Dinge zu freuen, die im Bereich seiner Möglichkeiten blieben. Sein Ehrgeiz sehnte sich nach dem Unmöglichen, als verschlossener tüchtiger Mann zu gelten, den nichts aus der Fassung brachte.

Derzeit lag der Golf verödet da; keine Boote waren zu sehen, kein Rauch. Es hätte sich um eine unbewohnte Küste handeln können, der er sich, ein zweiter Kolumbus, näherte. Da er damit rechnen konnte, daß sich im Verlauf der nächsten Stunden nichts Besonderes ereignen würde, so schob er sein Fernrohr zusammen, enterte an Deck nieder und begab sich mit selbstbewußter Gelassenheit nach achtern. Crystal und Gerard standen in angeregtem Gespräch an der Reling. Offensichtlich hatten sie sich außer Hörweite des Mannes am Ruder begeben und den Midshipman möglichst weit fortgeschickt. Aus der Art, wie sie dem sich nähernden Kapitän entgegenblickten, war zudem ersichtlich, daß sie über ihn sprachen. Ihre Aufregung ließ sich begreifen, denn seit Ansons Zeiten war die *Lydia* das erste britische Kriegsschiff, das bis zu den pazifischen Küsten Mittelamerikas vordrang. Sie befand sich im Gebiet der berühmten Galeone von Acapulco, die auf jeder ihrer Jahresreisen Werte von einer Million Pfund Sterling beförderte. An diesen Küsten krochen die kleineren Fahrzeuge entlang, die das Silber von Potosi nach Panama schafften. Anscheinend war das Glück jedes einzelnen Besatzungsmitgliedes gemacht, wenn es nur die unbekannten Orders des Kapitäns erlaubten. Daher waren die nächsten seiner Entschlüsse für alle von ungeheurer Wichtigkeit.

»Mr. Gerard, schicken Sie einen zuverlässigen Mann mit einem guten Glas in den Vortopp.« Das war alles, was Hornblower sagte, ehe er unter Deck verschwand.

3

In der Kajüte wartete Polwheal bereits mit dem Essen. Einen Augenblick stellte Hornblower Erwägungen über die Vorzüge eines in den Tropen und zur Mittagszeit genossenen Gerichts fetten gepökelten Schweinefleischs an. Er verspürte nicht den geringsten Hunger, aber das Bestreben, in den Augen des Stewards als Held zu erscheinen, überwand die ausgesprochene Appetitlosigkeit. Er nahm also Platz und aß heftig zehn Minuten lang, wobei er sich allerdings dazu zwingen mußte, die schlechtschmeckenden Bissen herunterzuwürgen. Polwheal beobachtete jede seiner Bewegungen mit geradezu verzweifelter Aufmerksamkeit. Unter seinem starren Blick erhob sich Hornblower, ging der niedrigen Decke wegen leicht gebückt in seine Kammer und sperrte den Schreibtisch auf.

»Polwheal!«

»Sir!« Sofort erschien der Gerufene auf der Schwelle.

»Lege meinen besten Rock mit den neuen Epauletten zurecht. Saubere weiße Hosen – die Breeches meine ich – und dazu die besten weißen Strümpfe. Sorge dafür, daß die Schnallen der Schuhe glänzen. Schließlich brauche ich noch den Säbel mit dem goldenen Griff.«

»Aye, aye, Sir.«

In die Kajüte zurückgekehrt, streckte sich Hornblower auf der unter dem Heckfenster stehenden Backskiste aus und entfaltete nochmals die geheimen Befehle der Admiralität. Er hatte sie bereits so oft gelesen, daß er sie fast auswendig kannte, doch wollte er sich vergewissern, den Sinn jedes Wortes begriffen zu haben. Das Schreiben war verständlich genug. Irgendein Schreiber der Admiralität hatte bei der Abfassung seiner Phantasie die Zügel schießen lassen. Die ersten zehn Absätze handelten von dem bereits erledigten Teil der Reise, wobei in erster Linie auf die Notwendigkeit strengster Geheimhaltung hingewiesen wurde, denn in Spanien durfte man keine Ahnung davon haben, daß sich eine britische Fregatte der pazifischen Küste der spanischen Besitzungen näherte. *Sie sind daher gehalten ..., auf dieser Reise so wenig Land wie möglich zu sichten, und es wird Ihnen hiermit nachdrücklich untersagt ..., innerhalb des Pazifik bis zu Ihrem Eintreffen vor der Bay von Fonseca überhaupt in Sicht von Land zu geraten.* Buchstäblich hatte Hornblower diese Befehle befolgt, obwohl es in der Marine wenige Kommandanten gab, die dazu befähigt gewesen wären und die dementsprechend gehandelt haben würden. Von England kommend, hatte er sein Schiff bis hierher gebracht und mit Ausnahme eines flüchtigen Blickes auf das Kap Hoorn kein Land gesehen. Hätte er vor acht Tagen den von Crystal vorgeschlagenen Kurs steuern lassen, so wäre das Schiff in den Golf von Panama gesegelt, womit alle

Möglichkeiten zur Geheimhaltung gänzlich hinfällig geworden wären.

Hornblower riß die Gedanken von der Erwägung der in diesen Gewässern zu erwartenden Kompaßabweichungen los und zwang sich zu einem weiteren Studium der erhaltenen Befehle. *Sie sind hiermit gehalten ...*, hieß es, und dann folgte der Befehl, nach dem Erreichen des Golfes von Fonseca ein Bündnis mit dem reichen Grundbesitzer Don Julian Alvarado zu schließen, dessen Liegenschaften sich dem westlichen Ufer der Bay entlangzogen. Mit Hilfe der Briten gedachte Don Julian einen Aufstand gegen die Monarchie zum Ausbruch zu bringen. Hornblower war beauftragt, ihm die fünfhundert Musketen und Bajonette, die fünfhundert Patronengurte und eine Million Patronen auszuhändigen, die er in Portsmouth an Bord genommen hatte. Im übrigen solle er alles tun, was dem Erfolg der Revolution zustatten komme. Wenn er es für nötig erachte, so könne er den Rebellen eine oder mehrere seiner Kanonen zur Verfügung stellen. Aber vor ein Kriegsgericht werde man ihn stellen, wenn er ihnen die fünfzigtausend Guineen in Gold ohne zwingenden Grund aushändige. Das dürfe er nur tun, falls der Aufstand ohne sie zusammenbreche. Es sei ihm sogar gestattet, Don Julian Alvarados Herrschaft über jedes von ihm eroberte Gebiet anzuerkennen, vorausgesetzt, daß Don Julian entsprechende Handelsverträge mit Seiner Britannischen Majestät abschließe.

Die Erwähnung von Handelsverträgen hatte offenbar sehr belebend auf die Einbildungskraft des Schreibers gewirkt, denn die nächsten zehn Absätze befaßten sich eingehend mit der zwingenden Notwendigkeit, die spanischen Besitzungen dem britischen Handel zu erschließen. Gegen englische Manufakturwaren erwartete man, Perubalsam, Holz, Cochenille und Gold einzutauschen. Während der

Schreiber alle diese Einzelheiten mit schwungvoller Schrift zu Papier gebracht hatte, mußte sein Federkiel geradezu mit Erregung geladen gewesen sein. Fernerhin: Ein Teil der Bay von Fonseca wurde, wie man annahm, Estero Real genannt. Sein Ufer war nicht weit vom Binnensee Managua entfernt, der mit dem Nicaragua-See in Verbindung stehen sollte. Dieser aber floß durch den San Juan zum Karibischen Meer ab. Kapitän Hornblower wurde ersucht, sein möglichstes zu tun, um diesen quer über den Isthmus führenden Weg für den britischen Handel zu öffnen. Er müsse Don Julians diesbezügliche Bemühungen unterstützen.

Erst nach dem Gelingen der Revolution und der Erledigung der genannten Aufgaben wurde es dem Kapitän Hornblower freigestellt, die im Stillen Ozean anzutreffenden Schatzschiffe anzugreifen. Darüber hinaus aber dürfe der Schiffsverkehr in keiner Weise behindert werden, falls dadurch Menschen betroffen würden, die sonst den Aufständischen günstig gesinnt wären. Zur Information des Kapitäns wurde erwähnt, daß die Spanier zur Aufrechterhaltung ihrer Herrschaft in jenen Gewässern angeblich einen Zweidecker von fünfzig Kanonen unterhielten. Das Schiff heiße *Natividad.* Man erwartete vom Kapitän Hornblower, daß er jenes Fahrzeug bei erster Gelegenheit *erobern, versenken, verbrennen oder zerstören* werde.

Zum Schluß wurde dem Kapitän Hornblower befohlen, baldmöglichst mit dem Konteradmiral in Verbindung zu treten, der die Station bei den Leeward-Inseln kommandierte, um sich von ihm weitere Befehle geben zu lassen. Hornblower faltete das knisternde Papier zusammen und verfiel in Nachdenken. Jene Befehle stellten die übliche Mischung von kaum Erreichbarem und purer Donquichoterie dar, wie sie ein mit einer Sondermission beauftragter Seeoffizier erwarten konnte. Nur ein Nichtseemann konnte jene einleitenden Befehle geben, den Golf von Fonseca anzusteuern, ohne vorher anderes Land im Stillen Ozean zu sichten . . . nur eine Folge von Wundern (Hornblower schrieb den Erfolg weder seinem guten Urteil noch seinem seemännischen Können zu) hatte die Ausführung möglich gemacht.

Das Anzetteln einer Rebellion in den spanischen Kolonien war schon längst ein Traum der britischen Regierung gewesen; ein Traum, der für die britischen Offiziere, die ihn verwirklichen sollten, einen Alpdruck darstellte. Im Verlauf der letzten Jahre hatten die Admiräle Popham und Stirling sowie die Generäle Beresford und Whitelocke bei den wiederholten Versuchen, an den Ufern des La Plata eine Revolution zum Ausbruch zu bringen, ihren guten Ruf eingebüßt.

Ebenso gehörte die Eröffnung eines über den Isthmus von Darien verlaufenden Handelsweges schon längst zu den Lieblingsphantasien von Admiralitätsschreibern, die nur Karten kleinen Maßstabes vor sich hatten und keine praktische Erfahrung besaßen. Vor dreißig Jahren hatte der damals noch junge Kapitän Nelson beinahe den Tod gefunden, als er eine Expedition jenen Fluß San Juan hinaufführte, den Hornblower von seiner Quelle bis zur Mündung bereisen sollte.

Und um allem die Krone aufzusetzen, wurde so ganz nebenbei die Anwesenheit eines feindlichen Kriegsschiffes von fünfzig Kanonen erwähnt. Bezeichnend war es für die heimischen Behörden, daß man leichten Herzens eine Fregatte von sechsunddreißig Kanonen damit beauftragte, einen fast doppelt so starken Gegner zu erledigen. Die englische Flotte war in Einzelkämpfen stets so erfolgreich gewesen, daß man ihren Schiffen nachgerade zutraute, mit allen nur denkbaren Schwierigkeiten fertig zu werden. Gelang es der *Natividad* durch irgendeinen Umstand, die *Lydia* niederzukämpfen, so würde man keine Entschuldigung gelten lassen, und Hornblowers Karriere war erledigt. Selbst wenn ihm das unvermeidliche Kriegsgericht nicht den Hals umdrehte, so wäre er doch gezwungen, den Rest seines Daseins bei Halbsold zu verkümmern. Ein Mißerfolg bei der beabsichtigten Wegnahme der *Natividad*, ein Mißerfolg der geplanten Erhebung, ein Mißerfolg beim Eröffnen des Handelsweges . . . jeder einzelne dieser im Bereich der Möglichkeit liegenden Fehlschläge würde einen Verlust an Ansehen und dienstlicher Tätigkeit bedeuten. Nach der Rückkehr in die Heimat wäre er dann dazu verdammt, seiner Frau als ein Mann gegenüberzutreten, der weniger taugte als seine Kameraden.

Nachdem er alle diese düsteren Möglichkeiten erwogen hatte, schob Hornblower sie mit entschlossenem Optimismus beiseite. Zunächst einmal galt es, mit diesem Don Julian Alvarado in Verbindung zu treten. Das würde nicht sonderlich schwerfallen. Danach konnte man den Schatzschiffen nachstellen und Prisengelder gewinnen. Über den Rest der Zukunft gedachte sich Hornblower vorläufig keine Sorge zu machen. Er erhob sich von der Backskiste und ging in seine Kammer.

Zehn Minuten später erschien er auf dem Achterdeck. Diebischen Spaß machte es ihm, daß die Offiziere sich vergebens bemühten, keine Notiz von seinem aufgeputzten Aussehen zu nehmen. Hornblower warf einen Blick zu der schnell näher kommenden Küste hinüber.

»Lassen Sie Klarschiff anschlagen, Mr. Bush«, befahl er. Gleich darauf rasselten die Trommeln, und es wurde äußerst lebendig an Bord. Von den Rufen und Püffen der Maate angetrieben, stürzte sich die Besatzung mit Feuereifer an die Arbeit, das Schiff gefechtsklar zu machen. Die

Decks wurden mit Wasser übergossen und dann mit Sand bestreut. Die Feuerlöschmannschaft trat bei den Pumpen an; man entfernte die hölzernen Trennungswände innerhalb der Decks. Atemlose Seeleute schleppten Schießbedarf zu den Geschützen. Drunten ließ der zum Wundarzt beförderte Zahlmeister die Spinde der Midshipmen zusammenrücken, um daraus einen Operationstisch zu bauen.

»Wir wollen die Geschütze laden und ausrennen, Mr. Bush«, ordnete der Kommandant an.

In Anbetracht der Tatsache, daß die Fregatte vor dem Winde segelnd spanisches Hoheitsgebiet anlief, waren das sehr vernünftige Vorsichtsmaßregeln. Die Geschützbedienungen rissen die Hüllen von den Bodenstücken, zerrten wie die Wilden an den Taljen, um die Kanonen binnenbords zu ziehen, rammten die Pulverladung und die Rundkugel ein, vor die noch ein Pfropfen gekeilt wurde, und dann wurden die Geschütze mit Hilfe der Taljen wieder ausgerannt, so daß die Mündungen durch die offenen Stückpfosten ins Freie ragten.

»Schiff ist klar zum Gefecht, Sir«, meldete Bush, als das letzte Poltern verhallte. »Dauer des Manövers zehn Minuten, einundzwanzig Sekunden.« Noch immer nicht hätte er zu sagen vermocht, ob es sich um eine Exerzierübung oder um blutigen Ernst handelte. Es schmeichelte Hornblowers Eitelkeit, ihn weiterhin darüber im Zweifel zu lassen.

»Sehr schön, Mr. Bush. Lassen Sie klarmachen zum Ankern.«

Die auf Land zu wehende Brise wurde von Minute zu Minute frischer, und die Fahrgeschwindigkeit der *Lydia* nahm zu. Vom Achterdeck aus durchs Glas spähend, konnte Hornblower jede Einzelheit der Einfahrt erkennen. Er sah auch den breiten Kanal, der sich zwischen der

Insel Conchaquita und dem westlichen Festland hinzog. Der Karte zufolge sollte er bei fünf Meilen Länge eine Tiefe von zwanzig Faden besitzen, aber diesen spanischen Seekarten war nicht zu trauen. Er befahl zu loten.

Totenstill wurde es an Bord. In der Takelage harfte der Wind, und unter dem Heck gurgelte das Wasser.

»Hundert Faden und keinen Grund, Sir.«

Demnach mußte die Küste sehr steil sein, denn man stand nur noch zwei Meilen vom Lande ab. Immerhin hatte es keinen Zweck, unter vollen Segeln auf Grund zu laufen.

»Lassen Sie die Untersegel festmachen«, ordnete Hornblower an. »Es wird weitergelotet.«

Nur unter Marssegeln glitt die *Lydia* dem Ziel entgegen. Bald verkündete ein vom Vorschiff herübertönender Ruf, daß man bei hundert Faden Grund gefunden hatte, und dann nahm die Tiefe bei jedem Wurf gleichmäßig ab. Hornblower hätte gern Näheres über die Gezeiten gewußt. Wenn man doch noch auflief, so war das weniger schlimm bei Flut als bei Ebbe. Indessen fehlte ihm die Möglichkeit, Feststellungen zu machen. Um einen besseren Überblick zu gewinnen, enterte er in die Unterwanten des Kreuzmastes. Abgesehen von den Lotenden standen sämtliche Leute der Besatzung ungeachtet der blendenden Hitze starr auf ihren Manöverstationen. Die Fregatte hatte fast die Mündung des Kanals erreicht. Hornblower bemerkte unweit der Schiffsseite einiges Treibholz, und als er das Glas darauf richtete, erkannte er, daß es in die Bucht hineintrieb. Also hatte die Flut noch nicht ihren Höchststand erreicht. Um so besser.

»Gerade . . . neun!« sang der Mann am Lot aus.

Na ja, und die Dago-Karte zeigte an dieser Stelle zehn Faden an.

»Sieben ... undeinhalb.«

Der Kanal wurde schnell flacher. Vermutlich mußte man aus diesem Grunde bald ankern.

»Siebenundeinhalb.«

Immer noch reichlich Wasser unter dem Kiel. Hornblower rief dem Rudergänger etwas zu, worauf die *Lydia* nach Steuerbord abfiel und einer schwachen Biegung der Fahrtrinne folgte.

»Siebenundeinhalb.«

Schön. Die Fregatte blieb auf dem neuen Kurs.

»Gerade ... sieben.«

Der Kommandant spähte scharf nach vorn, als könne er den Verlauf der tiefsten Senke erkennen.

»Gerade ... sieben.«

Ein Befehl Hornblowers brachte das Schiff etwas dichter ans jenseitige Ufer heran. Ruhig schickte Bush die Mannschaft an die Brassen, um die Rahen für den anliegenden Kurs zu trimmen.

»Siebenundeinhalb.«

Das war besser.

»Gerade neun.«

Noch besser. Die *Lydia* stand nun schon ein gutes Stück innerhalb der Bucht, und die Flut blieb im Steigen. Man kroch über das glasige Wasser, indessen der Mann am Lot mit monotoner Stimme die gemessenen Tiefen aussang und der steile, in der Mitte der Bay gelegene Kegel näher kam.

»Sieben ... dreiviertel.«

»Klar zum Ankern?« fragte Hornblower.

»Alles klar, Sir.«

»Gerade sieben.«

Es lag kein Anlaß vor, noch weiterzusegeln.

»Fallen Anker.«

Die Kette polterte aus der Klüse, während die Wache aufenterte, um die Toppsegel festzumachen. Indessen Hornblower wieder zum Achterdeck zurückkehrte, schwang die *Lydia* dem Winde und dem Strom entsprechend herum.

Bush starrte seinen Vorgesetzten wie einen Wundertäter an. Sieben Wochen nach dem Passieren von Kap Hoorn hatte er die *Lydia* genau zum Ziel geführt; mit der Seebrise und einlaufender Flut war er angekommen, und falls sich Gefahren einstellten, so würde man sich bei Ebbe und Landwind wieder entfernen können. Wieviel war hierbei Glücksfall und wieviel Berechnung? Bush konnte es nicht sagen, aber da er von des Kommandanten seemännischen Fähigkeiten eine höhere Meinung besaß als Hornblower selber, so neigte er dazu, ihm mehr Ruhm zuzugestehen, als er verdiente.

»Die Freiwache kann wegtreten, Mr. Bush.«

Da sich die Fregatte bei geladenen Geschützen weitab jeder unmittelbaren Gefahr befand, bestand keine Notwendigkeit, die ganze Besatzung auf den Gefechtsstationen zu belassen. Sofort ging es wie ein vergnügtes Summen durchs Schiff. Die Leute der Freiwache drängten sich an die Reling und starrten zu den grünen, von grauen Felsen überragten Urwäldern hinüber. Hornblower war sich nicht ganz über die nächsten Schritte klar. Die Erregung, in die er durch die Aufgabe versetzt worden war, das Schiff in einen unbekannten Hafen zu steuern, hatte ihn daran verhindert, frühzeitig die weiteren Maßnahmen zu erwägen. Ein Anruf des Ausgucks machte weitere Überlegungen unnötig.

»Boot legt von Land ab. Steuerbord zwei Strich achterlicher als dwars.«

Ein weißer Doppelfleck näherte sich langsam dem

Schiff. Durchs Glas erkannte Hornblower ein offenes Boot, über dem zwei kleine lateinische Segel standen. Nun sah er auch, daß sich ein halbes Dutzend dunkelhäutiger Männer an Bord befand. Sie trugen breitkrempige Strohhüte. Fünfzig Meter entfernt drehte das Fahrzeug bei. Am Heck des Bootes stand jemand auf, legte die Hände an den Mund und schrie eine Frage über das Wasser. Der Mann sprach spanisch.

»Ist das ein englisches Schiff?«

»Ja. Kommen Sie an Bord«, erwiderte Hornblower. Zwei Jahre spanischer Gefangenschaft hatten ihm die Gelegenheit zur Erlernung der Landessprache geboten.

Das Boot kam längsseit, und der Fremde, der die *Lydia* angerufen hatte, enterte über das Seefallreep behende an Deck. Droben angekommen, blieb er stehen und musterte mit einer gewissen Neugier die fleckenlosen Decksplanken und die überall herrschende militärische Ordnung. Er trug eine ärmellose, mit Gold reichbestickte schwarze Weste. Darunter kam ein schmutziges weißes Hemd zum Vorschein, und die ausgefransten, ebenfalls schmutzigen weißen Hosen endeten unterhalb der Knie. Der Mann war barfuß. In einer um die Hüften geschlungenen roten Schärpe trug er zwei Pistolen und einen kurzen, aber schweren Säbel. Wenn er auch fließend spanisch sprach, so sah er doch nicht wie ein Spanier aus. Das ihm über die Ohren hängende schwarze Haupthaar war glanzlos und dünn. Die braune Haut zeigte einen Übergang zum Rötlichen, und das Weiß der Augen war ein wenig gelb. Die Oberlippe wurde von einem langen, dünnen Schnurrbart bedeckt. Sein Blick erkannte sofort den Kommandanten an dessen Paraderock und dem Dreimaster. Er trat auf ihn zu. Gerade in der Voraussicht solcher Begegnung hatte sich Hornblower so feierlich angezogen, und nun freute er sich darüber.

»Sie sind der Kapitän, Sir?« fragte der Besucher.

»Jawohl. Kapitän Horatio Hornblower von Seiner Britannischen Majestät Fregatte *Lydia*, Ihnen zu dienen. Und wen habe ich das Vergnügen willkommen zu heißen?«

»Manuel Hernandez, Generalleutnant el Supremos.«

»El Supremo?« wiederholte Hornblower befremdet. Der Name ließ sich nur schwer übersetzen. ›Der Allmächtige‹ mochte dem Sinne noch am nächsten kommen.

»Jawohl; el Supremo. Sie wurden hier bereits vor vier oder sechs Monaten erwartet.«

Schnell überlegte Kapitän Hornblower. Er wagte es nicht, irgendeiner amtlichen Persönlichkeit den Grund seines Kommens zu nennen, aber da der Mann wußte, daß er erwartet wurde, gehörte er vermutlich zu Alvarados Verschwörern.

»An el Supremo soll ich mich nicht wenden«, wich er aus.

Hernandez machte eine Bewegung der Ungeduld.

»Unser Gebieter el Supremo war den Menschen bis vor kurzem als Seine Exzellenz Don Julian Maria de Jesus Alvarado y Montezuma bekannt.«

»Ach so«, nickte Hornblower. »Don Julian möchte ich allerdings sprechen.«

Die schlichte Erwähnung des Don Julian mißfiel Hernandez offensichtlich.

»El Supremo . . .«, er legte großen Nachdruck auf die Bezeichnung, »hat mich beauftragt, Sie zu ihm zu bringen.«

»Und wohin wäre das?«

»Er weilt in seinem Haus.«

»Wo ist das Haus?«

»Herr Kapitän, es dürfte doch wohl genügen zu wissen, daß el Supremo Ihren Besuch wünscht.«

»Meinen Sie? Nun, dann muß ich Sie bitten, sich zu vergegenwärtigen, daß der Kommandant eines Schiffes Seiner Britannischen Majestät nicht gewohnt ist, irgendeinem Menschen auf dessen Wink zur Verfügung zu stehen. Meinetwegen können Sie gehen und das Don Julian melden.« Hornblowers Haltung deutete die Beendigung des Gespräches an. Der Amerikaner kämpfte einen schweren inneren Kampf durch, aber die Aussicht, ohne den Kapitän wieder vor das Antlitz el Supremos treten zu müssen, war durchaus nicht verlockend.

»Das Haus steht da drüben«, sagte er verstimmt, indem er über die Bucht deutete. »Auf der Bergseite. Wir müssen, um hinzukommen, durch die Stadt, die hinter dem Vorsprung versteckt ist.«

»Dann werde ich kommen. Sie entschuldigen mich für einen Augenblick, Herr General.«

Hornblower wandte sich an den neben ihm stehenden Bush, der ihn bisher mit dem halb befremdeten, halb bewundernden Blick eines Menschen betrachtet hatte, der einen Landsmann fließend eine ihm selbst unbekannte Sprache sprechen hört.

»Mr. Bush, ich gehe an Land und hoffe bald zurückzukehren. Wenn ich bis Mitternacht weder an Bord bin noch Sie schriftlich benachrichtigt habe, so müssen Sie Maßnahmen zur Sicherung des Schiffes ergreifen. Hier ist mein Schreibtischschlüssel. Ich befehle Ihnen, um Mitternacht die mir von der Admiralität erteilten Geheimbefehle zu lesen und danach zu handeln, wie Sie es für richtig halten.«

»Aye, aye, Sir«, sagte Bush. Sein Gesicht drückte Unruhe aus, und mit einem Gefühl freudiger Überraschung erkannte Hornblower, daß der Untergebene wirklich um das Wohl seines Kommandanten besorgt war. »Glauben

Sie, Sir, daß es für Sie ratsam sein wird . . . allein an Land zu gehen?«

»Ich weiß nicht«, erwiderte Hornblower gleichgültig. »Ich muß es aber tun und damit basta.«

»Wir holen Sie heraus, Sir, wenn es irgendwelche Schweinereien gibt.«

»In allererster Linie kümmern Sie sich um die Sicherheit des Schiffes«, versetzte der Kapitän scharf. Vor seinem geistigen Auge sah er Bush mit einer wertvollen Landungsabteilung in den fieberverseuchten Urwäldern Mittelamerikas herumirren. Dann trat er zu dem wartenden Hernandez. »Ich stehe zu Ihrer Verfügung, Señor.«

4

Jenseits der Landzunge lief das Boot sanft auf den goldgelben Sand des Ufers. Die schwärzliche Besatzung sprang außenbords und zog das Fahrzeug so weit auf den Strand, daß Hornblower und Hernandez es trockenen Fußes verlassen konnten. Gespannt sah der Seeoffizier sich um. Die Stadt erstreckte sich fast bis an den Sandstreifen. Sie stellte ein Sammelsurium von einigen hundert mit Palmblättern gedeckten Häusern dar. Nur wenige von ihnen besaßen ein Ziegeldach. Hernandez führte.

»Agua, agua . . .«, krächzte eine Stimme. »Um Gottes Barmherzigkeit willen Wasser.«

Ein Mann war neben dem Pfade an einen zwei Meter hohen Pfahl gefesselt worden. Die Hände hatte man frei gelassen, und nun ruderte er wie irrsinnig mit den Armen umher. Die Augen quollen ihm aus den Höhlen, und die Zunge sah aus, als sei sie zu groß für den Mund. Geier umflatterten ihn und kreisten über seinem Kopf.

»Wer ist das?« fragte Hornblower erschrocken.

»Ein Mann, den el Supremo zum Tode des Verschmachtens verurteilt hat«, antwortete sein Begleiter. »Er ist einer der Unerleuchteten.«

»Man foltert ihn zu Tode?«

»Dies ist sein zweiter Tag. Morgen wird er sterben, wenn ihn die Mittagssonne bescheint«, gab Hernandez gleichgültig zur Antwort. »Das tun sie immer.«

»Aber was hat er verbrochen?«

»Wie ich Ihnen schon sagte, Herr Kapitän, er ist einer der Unerleuchteten.«

Hornblower widerstand der Versuchung, sich nach dem Sinn des Wortes ›Erleuchtung‹ zu erkundigen. Die Tatsache, daß Alvarado den Namen el Supremo angenommen hatte, gab ihm immerhin einen Hinweis, und er war schwach genug, sich ohne Widerspruch an dem Unglücklichen vorüberführen zu lassen, denn er mußte annehmen, daß keine Vorstellungen von seiner Seite imstande sein würden, die Befehle el Supremos umzustoßen. Ein erfolgloser Protest aber hätte lediglich sein eigenes Ansehen geschädigt. So beschloß er, den Fall so lange sich auf sich beruhen zu lassen, bis er dem Machthaber Auge in Auge gegenüberstand.

Zwischen den Palmblätterhütten wanden sich kleine kotige, von Schmutz starrende und stinkende Gassen hindurch. Geier hockten auf den Firsten oder zankten sich mit den Straßenkötern. Die indianische Bevölkerung ging ihrer alltäglichen Beschäftigung nach, ohne sich darum zu kümmern, daß fünfzig Meter vom Ortsrand entfernt ein Mensch verdurstete. Die Leute waren ausnahmslos braun mit einem Stich ins Rötliche, wie das auch bei Hernandez der Fall war. Die Kinder liefen nackt umher, die Weiber trugen, soweit sie nicht schwarz gekleidet waren, schmutzigweiße Kleider. Die wenigen Männer waren bei entblößtem Oberkörper lediglich mit weißen Kniehosen bekleidet. Die Hälfte der Hütten schien Kaufläden zu sein. Auf ihrer einen offenen Seite befanden sich in der Auslage einige Früchte oder ein paar Eier. An einem der Stände feilschte eine schwarzgekleidete Frau.

Auf dem kleinen Platz im Mittelpunkt der Stadt standen etliche winzige Pferde, die sich der Fliegen zu erwehren suchten. Die Begleiter des ›Generals‹ Hernandez beeilten sich, zwei davon loszubinden und sie zum Aufsitzen bereitzuhalten. Es war ein schwieriger Augenblick für Hornblower. Er wußte selbst, daß er kein guter Reiter war und daß er in seinen besten Seidenstrümpfen, mit umgeschnalltem Säbel und dem Dreimaster auf dem Kopf keine gute Figur zu Pferde machen würde. Aber das ließ sich nun einmal nicht ändern. Man erwartete mit solcher Selbstverständlichkeit, ihn aufsitzen zu sehen, daß es kein Zurück gab. So stellte er denn den Fuß in den Bügel und schwang sich in den Sattel. Zu seiner Genugtuung merkte er, daß der ihm zugewiesene Gaul sanft und folgsam war. Er trabte neben Hernandez und wurde schrecklich durchgeschüttelt. Der Schweiß strömte ihm über das Gesicht, und alle Augenblicke mußte er hastig nach dem verrutschten Hut greifen. Steil aufwärts ging es einen schmalen Pfad entlang, dessen Breite nur für einen einzigen Reiter ausreichte, so daß Hernandez mit höflicher Geste vorausritt. Die Begleitmannschaft folgte in einem Abstand von fünfzig Meter.

Auf dem beiderseits von Bäumen und Buschwerk begrenzten Wege war es erstickend heiß. Zudringliche Stechfliegen umsummten den Seemann. Eine halbe Meile weiter aufwärts trat eine faulenzende Wache erschrocken unter das Gewehr. Gleich darauf sah man wieder Männer, die dem armen Teufel glichen, den Hornblower zuerst bemerkt hatte. Man hatte sie an Pfähle gebunden, um sie verschmachten zu lassen. Einige waren tot, nur noch stinkende Massen faulenden Fleisches. Beim Vorüberkommen der Pferde erhoben sich ganze Wolken summender Fliegen; vollgefressene Geier mit abstoßend häßlichen kahlen Hälsen taumelten schweren Flügelschlages vor den Pferden her und suchten, da sie sich nicht mehr in die Luft erheben konnten, ins Dickicht auszuweichen.

Schon wollte Hornblower fragen: »Sind das ebenfalls Unerleuchtete, Herr General?« als ihm die Zwecklosigkeit solcher Bemerkung einfiel. Es war besser, den Mund zu halten. Schweigend ritt er durch den Gestank und die Fliegenschwärme, wobei er versuchte, sich eine Meinung über den Charakter eines Mannes zu bilden, der verwesende Leichen sozusagen auf seiner Türschwelle liegen ließ.

Der Weg führte über einen Berghang. Minutenlang genoß Hornblower den Blick auf die unter ihm liegende, im Licht der Abendsonne blau, silbern und golden glänzende Bucht, in der die *Lydia* vor Anker lag. Dann plötzlich befand man sich inmitten bebauten Landes. Orangenpflanzungen, deren Bäume mit Früchten behangen waren, begrenzten den Pfad, und durch die Zweige hindurch bemerkte Hornblower reichtragende Felder. Die schnell sinkende Sonne ließ die Apfelsinen aufleuchten, und als die Reiter einen Vorsprung umritten, lag hellbeschienen ein langgestrecktes und großes Gebäude vor ihnen.

»Das Haus von el Supremo«, sagte Hernandez.

Im offenen Hof nahmen ihnen Stallburschen die Pferde ab. Steifbeinig kletterte Hornblower aus dem Sattel. Er bedauerte seine besten Seidenstrümpfe, die durch den Ritt arg in Mitleidenschaft gezogen waren. Die Diener, die ihn ins Haus geleiteten, besaßen eine ähnliche, aus Pracht und

Lumpen zusammengesetzte Kleidung wie Hernandez: scharlachrot und Gold oben, Fetzen und bloße Füße unten. Der prunkvollste von allen, dessen Züge eine starke Beimischung von Negerblut und einen geringen europäischen Einschlag zeigten, trat den Ankömmlingen mit besorgtem Gesichtsausdruck entgegen.

»Man hat el Supremo warten lassen«, sagte er. »Bitte folgen Sie mir schnellstens.«

Fast laufend eilte er einen Korridor entlang, der vor einer messingbeschlagenen Tür endete. Er pochte geräuschvoll, wartete einen Moment, klopfte nochmals, warf die Tür auf und neigte sich tief zur Erde. Hornblower trat ein. Ihm folgte Hernandez, und den Beschluß machte der Majordomo, der die Tür wieder schloß. Das langgestreckte Zimmer hatte blendendweiß getünchte Wände. Die Decke wurde von schweren, mit Malereien und Schnitzwerk verzierten Balken getragen. Am anderen Ende des Raumes erhob sich ein dreistufiger Thron, und darauf saß unter einem Baldachin der Mann, den aufzusuchen Hornblower um die halbe Welt geschickt worden war.

Der kleine, dunkelhäutige und offensichtlich nervöse Kreole hatte stechende schwarze Augen; das schüttere Haar fing an den Schläfen an grau zu werden. Seinem Aussehen nach konnte er nur eine ganz geringfügige Beimischung indianischen Blutes besitzen. Er war europäisch gekleidet, trug einen goldgesäumten roten Rock, eine weiße Halsbinde, weiße Kniehosen und Strümpfe. An den Schuhen befanden sich goldene Schnallen. Hernandez krümmte sich vor ihm. »Lange bist du fortgeblieben«, herrschte Alvarado ihn an. »Elf Männer wurden in deiner Abwesenheit ausgepeitscht.«

»Supremo«, seufzte Hernandez, dessen Zähne vor

Angst zu klappern begannen, »der Kapitän folgte sofort Ihrer Aufforderung, zu Ihnen zu kommen.«

Alvarado richtete seinen stechenden Blick auf Hornblower, der sich gemessen verneigte. Seine Gedanken spielten mit dem Verdacht, daß jene elf bloß der Länge der Zeit wegen mißhandelt worden waren, die ein Ritt vom Strande bis zum Herrenhaus in Anspruch nahm.

»Kapitän Horatio Hornblower von Seiner Britannischen Majestät Fregatte *Lydia*«, stellte er sich vor.

»Sie haben mir Waffen und Schießpulver mitgebracht?«

»Sie befinden sich an Bord.«

»Schön. Sie werden mit dem General Hernandez Vereinbarungen wegen der Landung treffen.«

Hornblower dachte an die beinahe leeren Vorratslasten seines Schiffes und daran, daß er dreihundertundachtzig Mann zu beköstigen hatte. Überdies begann er bereits, wie das jedem Kommandanten ergangen wäre, Unruhe wegen seiner Abhängigkeit vom Lande zu verspüren. Diese Nervosität würde sich erst legen, wenn die *Lydia* wieder so ausgiebig mit Lebensmitteln, Wasser und Brennholz versehen war, daß sie um das Kap Hoorn segelnd zum mindesten Westindien oder St. Helena, wenn nicht überhaupt die Heimat erreichen konnte.

»Ich vermag nichts abzugeben, Sir, ehe nicht die Bedürfnisse des Schiffes befriedigt sind«, sagte er. Er hörte, wie Hernandez ob solcher gotteslästerlichen Einwendung gegen die Befehle el Supremos scharf den Atem einzog. Der Tyrann runzelte die Brauen. Sekundenlang sah es so aus, als wollte er versuchen, seinen allmächtigen Willen dem fremden Kapitän aufzuzwingen, aber sofort hellten sich seine Züge wieder auf, denn er erkannte, daß es töricht sein würde, mit seinem neuen Verbündeten Streit zu beginnen. »Gewiß«, nickte er. »Bitte teilen Sie dem General Hernandez mit, was Sie brauchen; er wird Sie mit allem versehen.« Hornblower hatte schon öfters mit spanischen Offizieren zu tun gehabt, und er wußte, wie freigebig sie mit leeren Versprechungen sein konnten. Er nahm an, daß spanisch-amerikanische Rebellenoffiziere noch um ein gutes Teil weniger zuverlässig waren, und so entschloß er sich, seine Wünsche gleich an Ort und Stelle vorzutragen, so daß immerhin einige Möglichkeit dafür bestand, wenigstens einen Teil davon in naher Zukunft erfüllt zu sehen.

»Morgen müssen meine Wasserfässer gefüllt werden«, erklärte er. Hernandez nickte.

»Unweit der Landungsstelle befindet sich eine Quelle. Wenn Sie wünschen, stelle ich Ihnen Leute zum Helfen.«

»Danke, das wird nicht nötig sein. Meine Mannschaft kann das allein besorgen. Außer dem Frischwasser benötige ich . . .«

Hornblower stellte in Gedanken eine Liste alles dessen zusammen, was eine Fregatte für sieben Monate auf See brauchte.

»Nun, Señor?«

»Ich benötige zweihundert Rinder oder zweihundertundfünfzig, wenn sie mager und klein sind; fünfhundert Schweine, viereinhalb Tonnen Salz, vierzig Tonnen Hartbrot, und wenn das nicht zu beschaffen ist, das gleiche Gewicht in Mehl, nebst Öfen und Brennstoff zum Backen. Ferner den Saft von vierzigtausend Zitronen oder Orangen; die Fässer zum Einfüllen kann ich stellen. Dann zehn Tonnen Zucker, fünf Tonnen Tabak und eine Tonne Kaffee. Sie bauen hierzulande Kartoffeln an, nicht wahr? Also schön, zwanzig Tonnen Kartoffeln werden genügen.«

Während der Aufzählung war das Gesicht Hernandez' länger und länger geworden.

»Aber der Kapitän . . .«, suchte er zu widersprechen, doch Hornblower fiel ihm ins Wort.

»Ferner brauche ich für die Dauer unseres Hierseins fünf Ochsen pro Tag, zwei Dutzend Hühner, so viel Eier, wie Sie auftreiben können, und Frischgemüse für den Bedarf meiner Besatzung.«

Von Natur war Hornblower ein gutherziger Mann, aber sowie es sich um Dinge des Schiffes handelte, wurde er hart.

»Zweihundert Ochsen!« stöhnte der unglückliche Hernandez. »Fünfhundert Schweine?«

»Diese Zahlen habe ich genannt«, versetzte Hornblower unerschütterlich. »Wohlverstanden, zweihundert *fette* Ochsen.«

In diesem Augenblick griff el Supremo ein.

»Sorge dafür, daß des Kapitäns Wünsche erfüllt werden«, sagte er mit ungeduldiger Geste. »Verschwinde jetzt.«

Hernandez zögerte nur für den Bruchteil einer Sekunde, ehe er sich zurückzog. Leise schloß sich hinter ihm die schwere, messingbeschlagene Tür.

»Das ist die einzige Art, mit diesem Volk umzuspringen«, bemerkte el Supremo leichthin. »Sie sind nicht anders als Tiere. Jede Höflichkeit ist an sie verschwendet. Zweifellos sahen Sie auf Ihrem Wege hierher einige Verbrecher, die ihre Strafe erlitten?«

»Allerdings.«

»Meine irdischen Vorfahren gaben sich viel zuviel Mühe beim Erfinden wirkungsvoller Strafen. Sie verbrannten die Menschen in umständlicher Weise, ließen ihnen zum Klange von Musik und unter Tänzen das Herz aus der Brust schneiden oder schnürten sie in frische Tierfelle, um sie dann der Sonne auszusetzen. Ich finde das alles höchst überflüssig. Der Befehl, so einen Kerl anbinden und verdursten zu lassen, genügt. Die Leute sind unfähig, das Einfachste zu begreifen, so gibt es noch heute welche, die nicht einsehen wollen, daß das Blut Alvarados und Montezumas göttlich sein muß. Nach wie vor beten sie törichterweise zu Christus und der Jungfrau.«

»So?« meinte Kapitän Hornblower.

»Einer der ersten Anhänger konnte sich nicht vom Einfluß früherer Erziehung frei machen. Als ich meine Göttlichkeit erklärte, machte er tatsächlich den Vorschlag, man solle Missionare zur Bekehrung der Stämme ausschicken, als wenn ich beabsichtigte, eine neue Religion zu verbreiten. Er konnte nicht begreifen, daß es sich nicht um eine Sache der Anschauung, sondern um eine feststehende Tatsache handelte. Natürlich war er unter den ersten, die den Tod des Verschmachtens sterben mußten.«

»Natürlich.«

Hornblower war sehr betroffen von dem, was er erlebte, hielt aber an der Tatsache fest, daß er sich mit diesem Wahnsinnigen verbünden mußte. Die Verproviantierung der *Lydia* hing von solcher Zusammenarbeit ab, und das war eine ungeheuer lebenswichtige Sache.

»Ihr König Georg wird entzückt gewesen sein, als er davon hörte, daß ich mich zum gemeinsamen Handeln mit ihm entschlossen habe«, fuhr el Supremo fort.

»Er trug mir auf, Sie seiner Freundschaft zu versichern«, erwiderte Hornblower vorsichtig.

»Begreiflich, daß er nicht darüber hinausging«, nickte el Supremo. »Das Blut der Welfen kann sich nicht mit dem der Alvarado messen.«

»Ha-hm«, machte Hornblower. Er fand das nichtssagende Geräusch ebenso praktisch für eine Unterredung mit diesem Mittelamerikaner als dem Leutnant Bush gegenüber.

El Supremos Brauen zogen sich kaum merkbar zusammen. »Ich nehme an, daß Ihnen die Geschichte der Alvarado bekannt ist«, sagte er ein wenig steif. »Sie wissen, wer der erste dieses Namens hier im Lande war.«

»Er erschien als Gefolgsmann des Fernando Cortez ...«, begann der Engländer, aber el Supremo fiel ihm ins Wort. »Gefolgsmann? Keine Spur! Ich wundere mich, daß Sie solchen Lügen zugänglich sind. Er war der Führer der Konquistadoren, und nur infolge einer Geschichtsfälschung wird Cortez als Kommandeur genannt. Alvarado eroberte Mexiko und dann die ganze Küste bis zum Isthmus. Er heiratete die Tochter Montezumas, des aztekischen Kaisers. Als direkter Abkömmling dieser Verbindung hat es mir gefallen, die Familiennamen Alvarado und Montezuma wieder zu vereinigen. In Europa aber läßt sich der Name Alvarado noch viel weiter zurückverfolgen, über die Römer und das Reich Alexanders hinaus bis zum Beginn aller Zeiten. Es ist also nur natürlich, daß das Geschlecht in meiner Person wieder göttliche Gestalt annahm. Ich freue mich, daß Sie mir beistimmen, Herr Kapitän ...«

»Hornblower.«

»Danke sehr. Und nun dürfte es wohl zweckmäßig sein, die Pläne zur Ausdehnung meines Imperiums zu erörtern.«

»Ich stehe zu Ihrer Verfügung.« Hornblower sagte sich, daß er wenigstens so lange diesem Irren nachgeben mußte, bis die *Lydia* verproviantiert war, obwohl seine ohnehin schwache Hoffnung, in diesem Lande eine erfolgreiche Erhebung zu organisieren, schnell dahinschwand.

»Der Bourbone, der sich König von Spanien nennt«, begann Don Julian wiederum, »hat einen Stellvertreter hier, der sich selbst als Generalkapitän von Nicaragua bezeichnet. Vor einiger Zeit sandte ich dem Herrn einen Boten und befahl ihm, mir den Eid der Treue zu leisten. Dies tat er jedoch nicht; vielmehr ließ er sich dazu mißleiten, meinen Abgesandten in Managua öffentlich aufzuhängen. Von den Unverschämten, die er daraufhin aussandte, sich meiner geheiligten Person zu bemächtigen, wurden etliche unterwegs getötet, andere starben an den Pfählen, und nur wenige waren so glücklich, das Licht innerlicher Erleuchtung zu erblicken. Sie dienen jetzt in den Reihen meines Heeres. Wie ich höre, steht der Generalkapitän an der Spitze von dreihundert Mann in der Stadt San Salvador. Ich beabsichtige, auf die Stadt vorzurücken und sie samt dem Generalkapitän und den Unerleuchteten zu verbrennen, sobald Sie die für mich bestimmten Waffen gelandet haben werden. Vielleicht begleiten Sie mich auf meinem Zuge. Es lohnt sich, eine brennende Stadt zu sehen.«

»Zuerst muß mein Schiff versorgt werden«, erklärte Hornblower standhaft.

»Dafür habe ich bereits die nötigen Befehle erteilt«, klang es ein wenig ungeduldig.

»Und weiter«, fuhr der Seemann fort, »ist es meine dienstliche Pflicht, den Standort des Kriegsschiffes *Natividad* festzustellen, das in diesen Gewässern kreuzen soll. Ehe ich mich auf irgendwelche Kampfhandlungen zu Lande einlassen kann, muß ich dafür sorgen, daß die *Natividad* meiner Fregatte keinen Schaden zufügen kann. Entweder ich nehme sie weg oder ich überzeuge mich wenigstens davon, daß sie zu weit entfernt ist, um eingreifen zu können.«

»Es wird besser sein, sie zu erobern, Herr Kapitän. Nach den mir vorliegenden Meldungen kann ihr Einlaufen in die Bucht jeden Augenblick erwartet werden.«

»Dann muß ich sofort an Bord zurückkehren«, rief

Hornblower erregt. Die Möglichkeit, daß die Fregatte in seiner Abwesenheit von einem fünfzig Kanonen tragenden Gegner angegriffen wurde, versetzte ihn geradezu in Panikstimmung. Was würden die Lords der Admiralität sagen, wenn die *Lydia* verlorenging, während sich der Kommandant an Land befand?

»Das Essen wird aufgetragen«, sagte el Supremo.

In diesem Augenblick flog die große Tür am anderen Ende der Halle auf. Langsam trat eine ganze Schar von Dienern ein, die einen großen, mit silbernem Geschirr bedeckten Tisch trugen, auf dem auch vier hohe, jeweils mit fünf brennenden Kerzen besteckte Leuchter standen.

»Entschuldigen Sie mich, aber ich kann nicht zum Essen bleiben«, sagte Hornblower.

»Wie es Ihnen beliebt«, gab el Supremo gleichgültig zur Antwort. »Alfonso!«

Der negroide Majordomo trat ein und verneigte sich tief.

»Sorge dafür, daß der Herr Kapitän zum Schiff zurückkehren kann.«

El Supremo hatte die Worte kaum gesprochen, als er in Träumereien zu versinken schien. Der mit den Vorbereitungen für das Mahl eifrig beschäftigten Dienerschaft schenkte er keine Aufmerksamkeit. Hornblower, der unbeachtet vor ihm stand, bereute bereits den übereilten Entschluß, an Bord zurückzukehren. Einerseits wollte er sich keines Verstoßes gegen die guten Sitten schuldig machen, andrerseits machte er sich Sorgen wegen der Verproviantierung der *Lydia*, und schließlich kam es ihm peinlich zum Bewußtsein, daß seine gegenwärtige unsichere Haltung gegenüber einem Mann, der ihn nicht weiter beachtete, seiner eigenen Stellung unwürdig war.

»Bitte mir zu folgen, Señor«, vernahm er neben sich die Stimme Alfonsos, indessen el Supremo noch immer geistesabwesend ins Leere blickte. Da fügte sich Hornblower und folgte dem Majordomo ins Freie.

Draußen standen im Zwielicht drei Pferde. Verwirrt von der plötzlichen Entlassung, stellte Hornblower seinen Fuß in die verschränkten Hände eines halbnackten, seitwärts des Pferdes knienden Sklaven und schwang sich in den Sattel. Die Begleiter klapperten ihm voraus durch das Tor; er folgte ihnen. Es wurde schnell dunkel.

Bei einer Wendung des Weges lag die ausgedehnte Bucht vor ihm. Der schmale zunehmende Mond stand tief am westlichen Himmel. Schattenhafte Umrisse verrieten die Stelle, an der die *Lydia* vor Anker lag. Sie wenigstens war etwas Handgreifliches und Wirkliches in dieser irrsinnigen Welt. Im Osten glühte plötzlich der Gipfel eines Berges auf und rötete die darüberhängenden Wolken, um gleich darauf wieder in nächtlichem Dunkel zu versinken. In scharfem Trabe ging es hangabwärts, vorbei an den stöhnenden, gefesselten Menschen, vorüber an den stinkenden Leichen und hinein in die kleine Stadt. Nichts rührte sich; nirgends brannte Licht. Hornblower mußte es dem Instinkt seines Gaules überlassen, nicht den Anschluß an die anderen zu verlieren. Das Hufgeklapper verstummte, als sie den weichen Sand des Ufers erreichten. Gleichzeitig vernahm Hornblower aufs neue das erbarmungswürdige Jammern des zuerst bemerkten Opfers, und vor ihm tauchte der leicht phosphoreszierende Rand des Meeres auf.

Im Dunkel tastete er sich ins wartende Boot und saß dann regungslos auf der Ducht, indessen die unsichtbare Mannschaft zur Begleitung explosionsartig hervorgestoßener Befehle ablegte. Kein Lüftchen regte sich, die Seebrise war mit Sonnenuntergang eingeschlafen, der Landwind noch nicht erwacht. Die Leute zerrten an den sechs Riemen, und bei jedem Schlag leuchtete schwach der aufgewirbelte Schaum. Weit draußen auf dem Wasser konnte Hornblower die Fregatte liegen sehen, und eine Minute später vernahm er die willkommene Stimme seines ihn anrufenden Ersten.

»Boot ahoi!«

Hornblower legte die Hände an den Mund. »Lydia!« rief er zurück. Nähert sich der Kommandant seinem Schiff, so gibt er sich durch die Nennung des Schiffsnamens zu erkennen.

Er konnte jetzt alle die üblichen Geräusche hören. Die Maate und die Fallreepsgäste eilten zum Fallreep, gemessenen Schrittes nahten die Seesoldaten, und an verschiedenen Stellen flackerten Laternen auf. Das Boot schor längsseit, und der Kapitän sprang auf die Fallreepstreppe hinüber. Es tat ihm wohl, wieder festes Eichenholz unter den Füßen zu spüren. Nun schrillten die Bootsmannspfeifen im Chorus, die Seesoldaten präsentierten das Gewehr, und Bush empfing seinen Kommandanten droben mit dem ganzen Zeremoniell, das dem an Bord Kommenden zustand.

Im Schein der Laterne bemerkte Hornblower den Ausdruck der Erleichterung in Bushs ehrlichem Gesicht. Er sah sich um. In Decken gewickelt lag die eine Wache auf den Decksplanken, während die andere bei den Geschützen und auf ihren sonstigen Gefechtsstationen kauerte. In einem vermutlich feindlichen Hafen vor Anker liegend, hatte Bush keine der notwendigen Vorsichtsmaßregeln außer acht gelassen.

»Sehr gut, Mr. Bush«, sagte Hornblower. Dann kam es ihm zum Bewußtsein, daß seine weißen Kniehosen von dem schmutzigen Sattel besudelt worden waren und daß ihm seine besten Seidenstrümpfe in Fetzen um die Beine hingen. Er war unzufrieden mit seinem Aussehen, und die Tatsache, daß er, ohne seiner Meinung nach etwas für die

Zukunft geregelt zu haben, in dieser würdelosen Erscheinung an Bord zurückkehrte, beschämte ihn. Er ärgerte sich über sich selbst und fürchtete, daß Bush einen schlechteren Begriff von ihm bekommen würde, falls ihm die Tatsachen zu Ohren kamen. Er fühlte, daß ihm die Selbsterkenntnis das Blut in die Wangen trieb, und suchte Zuflucht in seiner Wortkargheit.

»Ha ... hm«, krächzte er. »Rufen Sie mich, wenn etwas Außergewöhnliches es erheischt.«

Damit drehte er sich um und stieg in die Kajüte hinab, in der Segeltuchstreifen die beseitigten Zwischenwände ersetzten.

Bush starrte dem Verschwindenden nach. Überall im Bereich des Golfes flackerten und glühten die Vulkane. Die Mannschaft, die durch die Ankunft in diesem fremdartigen Lande erregt war und gern einiges über die nächste Zukunft erfahren hätte, sah sich gleich den Offizieren enttäuscht. Alles blickte langen Gesichts hinter dem den Niedergang hinuntersteigenden Kommandanten her.

Sekundenlang meinte Hornblower, daß ihn sein dramatischer Auftritt für das Gefühl des Mißerfolges entschädigte, doch dauerte das nur einen kurzen Augenblick. Auf der Koje sitzend – er hatte Polwheal entlassen – merkte er, wie seine schlechte Laune zurückkehrte. Sein müdes Hirn suchte sich darüber klarzuwerden, ob er anderen Tages Vorräte bekommen werde oder nicht. Er quälte sich mit dem Gedanken ab, ob er eine die Admiralität befriedigende Revolution verursachen konnte. Er gedachte des bevorstehenden Zweikampfes mit der *Natividad*.

Und während dieser Erwägungen errötete er immer wieder bei der Erinnerung an die abrupte Entlassung durch el Supremo. Er sagte sich, daß es wohl wenige Kommandanten im Dienste Seiner Britannischen Majestät gab, die sich so demütig eine solche Behandlung hätten gefallen lassen. »Was aber, zum Teufel, hätte ich tun können?« fragte er sich ärgerlich.

Ohne die Laterne auszulöschen, lag er auf seiner Koje und schwitzte in der stillen Tropennacht, während seine Gedanken immer noch zwischen der Vergangenheit und der Zukunft hin und her eilten.

Und dann regten sich die Segeltuchwände. Ein leichter Lufthauch strich durch die Decks. Hornblowers seemännisches Gefühl sagte ihm, in welcher Weise die *Lydia* vor ihrem Anker herumschwang. Er spürte das kaum wahrnehmbare Zittern, von dem das Schiff durcheilt wurde, als sich die Ankerkette in der neugefundenen Richtung straffte. Endlich hatte sich die Landbrise eingestellt, und sofort wurde es kühler. Hornblower wälzte sich auf die Seite und schlief ein.

5

Jene Zweifel und Sorgen, die Hornblower vor dem Einschlafen bewegt hatte, verflogen mit dem Anbruch des jungen Tages. Neu gekräftigt erwachte er. Während er seinen Kaffee trank, wälzte sein Hirn allerlei Pläne, und seit Wochen zum erstenmal verzichtete er auf seine übliche Morgenwanderung. Schon als er an Oberdeck stieg, hatte er festgestellt, daß er zum mindesten die Wasserfässer füllen und sich mit Brennmaterial versehen konnte. Seine ersten Befehle ließen Teile der Mannschaft zu den Taljen eilen, um die Barkasse auszuschwingen und die Seitenboote zu fieren. Beladen mit leeren Fässern, befanden sich die von aufgeregt schwatzenden Männern besetzten Boote alsbald auf der Fahrt zum Strande. Im Bug eines jeden Fahrzeugs saßen zwei in scharlachrote Röcke gekleidete Seesoldaten mit aufgepflanztem Seitengewehr. Noch hallten ihnen die letzten Befehle ihres Sergeanten im Ohr. Jeder von ihnen würde Bekanntschaft mit der neunschwänzigen Katze machen, wenn es während des Aufenthaltes an Land auch nur einem einzigen Seemann gelänge, zu desertieren.

Eine Stunde später kehrte die unter der Last der gefüllten Fässer tief auf dem Wasser liegende Barkasse unter Segel wieder zurück. Während die Fässer an Bord genommen wurden, rannte der Midshipman Hooker zum Kommandanten und legte salutierend die Hand an den Hut.

»Die Schlachtochsen werden zum Strande getrieben, Sir.« Es kostete Hornblower arge Mühe, sein Gesicht unbewegt zu lassen und die Meldung wie etwas Erwartetes entgegenzunehmen.

»Wieviel?« stieß er hervor. Mit der Frage wollte er Zeit gewinnen, aber die Antwort überraschte ihn noch mehr.

»Hunderte, Sir. Ein Dago ist dabei, der furchtbar viel zu erzählen hat, aber am Strande ist niemand, der seine Sprache versteht.«

»Schicken Sie ihn an Bord, wenn Sie wieder hinüberfahren.«

Die ihm zur Verfügung stehende Zeitspanne benutzte Hornblower, um zu einem Entschluß zu gelangen. Zunächst einmal rief er den droben im Großtopp sitzenden Ausguck an, um sich zu vergewissern, daß nach See zu scharf aufgepaßt wurde. Einerseits bestand die Gefahr, daß die *Natividad* vom Pazifik her hereinsegelte. In diesem Fall würde die *Lydia*, deren halbe Besatzung sich an Land befand, keine Zeit zum Auslaufen gefunden haben und wäre gezwungen worden, in eng begrenzten Gewässern unter sehr ungünstigen Umständen den Kampf anzunehmen. Andrerseits bot sich hier Gelegenheit, die Vorräte zu ergänzen und damit völlig die Unabhängigkeit vom Lande wiederzugewinnen. Wenn er die herrschenden Umstände nach seinen Erfahrungen beurteilte, so hielt er es für ganz außerordentlich gefährlich, die Verproviantierung noch weiter hinauszuschieben. Jeden Augenblick konnte die Erhebung des Don Julian Alvarado zu einem schnellen und blutigen Ende kommen.

Es war Hernandez, der in dem gleichen Boot mit den beiden winzigen Dreieckssegeln an Bord kam, das Hornblower am Abend zuvor zur Überfahrt benutzt hatte. Die beiden Männer begrüßten einander auf dem Achterdeck.

»Vierhundert Rinder stehen zu Ihrer Verfügung, Herr Kapitän«, erklärte Hernandez. »Meine Leute treiben sie zum Ufer hinunter.«

»Gut«, nickte Hornblower abwartend.

»Ich fürchte, daß es längerer Zeit bedürfen wird, die Schweine zu liefern«, fuhr der andere fort. »Meine Leute kämmen das ganze Land durch, aber Schweine sind ziemlich schwer zu treiben.«

»Ja«, sagte Hornblower.

»Was das Salz anbetrifft, so dürfte es schwerfallen, die von Ihnen verlangten viereinhalb Tonnen zu bekommen. Ehe unser Gebieter seine Göttlichkeit erklärte, war das Salz ein königliches Monopol und darum knapp, aber ich habe eine Abteilung zu den Salzpfannen von Jiquilisio geschickt und hoffe, daß sie dort genügend Salz finden wird.«

»Ja«, sagte Hornblower. Er entsann sich, Salz angefordert zu haben, erinnerte sich aber nicht mehr der Menge.

»Die Frauen sind ausgezogen, um Zitronen und Orangen zu sammeln, wie Sie befahlen«, berichtete Hernandez, »vermutlich werden aber zwei Tage vergehen, bis wir sie abliefern können.«

»Ha . . . hm«, räusperte sich Hornblower.

»Der Zucker liegt jedenfalls auf el Supremos Mühle bereit, und von Tabak haben wir einen guten Vorrat, Señor. Was für eine Sorte bevorzugen Sie? Seit einiger Zeit haben wir nur Zigarren zu unserem eigenen Gebrauch gerollt, aber ich kann die Frauen mit der Arbeit beauftragen, sobald die Früchte gepflückt worden sind.«

»Ha . . . hm.« Es gelang Hornblower gerade noch rechtzeitig, einen erfreuten Ausruf zu unterdrücken, der ihm bei der Erwähnung von Zigarren fast entschlüpft wäre. Drei Monate waren vergangen, seitdem er die letzte geraucht hatte. Seine Leute rauchten am liebsten Virginiatabak, aber der würde an dieser Küste natürlich nicht zu haben sein. Immerhin hatte er schon oft beobachtet, daß britische Seeleute mit Genuß die halbgetrockneten Blätter des Eingeborenentabaks kauten.

»Schicken Sie so viele Zigarren, wie Ihnen recht ist«, sagte er leichthin. »Hinsichtlich des Restes ist es ziemlich belanglos, was Sie im einzelnen liefern.«

Hernandez verbeugte sich.

»Ich danke Ihnen, Señor. Die Lieferung des Kaffees, der Gemüse und der Eier wird keine Schwierigkeit machen, was aber das Brot betrifft . . .«

»Nun?«

Hernandez war sichtlich beunruhigt von dem, was er jetzt zu melden hatte.

»Euer Exzellenz werden mir verzeihen, aber hierzulande wird nur Mais gebaut. Wohl gibt es in der Sierra templeda etwas Weizen, aber jene Gegend befindet sich noch in den Händen der Unerleuchteten. Würden Sie sich mit Maismehl begnügen?«

Das Gesicht des Amerikaners zuckte nervös, während er Hornblower beobachtete. Erst jetzt erkannte dieser, daß Hernandez um sein Leben bangte und daß el Supremos lässig erteilte Bewilligung der Forderungen viel schwerwiegender war als irgendein an einen spanischen Beamten gerichteter, mit dem Stempel und Siegel versehener Befehl.

»Das ist höchst unangenehm«, erwiderte Hornblower streng. »Meine englischen Seeleute sind nicht an den Genuß von Maismehl gewöhnt.«

»Ich weiß«, sagte Hernandez, dessen verkrampfte Finger an galvanisierte Froschschenkel denken ließen. »Ich versichere Euer Exzellenz jedoch, daß ich Weizenmehl nicht kampflos bekommen könnte, und es ist mir bekannt, daß el Supremo gegenwärtig nicht wünscht, daß ich kämpfe. El Supremo würde zornig werden.«

Hornblower entsann sich der kriecherischen Angst, mit der Hernandez am Abend zuvor seinen Gebieter angesehen hatte. Der Mann zitterte vor der Beschuldigung, Befehle el Supremos nicht ausgeführt zu haben. Und urplötzlich fiel dem Engländer ein, daß er unverantwortlicherweise vergessen hatte, etwas anzufordern, was vielleicht noch wichtiger war als Tabak oder Obst und jedenfalls viel bedeutsamer als der Unterschied zwischen Weizen und Mais.

»Schön«, nickte er, »ich werde mich mit der Lieferung von Maismehl zufriedengeben; für dieses Entgegenkommen muß ich jedoch um etwas anderes bitten.«

»Gewiß, Herr Kapitän. Was immer es sein mag, ich werde es Ihnen beschaffen. Sie brauchen es mir nur zu nennen.«

»Getränke für meine Leute brauche ich. Gibt es hier Wein? Branntwein?«

»Der Wein ist rar hierzulande, Euer Exzellenz. Die an der Küste wohnenden Eingeborenen trinken einen Branntwein, der Ihren Mannschaften vielleicht unbekannt ist. Wenn er gut ist, schmeckt er vorzüglich. Man destilliert ihn aus dem Rückstand der Zuckermühlen, aus dem Sirup, Euer Exzellenz.«

»Donnerwetter, Sie meinen Rum!« platzte Hornblower heraus.

»Allerdings, Señor, Rum. Hätten Euer Exzellenz Verwendung dafür?«

»In Ermangelung eines besseren Stoffes, ja«, antwortete Hornblower streng. Dabei bekam er Herzklopfen vor Freude. Daß er von dieser vulkanverseuchten Küste Rum und Tabak herbeizuzaubern vermochte, mußte seinen Offizieren geradezu als Wunder erscheinen.

»Ich danke Ihnen, Herr Kapitän. Sollen wir mit dem Schlachten des Viehes gleich beginnen?«

Das war die Frage, deren Beantwortung Hornblower seit dem Eintreffen der Rinder immer wieder zurückgestellt hatte. Er sah zu dem hoch droben im Mast sitzenden Posten hinauf; er prüfte die Windstärke, und er spähte auf See hinaus, ehe er sich zu dem Wagnis entschloß.

»Also schön; wir wollen anfangen.«

Die vom Meer hereinwehende Brise war nicht annähernd so stark wie gestern, und je schwächer sie blieb, um so geringere Aussicht bestand dafür, daß die *Natividad* erscheinen und die Verproviantierung der Fregatte unliebsam unterbrechen würde.

Und wirklich blieb die *Lydia* unbehelligt. Während zweier Tage herrschte ein reger Pendelverkehr zwischen dem Schiff und dem Lande. Hochbeladen mit blutigen Fleischstücken kehrten die Boote an Bord zurück. Gerötet war der Ufersand vom Blut der geschlachteten Tiere, derweil sich die halbzahmen Geier an den aufgehäuften Abfällen bis zur Bewußtlosigkeit vollfraßen. An Bord aber arbeitete der Zahlmeister mit seinen Leuten wie die Sklaven, um in der sengenden Hitze das eingesalzene Fleisch in die

Fässer zu pressen und im Vorratsraum zu verstauen. Der Küfer schaffte mit seiner Mannschaft zwei Tage lang fast ununterbrochen daran, weitere Fässer herzustellen und alte instand zu setzen. Säcke voll Mehl, Tonnen voll Rum, Tabaksballen ... schweißige Hände zerrten an den Taljen, um alles aus den Booten an Bord zu heißen. Es sah aus, als wolle sich die *Lydia* übernehmen.

So offensichtlich war der gute Wille der Leute el Supremos, daß Hornblower Befehl zur Auslieferung der mitgeführten Ladung erteilte. Die Boote, die Fleisch und Mehl an Bord brachten, kehrten, beladen mit Flinten und Pulverfässern, wieder zum Strande zurück. Der Kommandant ließ seine Gig zu Wasser bringen und umfuhr von Zeit zu Zeit sein Schiff, um sich vom richtigen Trimm zu überzeugen. Jeden Augenblick war er darauf gefaßt, den Anker einhieven und in See gehen zu müssen, um den Kampf mit der *Natividad* aufzunehmen.

Tag und Nacht wurde die Arbeit fortgesetzt. In fünfzehn, ausschließlich im Kriegszustand verlebten Dienstjahren zur See hatte Hornblower oft beobachten können, wie eine günstige Gelegenheit durch irgendeinen an sich geringfügigen Mangel an Energie oder auch dadurch verpaßt wurde, daß man verabsäumte, die Besatzung zur äußersten Kraftleistung anzuspornen. Ihm selbst war derlei geschehen. Noch heute empfand er so etwas wie Scham, wenn er daran dachte, wie ihm damals bei den Azoren jenes Kaperschiff durch die Hände schlüpfte. Aus Furcht, sich abermals vor seinem eigenen Gewissen bloßzustellen, trieb er seine Leute an, bis sie fast zusammenbrachen.

Im Augenblick gab es keine Zeit für die Vergnügungen eines Landurlaubs. Zwar bereitete sich das Landungskommando das Essen an einem riesigen Holzfeuer und schwelgte nach siebenmonatigem Genuß gekochten Salzfleisches in frischem Rinderbraten, aber mit der für britische Seeleute kennzeichnenden Dickköpfigkeit lehnten sie in unberechenbarer Laune die ihnen dargebotenen köstlichen Früchte – Bananen, Ananas und Guajavas – ab. Sie kamen sich nämlich als Opfer einer strengen Handhabung des Dienstes vor, da das Obst ihre sonst regelmäßig ausgegebene Portion gesottener Dörrerbsen ersetzen sollte.

Und dann als Hornblower am zweiten Abend auf der Hütte spazierengehend die frische Seebrise genoß, sich des erhebenden Bewußtseins freute, nötigenfalls für ein weiteres halbes Jahr vom Lande unabhängig zu sein und freudvoll an das nächste, aus gebratenen Hühnern bestehende Mahl dachte, tönte Lärm vom Strande herüber; zuerst knatterte eine Salve, der einzelne Schüsse und später nochmals eine zerflatternde Salve folgten. Hornblower vergaß sein Abendessen, sein Wohlbehagen und alles. Wenn es drüben auf dem Lande irgendwelche Mißhelligkeiten gab, so bedeutete das nichts anderes als die Gefährdung des Erfolges seiner Mission. In großer Hast rief er nach seiner Gig, und dann wurde er von einer Mannschaft an Land gepullt, die unter den fluchenden Anfeuerungen des Bootsmanns Brown derartig an den Riemen zerrte, daß sie sich krumm bogen.

Das Bild, das sich seinen Blicken darbot, als das Boot um einen Vorsprung glitt, übertraf seine schlimmsten Befürchtungen. Die ganze Landungsabteilung war am Strande zusammengedrängt. Auf dem einen Flügel standen die gerade wieder ladenden zwölf Seesoldaten. Daneben hatten sich die Matrosen aufgestellt. Sie trugen allerlei Waffen, wie sie ihnen gerade in die Hände gefallen waren. In weitem Halbkreis wurde die Gruppe von den Eingeborenen umgeben, die mit Säbeln und Musketen herumfuchtelten. Im Niemandsland zwischen den beiden Parteien lagen ein paar Tote. Unweit des Uferrandes aber beugten sich zwei Unteroffiziere über einen verwundeten Matrosen. Er stützte sich auf den linken Ellenbogen und erbrach unaufhörlich Blut.

Hornblower sprang in das seichte Wasser. Er kümmerte sich nicht um den Verwundeten, sondern eilte nach vorn. Gerade als er den freien Zwischenraum erreichte, quoll Pulverrauch auf der Seite der Eingeborenen auf, und eine Kugel pfiff ihm über den Kopf, ohne daß er dessen achtete.

»Feuer einstellen!« brüllte er den Seesoldaten zu. Dann wandte er sich an die gestikulierenden Bewohner und hielt seine Rechte mit vorwärts gerichteter Handfläche empor. Es war das ein instinktiv gegebenes, auf der ganzen Welt als solches bekanntes Friedenszeichen. Der Gedanke, daß jemand drauf und dran war, seine Erfolgsaussichten zu zerstören, erfüllte ihn mit so leidenschaftlichem Zorn, daß ihm die persönlich drohende Gefahr überhaupt nicht zum Bewußtsein kam. »Was soll das heißen?« fragte er.

Galbraith kommandierte. Er wollte sprechen, fand jedoch keine Gelegenheit dazu. Einer der Maate, der sich bisher um den Sterbenden bemüht hatte, drängte sich nach vorn. Im Übermaß gefühlsmäßiger Entrüstung, die Hornblower als charakteristisch für den gewöhnlichen Mann kannte – er mißbilligte derlei und mißtraute ihm –, schien er alle Gebote der Disziplin vergessen zu haben.

»Die haben da drüben einen armen Teufel gefoltert, Sir«, meldete er. »Fesselten ihn an einen Pfahl und wollten ihn verdursten lassen.«

»Ruhe!« donnerte Hornblower außer sich. Das Bewußtsein der Schwierigkeit der Lage erbitterte ihn noch mehr als der Verstoß gegen die Manneszucht. »Mr. Galbraith!«

Galbraith pflegte langsam zu denken und langsam zu sprechen.

»Ich weiß gar nicht, wie es anfing, Sir.« Obwohl er seit seiner Kindheit zur See fuhr, war seiner Stimme noch immer ein wenig der schottische Tonfall anzumerken. »Ein Teil unserer Leute kam laufend zum Strande zurück. Sie trugen den verwundeten Smith zwischen sich.«

»Jetzt ist er tot«, warf jemand ein.

»Ruhe!« brüllte Hornblower abermals.

»Ich sah, daß uns die Menge angreifen wollte, und daher ließ ich die Seesoldaten feuern, Sir«, berichtete Galbraith weiter.

»Darüber werde ich noch mit Ihnen sprechen«, sagte Hornblower kurz. »Nun zu Ihnen, Jenkins und Poole. Was hatten Sie da droben zu schaffen?«

»Also, Sir, das war nämlich so . . .«, fing Jenkins an. Er war jetzt blöde und niedergeschlagen. Hornblower hatte ihm dadurch allen Mut genommen, daß er ihn öffentlich der Nichtbeachtung gegebener Befehle beschuldigte.

»Sie wußten, daß es jedermann verboten ist, den Bach zu überschreiten?«

»Jawohl, Sir.«

»Na, morgen früh werde ich Ihnen zeigen, was Befehle sind. Und Ihnen gleichfalls, Poole. Wo ist der Sergeant der Seesoldaten?«

»Hier, Sir.«

»Sie sind ja ein feiner Wachhabender, Sergeant; lassen die Leute gehen, wohin sie wollen. Was taten denn Ihre Posten?«

Der Unteroffizier vermochte nichts zu antworten. Angesichts seines offensichtlichen Vergehens konnte er nur in strammer dienstlicher Haltung dastehen.

»Mr. Simmonds wird Ihnen das Nötige sagen«, fuhr der Kommandant fort. »Ich glaube nicht, daß Sie Ihre Ärmeltressen noch lange tragen werden.«

Funkelnden Auges ließ Hornblower den Blick über die Landungsabteilung schweifen. Sein zorniger Verweis hatte die Leute eingeschüchtert, und er fühlte seinen Ärger schwinden, als ihm klar wurde, daß er dies erreicht hatte, ohne die Gebräuche mittelamerikanischer Justiz beschönigen zu müssen. Jetzt wandte er sich Hernandez zu, der in vollem Galopp heranjagte und seinen kleinen Gaul derartig scharf durchparierte, daß er sich inmitten einer Wolke aufgewirbelten Sandes fast auf die Hacken setzte.

»Hat el Supremo diesen Überfall auf meine Leute angeordnet?« schrie Hornblower den Reiter heftig an.

»Nein, Herr Kapitän«, versicherte Hernandez, und zu seiner Genugtuung bemerkte der Kapitän, wie er bei der Erwähnung des Gebieters zusammenzuckte.

Hornblower ging einen Schritt weiter: »Ich glaube, er wird mit Ihnen nicht einverstanden sein, wenn ich ihn von dem hier in Kenntnis setze.«

»Ihre Leute versuchten einen zum Tode Verurteilten zu befreien«, gab Hernandez halb feindselig, halb schuldbewußt zur Antwort. Offenbar war er sich der Überlegenheit seiner Stellung nicht sicher; ängstlich mochte er sich fragen, was Alvarado zu dem Zwischenfall sagen würde. Hornblower behielt seinen scharfen Ton bei, als er weitersprach. Soviel er wußte, vermochte keiner seiner Seeleute spanisch zu sprechen, aber nun die Mannszucht wieder gefestigt worden war, legte er Wert darauf, daß die Mannschaft sein rückhaltloses Eintreten für ihre Belange erkannte.

»Dadurch sind Ihre Leute noch nicht berechtigt, die meinigen umzubringen.«

»Sie sind zornig«, suchte Hernandez zu erklären. »Das ganze Land wurde durchgekämmt, um Lebensmittel für Sie aufzutreiben. Der Mann, den Ihre Matrosen befreien wollten, wurde deswegen verurteilt, weil er versuchte, seine Schweine in den Wald zu treiben, um sie auf diese Weise dem Zugriff zu entziehen.«

Die letzten Worte klangen vorwurfsvoll mit einem Stich ins Zornige. Hornblower war zum Entgegenkommen bereit, sofern er dadurch nicht seine Mannschaft erbitterte. Er gedachte den Handlanger el Supremos beiseite zu führen und dann einzulenken, aber ehe er seinen Vorsatz ausführen konnte, wurde seine Aufmerksamkeit auf einen am Strande dahergaloppierenden Reiter gelenkt, der den breiten Strohhut schwenkte. Aller Augen richteten sich auf den Neuankömmling, einen Peon vom gewöhnlichen indianischen Typ. Atemlos stieß er seine Meldung hervor.

»Ein Schiff – ein Schiff kommt!«

Die Erregung ließ ihn in seine eigene Mundart verfallen, so daß Hornblower die weiteren Erklärungen nicht verstand. Hernandez mußte sie verdolmetschen.

»Dieser Mann hat von dem Berggipfel da drüben Ausschau gehalten«, sagte er. »Er behauptet, von dort aus die Segel eines Schiffes bemerkt zu haben, das sich der Bucht nähert.«

Hastig, fast ohne Pause, richtete er weitere Fragen an den Eingeborenen, der nickend und gestikulierend mit einer Flut indianischer Worte erwiderte.

»Er sagt«, fuhr Hernandez fort, »daß er die *Natividad* bereits früher öfter gesehen hat. Zweifellos sei es das gleiche Schiff, und es steuere hierher.«

»Wie weit ist es noch entfernt?« fragte Hornblower, und der Mestize übersetzte die Antwort.

»Weit; über zwanzig Seemeilen, wenn nicht mehr. Das Schiff kommt von Südosten, aus der Gegend von Panama.«

Tief in Gedanken versunken, strich sich Hornblower über das Kinn. »Bis zum Sonnenuntergang wird sie die

Seebrise ausnutzen können«, murmelte er, wobei er gleichzeitig zum Himmel blickte. »Das wird noch eine Stunde dauern. Danach setzt der Landwind ein und wird ihr gestatten, den Kurs beizubehalten. Gegen Mitternacht könnte sie hier in der Bucht sein.«

Ein Strom von Gedanken drängte sich hinter seiner Stirn. Gegen die Annahme, die *Natividad* werde bei Dunkelheit einlaufen, sprach Hornblowers Kenntnis spanischer Gepflogenheiten. Die Leute machten es sich des Nachts gern bequem, und Unternehmungen, die einiges seemännisches Können voraussetzten, pflegten sie nur unter den allergünstigsten Umständen durchzuführen. Gern hätte er mehr über die Persönlichkeit des spanischen Kommandanten gewußt.

»Ist die *Natividad* schon mehrmals hier gewesen?« fragte er.

»Gewiß, Herr Kapitän; oft sogar.«

»Ist der Kommandant ein tüchtiger Seemann?«

»O ja, Herr Kapitän; ein sehr tüchtiger.«

»Ha . . . hm«, machte Hornblower. Die Ansicht, die so eine Landratte vom Können eines Fregattenkapitäns besaß, mochte nicht viel taugen, gab jedoch immerhin einen Fingerzeig.

Wieder strich sich Hornblower über das Kinn. In seinem Leben hatte er bereits zehn Einzelkämpfe von Schiffen erlebt. Wenn er mit der *Lydia* in See ging und die *Natividad* draußen angriff, so schoß man sich möglicherweise gegenseitig zu Kleinholz. Hier auf der pazifischen Seite Amerikas würde es unmöglich sein, die zweifellos eintretenden Verluste auszugleichen. Zudem mußte man mit der kostbaren Munition sparsam umgehen. Andrerseits: Falls er innerhalb der Bucht blieb und der solchen Verhalten entsprechende Plan nicht glückte, das heißt, falls die *Nati-*

vidad bis zum anderen Morgen vor der Küste liegenblieb, so würde er, Hornblower, gezwungen sein, gegen den Seewind ankreuzend auszulaufen und dem Spanier dabei alle Vorteile der Stellung zu überlassen. Die artilleristische Überlegenheit der *Natividad* war ohnehin so bedeutend, daß es tollkühn genannt werden mußte, die *Lydia* angreifen zu lassen. Durfte der Kommandant wagen, den Unterschied noch zu vergrößern? Jedoch war der mögliche Gewinn so riesengroß, daß er sich dazu entschloß, das Wagnis auf sich zu nehmen.

6

Die ersten Stöße der Landbrise strichen daher, als die im Mondlicht geisterhaft aussehende britische Fregatte über die Bucht glitt. Aus Furcht, daß die helle Leinwand dem draußen in See stechenden Spanier sichtbar werden könnte, hatte Hornblower nicht gewagt, Segel setzen zu lassen. Die Barkasse und der Kutter mußten das Schiff schleppen. Auch als man das tiefere Wasser am Fuß der die Einfahrt beherrschenden Insel erreichte, ließ der Kapitän weiterloten. Manguera hatte Hernandez das Eiland genannt, als Hornblower ihn vorsichtig in seinen Plan eingeweiht hatte. Eine ganze Stunde lang arbeiteten die Mannschaften an den Riemen, obwohl der Kommandant, der selbst am Ruder stand, alles tat, ihnen dadurch zu helfen, daß er die treibende, auf die Takelage wirkende Kraft des stoßweise wehenden Windes ausnutzte. Schließlich erreichte man den neuen Liegeplatz, und der Anker klatschte ins Wasser.

»Lassen Sie die Kette klar zum Schlippen aufbojen, Mr. Bush«, befahl Hornblower.

»Aye, aye, Sir.«

»Die Boote sollen längsseit kommen. Ich wünsche, daß sich die Leute ausruhen.«

»Aye, aye, Sir.«

»Mr. Gerard, Sie übernehmen das Kommando an Oberdeck. Achten Sie darauf, daß die Ausguckposten nicht einschlafen. Mr. Bush und Mr. Galbraith, kommen Sie mit nach unten.«

»Aye, aye, Sir.«

Ungeachtet der Stille war doch die allgemeine, das Schiff durchziehende Erregung zu spüren. Jedermann ahnte, was der Kommandant vorhatte, ohne natürlich die Einzelheiten zu kennen, die Hornblower nun seinen Offizieren erläuterte. Während der zwei Stunden, die seit der ersten Meldung vom Erscheinen der *Natividad* verstrichen waren, hatte der Kommandant in Gedanken eifrig an der Vervollkommnung seines Planes gearbeitet. Es durfte nichts mißlingen. Alles mußte berücksichtigt werden, was möglicherweise der Sicherstellung des Erfolges dienen konnte.

»Alles verstanden?« fragte er schließlich. Innerhalb seiner abgeteilten Kammer stand er gebeugt unter den niedrigen Decksbalken, während die Offiziere ihre Hüte nervös in den Händen drehten.

»Aye, aye, Sir.«

»Schön«, nickte Hornblower, worauf er die Herren entließ. Fünf Minuten später aber trieben ihn Ungeduld und Sorge wieder an Oberdeck.

»Posten Ausguck, was können Sie vom Feinde erkennen?«

»Taucht gerade hinter der Insel auf, Sir. Rumpf und Untermasten noch verdeckt. Nur die Toppsegel kann ich sehen, Sir.«

»Welcher Kurs liegt an?«

»Sie hält sich gut am Winde, Sir, wird also wohl mit diesem Schlag die Bucht erreichen.«

»Ha . . . hm«, sagte Hornblower und ging nach unten. Es mußten doch mindestens vier Stunden vergehen, ehe die *Natividad* in der Einfahrt erschien und er weitere Maßnahmen ergreifen konnte. Er überraschte sich dabei, daß er mit gebeugten Schultern innerhalb der Grenzen seiner winzigen Kammer umherging, und riß sich wütend zusammen. Der Kommandant seiner Träume mit den eisernen Nerven würde sich nie in solche fieberhafte Erregung hineinsteigern, selbst wenn, wie in diesem Fall, innerhalb der nächsten vier Stunden sein guter Ruf als Seemann und Offizier aufs Spiel gesetzt wurde. Das Schiff mußte wissen, daß auch er Ungewißheiten mit Gleichmut zu ertragen vermochte.

»Polwheal soll kommen«, befahl er schroff. Er kam hinter seinem Segeltuchverschlag hervor und richtete das Wort an eine Gruppe von Matrosen, die bei einem der Batteriegeschütze stand; und als der Gerufene erschien, fuhr er fort: »Zum Ersten Offizier. Wenn er die Herren Galbraith, Clay und Savage nicht dienstlich benötigt, würde ich mich freuen, sie zum Abendbrot bei mir zu sehen und danach eine Partie Whist mit ihnen zu spielen.«

Auch Galbraith war erregt; nicht nur wegen des vermutlich bevorstehenden Gefechts, sondern auch, weil er noch immer wegen seines Verhaltens bei der Schießerei am Strande einen Rüffel erwartete. Seine grobknochige Schottengestalt konnte keinen Augenblick ruhig bleiben, und sein Gesicht war bis über die vorstehenden Backenknochen hinauf gerötet. Selbst die beiden jugendlichen Midshipmen waren zahm und nervös.

Hornblower zwang sich, den liebenswürdigen Gastgeber zu spielen, wobei jedes von ihm gesprochene Wort dazu bestimmt war, seinen Ruf der Unerschütterlichkeit zu erhöhen. Er entschuldigte sich wegen der Unvollkommenheit des Abendessens; da das Schiff gefechtsklar war, hatten alle Feuer gelöscht werden müssen, und man begnügte sich demnach mit kalten Speisen. Der Anblick jedoch der kalten Brathühner, des kalten Schweinebratens, der goldgelben Maisbrötchen und der Obstschalen erregte den Appetit des sechzehnjährigen Midshipman Savage, so daß er seine Befangenheit vergaß.

»Das schmeckt besser als Ratten, Sir«, meinte er händereibend.

»Ratten?« wiederholte Hornblower zerstreut. Wenn er sich auch alle Mühe gab, aufmerksam zu bleiben, so weilten seine Gedanken doch nicht in der Kajüte, sondern an Deck.

»Jawohl, Sir. Ehe wir diesen Hafen anliefen, bildeten Ratten das Lieblingsgericht der Fähnrichsmesse.«

»Das stimmt«, echote Clay. Er säbelte sich dicke Scheiben kalten Schweinebratens herunter, wobei er es besonders auf die Kruste abgesehen hatte, und legte das Ganze zu dem halben Huhn auf seinen Teller. »Dem Spitzbuben, dem Bailey, habe ich für eine erstklassige Ratte immer drei Pence bezahlt.«

Hornblower riß seine Gedanken gewaltsam von der näher kommenden *Natividad* fort und rief sich jene Zeit ins Gedächtnis, da er selbst ein halbverhungerter, von Heimweh und Seekrankheit gepeinigter Midshipman gewesen war. Die älteren Fähnriche hatten damals mit Genuß Ratten verspeist und behauptet, eine mit Hartbrot gemästete Ratte sei ein größerer Leckerbissen als zwei Jahre altes Pökelfleisch. Niemals hatte er es vermocht, selbst derlei hinunterzuwürgen, aber vor diesen Jünglingen wollte er das nicht zugeben.

»Drei Pence für eine Ratte scheint mir ein wenig teuer«, meinte er. »Ich kann mich nicht erinnern, als Fähnrich so viel bezahlt zu haben.«

»Ja aber, Sir, haben Sie denn selbst welche gegessen?« staunte Savage.

Um die unmittelbare Frage zu beantworten, mußte Hornblower lügen.

»Gewiß«, behauptete er. »Vor zwanzig Jahren waren die Fähnrichsmessen kaum anders als heutzutage. Ich verfocht stets die Anschauung, daß eine Ratte, die zeit ihres Lebens freien Zutritt zum Brotkasten hatte, für den Tisch eines Königs würdig sei; von einem Midshipman ganz zu schweigen.«

»Donnerwetter«, entfuhr es Clay, der Messer und Gabel niederlegte. Keinen Augenblick war ihm bisher der Gedanke gekommen, daß dieser strenge und unbeugsame Kommandant einstmals selbst ein rattenessender Fähnrich gewesen war.

Die beiden Jungens sahen den Kapitän bewundernd an. Dieser kleine, menschliche Zug gewann ihre Herzen vollends, wie Hornblower es vorausgesehen hatte. Am anderen Ende des Tisches seufzte Galbraith hörbar. Erst vor drei Tagen hatte er selbst Ratten gegessen, doch wußte er, daß es seinem Ansehen nur schaden würde, wenn er es den jungen Menschen gegenüber zugegeben hätte, denn er war ein anderer Offizierstyp als der Kapitän. Hornblower mußte es aber auch Galbraith gemütlich machen.

»Ich möchte mit Ihnen anstoßen, Mr. Galbraith«, sagte er, das Glas erhebend. »Leider ist dies nicht mein bester Madeira, aber die letzten beiden Flaschen davon bewahre ich noch auf, um sie morgen unserem Gefangenen, dem spanischen Kommandanten, vorzusetzen. Auf unseren bevorstehenden Sieg!«

Die Gläser wurden geleert, und die Spannung ließ nach. Hornblower hatte von »unserem Gefangenen« gesprochen, während wohl die meisten Kapitäne »mein Gefangener« gesagt haben würden. Auch hatte er bei der Anspielung auf den erwarteten Sieg das Wort »unser« angewandt. Der kühlbeherrschte, streng die Disziplin wahrende Seeoffizier hatte für Augenblicke menschliche Züge zu erkennen gegeben und die Untergebenen fühlen lassen, daß sie seine Kameraden waren. Jeder dieser drei jüngeren Offiziere würde daraufhin willig sein Leben für den Kommandanten geopfert haben, und Hornblower, der den Blick über die erhitzten Gesichter schweifen ließ, wußte es. Er empfand darüber Genugtuung und leichtes Mißfallen zu gleicher Zeit, doch er war sich darüber klar, daß er angesichts des unmittelbar bevorstehenden Kampfes nicht nur eine gehorsame, sondern eine begeisterte Besatzung hinter sich haben mußte.

Ein anderer Midshipman, der junge Knyvett, betrat die Kajüte.

»Mr. Bush läßt melden, daß man vom Großtopp jetzt auch den Rumpf des Feindes sehen kann, Sir.«

»Steuert er noch immer die Bucht an?«

»Jawohl, Sir. Mr. Bush meint, daß er in zwei Stunden bis auf Schußweite heran sein wird.«

»Danke, Mr. Knyvett«, entließ Hornblower den Midshipman. Die Erinnerung daran, daß er binnen kurzer Zeit mit einer Fregatte von fünfzig Kanonen aneinandergeraten würde, ließ sein Herz abermals schneller pochen. Es bedurfte einer ruckartigen Anstrengung, um den gelassenen Gesichtsausdruck beizubehalten.

»Wir haben also noch reichlich Zeit für unseren Rubber, Gentlemen«, sagte er.

Der allwöchentliche Whistabend in der Kapitänskajüte

war für seine Offiziere – und zumal für die Midshipmen – eine peinliche Angelegenheit. Hornblower selbst spielte sehr gut, seine gute Beobachtungsgabe und seine genaue Kenntnis von den geistigen Fähigkeiten seiner Untergebenen stellten eine wesentliche Hilfe für ihn dar. Einigen der Offiziere aber, die absolut keinen Kartensinn besaßen und hilflos, ohne die gefallenen Karten im Kopf behalten zu können, drauflosspielten, konnten die Whistabende zur Tortur werden.

Polwheal räumte den Tisch ab, breitete das große grüne Tuch darüber und brachte die Karten. Mit dem Beginn des Spiels wurde es Hornblower leichter, das bevorstehende Gefecht zu vergessen. Whist war seine Leidenschaft, die ungeachtet irgendwelcher Ablenkungen den größten Teil seiner Aufmerksamkeit in Anspruch zu nehmen pflegte. Nur während der Spielpausen, während gemischt oder gegeben wurde, fühlte er beschleunigten Pulsschlag. Dann stieg ihm das Blut zu Kopfe. Dem Fallen der einzelnen Karten folgte er mit Spannung. Er ließ es durchgehen, daß Savage nach Schuljungenart die Asse auf den Tisch knallte und daß Galbraith einen Fehler nach dem anderen beging. Der erste Rubber endete schnell. In den Augen der anderen drei drückte sich beinahe Bestürzung aus, als Hornblower einen zweiten vorschlug. Seine Züge blieben undurchsichtig.

»Sie dürfen wirklich nicht vergessen, Clay«, sagte er, »den König von einer Sequenz König, Dame, Bube anzuspielen. Die ganze Kunst des Anspielens beruht darauf.«

»Aye, aye, Sir«, murmelte Clay und warf Savage einen komisch rollenden Blick zu, aber da Hornblower scharf aufsah, brachte er seine Gesichtszüge schleunigst wieder in Ordnung. Das Spiel nahm seinen Fortgang und schien sich für alle Beteiligten endlos hinzuziehen. Schließlich aber war es soweit.

»Rubber«, kündigte Hornblower an und rechnete die Punkte zusammen. »Ich glaube, meine Herren, daß es allmählich Zeit wird, an Deck zu gehen.«

Ein Seufzer der Erleichterung und allgemeines Fußscharren antwortete ihm. Der Kommandant aber hielt es für unerläßlich, seinen Ruf der unerschütterlichen Gemütsruhe noch zu festigen. Er hielt den Gästen noch einen kleinen Vortrag über die Feinheiten des Spiels, wobei diese vor Aufregung auf ihren Sitzen herumrutschten. Dennoch warfen sie einander Bewunderung ausdrückende Blicke zu, als Hornblower ihnen voran zum Achterdeck hinaufstieg. Totenstill war alles. Die Leute lagen auf ihren Gefechtsstationen. Der Mond näherte sich schnell dem Horizont, doch war es noch leidlich hell, wenn sich das Auge erst einmal an die Beleuchtung gewöhnt hatte. Bush trat salutierend vor den Kapitän.

»Der Gegner hält noch immer auf die Bucht zu«, meldete er.

»Lassen Sie die Besatzungen der Barkasse und des Kutters wieder in die Boote gehen«, befahl Hornblower. Er enterte bis zur Oberbramrahe des Kreuztopps auf. Von dort aus vermochte er gerade noch über die Insel hinwegzublicken. Die *Natividad* stand vor dem untergehenden Mond etwa noch eine Seemeile weit entfernt und strebte hart angebraßt zur Einfahrt zu. Hornblower mußte, während er ihre weiteren Bewegungen vorauszubeurteilen suchte, seine eigene Erregung niederkämpfen. Daß man von drüben gegen den dunklen Nachthimmel die Bramstengen der *Lydia* erkennen würde, war kaum zu befürchten, und gerade auf diese Annahme baute sich des Engländers ganzer Plan auf. Bald würde die *Natividad* über Stag gehen, und ihr neuer Kurs mußte sie geradewegs auf die Insel zuführen. Vielleicht würde sie luvwärts vorbeisegeln, doch stand das eigentlich nicht zu erwarten. Vielmehr konnte man hoffen, daß sie, um in die Bucht einlaufen zu können, nochmals über Stag gehen würde, wobei sich die von ihm gesuchte Gelegenheit bieten würde. Während er noch hinüberspähte, leuchtete ihre Leinwand wenige Sekunden lang auf, um dann infolge der Wendung wieder ganz dunkel zu werden. Sie hielt auf die Mitte der Einfahrt zu, aber ihre Abtrift und das Einsetzen der Ebbe mußte sie wieder zur Insel hinüberdrücken. Hornblower enterte nieder.

»Mr. Bush, lassen Sie die Leute aufentern, klar zum Segel setzen.«

Leise Geräusche verbreiteten sich durchs Schiff, als nackte Sohlen über die Decksplanken klatschten und die Wanten hinaufeilten. Hornblower zog die silberne Pfeife aus der Tasche. Er hielt es für überflüssig, erst noch zu fragen, ob alles für das von ihm zu gebende Zeichen klar war. Er kannte Bush und Gerard als tüchtige Offiziere.

»Ich begebe mich jetzt nach vorn, Mr. Bush«, sagte er. »Ich werde versuchen, rechtzeitig wieder auf dem Achterdeck zu erscheinen, aber Sie wissen meine Befehle für den Fall, daß es mir nicht gelingt.«

»Aye, aye, Sir.«

Er eilte zum Vorschiff, vorüber an den auf der Back aufgestellten Karronaden, bei denen die Bedienungsmannschaften kauerten, und dann schwang er sich auf den Klüverbaum hinaus. Von der Rahe des Sprietsegels aus konnte er um den Vorsprung der Insel herumsehen. Die *Natividad* hielt geradewegs auf ihn zu. Er bemerkte den phosphoreszierenden Gischt der Bugwelle, vermeinte fast das Rauschen des Wassers zu hören. Er schluckte heftig, und dann schwand jegliche Erregung; Hornblower war völlig kühl. Seine eigene Person hatte er vergessen, und sein Hirn, das Zeit und Entfernungen abschätzte, arbeitete wie eine Maschine. Nun vernahm er die singende Stimme des Lotenden, obwohl er die Worte nicht verstand. Der Spanier kam sehr nahe. Das Schwatzen der Besatzung tönte herüber. Befehle wurden in die Nacht hinausgeschrien; die *Natividad* ging über Stag. Bei dem ersten das Manöver ankündigenden Laut führte Hornblower die Pfeife an die Lippen, worauf es an Bord der *Lydia* außerordentlich lebendig wurde. Von allen Rahen rauschten gleichzeitig die Segel hernieder. Die Ankerkette wurde geschlippt, die Boote setzten ab. Der nach achtern eilende Kapitän stieß mit den an den Brassen holenden Matrosen zusammen, raffte sich aber schnell auf und setzte seinen Weg fort, indessen die Fregatte Fahrt aufnahm. Rechtzeitig erreichte er das Ruder.

»Recht so!« rief er dem Steuermannsmaat zu. »Fall ab nach Backbord! ... Noch etwas! ... So, hart Steuerbord!«

Das alles geschah so schnell, daß der Spanier kaum auf dem neuen Kurse lag, als die *Lydia* aus der Finsternis hervor auf ihn losglitt und längsseit schor. Nun machte sich das monatelange Exerzieren an Bord des Briten bemerkbar. Im Augenblick, da die Schiffe einander berührten, donnerte eine einzige, schlagartige Breitseite auf und fegte die Decks der *Natividad* mit einem Kartätschenhagel. Droben in der Takelage rannten die Toppgäste die Rahen entlang und laschten die Schiffe zusammen. Die Hurra brüllende Entermannschaft rannte zum Backbordfallreep.

Drüben auf dem Spanier herrschte heillose Bestürzung. In diesem Augenblick waren noch alle Mann mit der Ausführung des Segelmanövers beschäftigt, und im nächsten bereits krachte offenbar ein unbekannter Feind längsseit. Das Dunkel der Nacht wurde vom grellen Mündungsfeuer der Geschütze zerrissen. Überall gab es Tote und Verwundete, und nun ergoß sich eine Bande tobender Teufel auf das Deck der *Natividad.* Selbst die disziplinierteste Besatzung wäre der durch solche Überrumpelung hervorgerufenen seelischen Erschütterung nicht gewachsen gewesen. Während der zwanzig Jahre ihrer Stationierung an der pazifischen Küste Amerikas war kein schwimmender Feind der Fregatte näher als viertausend Seemeilen gekommen.

Aber selbst unter diesen Umständen gab es ein paar beherzte Männer, die Widerstand zu leisten suchten. Einige Offiziere zogen ihren Degen. Auf der Kampanje, dem erhöhten Achterschiff, stand eine bewaffnete Abteilung, da man schon gerüchteweise von einem Aufstand am Lande gehört hatte. Auch griffen etliche Leute zu Spillspaken und Belegnägeln, um sich zur Wehr zu setzen. Aber das Oberdeck wurde sofort von der Woge der mit Piken und Entermessern bewaffneten Angreifer überflutet. Irgendwo krachte ein Pistolenschuß. Wer Widerstand leistete, wurde niedergeschlagen oder unter Deck gejagt; die übrigen trieb man wie eine Herde zusammen.

Drunten im Schiff suchten die Überfallenen verzweifelt nach Führern, nach Verteidigungsmöglichkeiten. Sie drängten sich bei den Niedergängen zusammen, um dem droben stehenden Feind entgegentreten zu können, als sich plötzlich in ihrem Rücken neuer, tobender Lärm erhob. Gerards beide Boote hatten die Backbordseite der *Natividad* erreicht, und nun quollen die Enternden zu den unteren Stückpforten herein. Dabei brüllten sie befehlsgemäß wie höllische Dämonen. Hornblower hatte richtig vorausgesehen, daß die Wirkung eines Überfalls gerade einem undisziplinierten Feinde gegenüber durch möglichst starken Lärm verstärkt wird. Vor diesem neuen Ansturm brach der Widerstand auch in den unteren

Decks völlig zusammen, und Hornblowers Umgehungsmanöver erwies sich als durchaus richtig.

7

Der Kapitän der *Lydia* machte seinen üblichen Frühspaziergang auf der Hütte seines Schiffes. Wohl hatte ein halbes Dutzend spanischer Offiziere bereits bei seinem Erscheinen versucht, ihn mit vollendeter Höflichkeit zu begrüßen, war aber von der Mannschaft des Briten sofort beiseite gedrängt worden. Die Leute waren empört darüber, daß die seit Monaten geheiligte Wanderung ihres Kommandanten ausgerechnet von Gefangenen gestört werden sollte.

Tatsächlich hatte Hornblower angestrengt nachzudenken; so angestrengt, daß er sich nicht einmal des nächtlichen Sieges freute, bei dem seine Fregatte, ohne einen einzigen Mann zu verlieren, einen Zweidecker weggenommen hatte. In den Annalen der britischen Seegeschichte gab es keinen ähnlichen Fall. Aber Hornblower dachte daran, was nunmehr als nächstes zu geschehen hatte. Mit der Eroberung der *Natividad* war er zum Herrn der Südsee geworden. Er wußte sehr wohl, daß die äußerst schwierigen Verkehrsverhältnisse des Landes den Handel und überhaupt jeden Verkehr auf die Küstenschiffahrt verwiesen. Nun aber konnte sich ohne seine Zustimmung kein Boot aufs Wasser wagen. Es bestand demnach einige Aussicht dafür, daß mit Alvarados Hilfe ganz Mittelamerika in einen Zustand flammender Revolution versetzt werden konnte. Die spanische Regierung sollte es bereuen, mit Bonaparte gemeinsame Sache gemacht zu haben.

Schnellen Schrittes ging Hornblower auf den mit Sand

bestreuten Decksplanken hin und her. Natürlich gab es auch noch andere Möglichkeiten. Im Nordwesten lag die Hafenstadt Acapulco, von der aus jedes Jahr die mit Millionenwerten beladenen Galeonen in See gingen. Die Wegnahme einer solchen Galeone mußte ihn mit einem Schlage zum reichen Mann machen und es ihm gestatten, sich einen in England gelegenen Besitz zu kaufen. Ein ganzes Dorf konnte es sein, Squire würde er werden. Wenn er in seinem Wagen vorüberfuhr, zogen die Landleute ihre Hüte. Maria würde Freude daran haben, wenn er sich auch nicht vorstellen konnte, daß Maria die Rolle einer großen Dame auch nur einigermaßen mit Grazie spielen konnte.

Von der Vorstellung, Maria ihrer Mietwohnung in Southsea entführt und auf einem Landsitz residieren zu sehen, riß sich Hornblower gewaltsam los. Östlich von ihm lag Panama mit dem aufgestapelten Silber Perus, der Perlenfischerflotte und dem übertünchten goldenen Altar, der dem Zugriff Morgans entgangen war, ihm aber nicht entgehen sollte. Strategisch mußte ein Schlag gegen den Zentralpunkt des gesamten Überlandverkehrs am wirkungsvollsten und damit auch für seine persönlichen Belange am vorteilhaftesten sein. Er versuchte an Panama zu denken.

Auf dem Vordeck hockte Sullivan, der rothaarige irische Vagabund, samt seiner Fiedel auf einer Kanone, und ihn im Halbkreis umgebend tanzten die Matrosen paarweise auf klatschenden, hornigen Sohlen. Für die Eroberung der *Natividad* würden die Leute mindestens fünfundzwanzig Guineen pro Kopf bekommen, und nun gaben sie das Geld in Gedanken schon wieder aus. Hornblower blickte dorthin, wo die *Natividad* vor Anker lag. Ihre Kuhl war schwarz von der zusammengepferchten spanischen Besatzung. Auf dem altmodischen Achterschiff gewahrte er die roten Röcke und die Tschakos seiner Seesoldaten, und er bemerkte auch, daß die Mündungen der Deckgeschütze, an denen Leute mit brennenden Lunten standen, auf die Kuhl gerichtet waren. Gerard, den er als Prisenkommandanten drüben gelassen hatte, war früher an Bord eines Liverpooler Sklavenjägers gefahren und verstand sich darauf, ein ganzes Schiff voller feindlich gesinnter Menschen im Schach zu halten, obwohl sich Hornblower von der Besatzung, die von ihren Offizieren getrennt worden war, keiner Meuterei versah.

Er fühlte, daß er über das weitere Schicksal der *Natividad* zu einem Entschluß gelangen mußte, wobei er besonders die Gefangenen bedenken mußte. Der zweifelhaften Gnade el Supremos durfte er sie nicht überlassen; das würde vermutlich seine eigene Mannschaft nicht dulden. Eine lange Kette von Pelikanen strich vorüber; sie hielten tadellose Abstände, besser noch als die evolutionierende Kanalflotte es zu tun pflegte. Ein an seinem gegabelten Schwanz kenntlicher Fregattvogel hing auf regungslosen Schwingen in der Luft. Offenbar gelangte er zur Überzeugung, daß es hier nichts zu erbeuten gab, denn gleich darauf segelte er wieder zur Insel hinüber, wo die Kormorane eifrig dem Fischfang oblagen. Schon wurde es heiß, und die sonnenbeschienene Bucht war so blau wie der Himmel, der sich über ihr wölbte.

Hornblower, der immer wieder von seinen Gedanken abgelenkt wurde, verfluchte die Sonne, die Pelikane und den Fregattvogel. Mißgelaunt schritt er noch ein halbes dutzendmal auf und nieder. Dann stellte sich ihm der Midshipman Knyvett in den Weg, die Hand am Hutrand.

»Was, zum Teufel, ist denn nun wieder los?« schnaubte Hornblower.

»Boot kommt längsseit, Sir. Mit Mister . . . Mister Hernandez.«

Das war schließlich zu erwarten gewesen.

»Schön«, nickte Hornblower. Er begab sich zum Fallreep, um den an Bord kommenden Hernandez zu empfangen. Der Besucher hielt sich nicht erst mit Beglückwünschungen zu dem erfochtenen Siege auf. Im Dienste el Supremos wurden offenbar selbst die Amerikaner spanischer Herkunft kurz angebunden und sachlich.

»El Supremo wünscht Sie sofort bei sich zu sehen, Herr Kapitän; mein Boot wartet.«

»So«, meinte Hornblower. Er wußte sehr wohl, daß Dutzende seiner in britischen Diensten stehenden Kameraden über eine so formlose Aufforderung in helle Wut geraten wären. Die Entgegnung lag ihm auf der Zunge, el Supremo solle gefälligst an Bord kommen, wenn er den Kommandanten zu sprechen wünsche. Rechtzeitig erkannte er jedoch, daß es töricht sein würde, die guten Beziehungen zum Lande, von denen sein Erfolg in so weitgehendem Maße abhängig war, wegen einer Frage der Etikette zu gefährden. Der Eroberer der *Natividad* konnte es sich leisten, die Anmaßung anderer zu übersehen.

Er dachte an einen Mittelweg. Um seine eigene Würde zu wahren, konnte er Hernandez ein paar Stunden warten lassen, aber auch gegen diese Lösung erhob sein gesunder Menschenverstand Einwendung. Hornblower haßte Halbheiten, und die gedachte würde wie die meisten ihresgleichen nur dazu dienen, die eine Seite zu reizen und der anderen keinen Vorteil zu verschaffen. Besser also, man unterdrückte das Gefühl verletzten Stolzes und kam sofort.

»Gern«, erwiderte er. »Derzeit bin ich hier abkömmlich.« Zum mindesten war es bei dieser Gelegenheit nicht erforderlich, sich in Paradeuniform zu werfen. Die besten Seidenstrümpfe und die Schnallenschuhe mochten an Bord bleiben, denn die Wegnahme der *Natividad* war ein besserer Beweis guten Willens als selbst das Umschnallen eines mit goldenem Griff versehenen Degens.

Erst als er einige letzte Befehle erteilte, fiel es ihm ein, daß ihm der nächtliche Erfolg Anlaß genug bot, auf die Züchtigung der Matrosen Poole und Jenkins wie auch auf den Verweis für Galbraith zu verzichten. Das wenigstens war ihm eine große Erleichterung. Sie trug dazu bei, das bedrückte Gefühl zu beheben, das ihn fast stets nach einem errungenen Erfolg befiel. Leichten Herzens bestieg er das winzige Pferd, das am Strande für ihn bereit stand, und dann ritt er an den Bergen stinkender Eingeweide und den Reihen toter Männer vorüber zum Hause el Supremos.

Wie der Kreole da auf seinem von einem Baldachin überschatteten Thronsessel saß, hätte man meinen können, er habe den Platz seit jenem ersten, vier Tage zurückliegenden Besuch Hornblowers – dem Kapitän kam die Zeitspanne unvergleichlich viel länger vor – überhaupt nicht verlassen. »Sie haben also schon ausgeführt, was ich wünschte«, lauteten die einleitenden Worte.

»Gestern nacht eroberte ich die *Natividad*«, meldete Hornblower.

»Und, wie ich hörte, ist die Verproviantierung Ihres Schiffes beendet?«

»Ja.«

»Dann haben Sie, wie ich bereits bemerkte, meinen Wünschen entsprochen.«

Auf solchen Ausdruck erhabenen Selbstbewußtseins ließ sich nichts erwidern.

»Heute nachmittag«, fuhr el Supremo fort, »werde ich meinen Plan zur Eroberung der Stadt El Salvador zur Ausführung bringen. Ich werde den Menschen, der sich Generalkapitän von Nicaragua nennt, gefangennehmen.«

»So?«

»Die mir bevorstehenden Schwierigkeiten haben sich wesentlich verringert, Herr Kapitän. Sie wissen vielleicht nicht, daß sich die zwischen hier und El Salvador liegenden Straßen nicht in dem Zustand befinden, in dem sie sein sollten. An einer Stelle führen hundertundsiebenundzwanzig in die Lava gehauene Stufen zwischen zwei Abgründen aufwärts. Sie zu erklettern ist für ein Maultier sehr schwer, von einem Pferde ganz zu schweigen. Überdies könnte ein mit einer Muskete bewaffneter Übelgesinnter viel Unheil anrichten.«

»Das wäre wohl anzunehmen«, nickte Hornblower.

»Nun liegt aber El Salvador nur zehn Meilen von der Küste entfernt«, erläuterte el Supremo, »und von der Stadt führt eine gute Straße zum Hafen La Libertad. Heute nachmittag will ich unter Benutzung der beiden Schiffe mit fünfhundert Mann dorthin segeln. Da Libertad nur hundert Meilen von hier entfernt ist, werde ich morgen in der Frühdämmerung dort eintreffen, und abends will ich in El Salvador speisen.«

»Ha . . . hm«, sagte Hornblower. Er überlegte sich, wie er am besten auf die vorauszusehenden Schwierigkeiten hinweisen konnte.

»Sie haben nur wenige Leute der *Natividad* getötet, Herr Kapitän«, begann el Supremo von neuem und berührte damit einen der wundesten Punkte, die der Engländer im Sinn hatte.

»Elf. Achtzehn wurden verwundet, von denen vier wahrscheinlich nicht mehr genesen werden.«

»Es blieben also genug zum Bedienen des Schiffes übrig?«

»Reichlich, Señor, wenn . . .«

»Das entspricht meinem Wunsche. Und dann, Herr Kapitän, muß ich Sie darauf aufmerksam machen, daß mich sterbliche Menschen nicht mit ›Señor‹ anreden. Das ist nicht respektvoll genug. Ich bin el Supremo.«

Hornblower blieb nur übrig, sich zu verneigen. El Supremos unglaublichem Benehmen gegenüber fühlte er sich machtlos.

»Also die Navigationsoffiziere sind noch am Leben?«

»Ja«, erwiderte Hornblower; und da er baldigst eintretende Mißhelligkeiten vorausahnte, die er auf ein Mindestmaß zu beschränken hoffte, setzte er schluckend hinzu, »Supremo.«

»Dann«, erklärte der Despot, »werde ich die *Natividad* in meine Dienste nehmen. Die Offiziere werden größtenteils hingerichtet und durch meine eigenen Leute ersetzt. Die übrigen und die Mannschaften treten unter meinen Befehl.« Die Absichten el Supremos enthielten nichts wirklich Unmögliches. Aus Erfahrung wußte Hornblower, daß die stets altmodische spanische Marine einen strengen Unterschied zwischen den ein Schiff handhabenden Offizieren und den vornehmen Herren machte, die es kommandierten. Über die Stellungnahme der Matrosen und Steuerleute, die vor die Wahl gestellt wurden, sich zu Tode foltern zu lassen oder el Supremo zu dienen, hegte Hornblower keinerlei Zweifel.

Obendrein ließ sich nicht leugnen, daß el Supremos Vorschlag in vielem gut war. Es wäre zum mindesten sehr schwierig gewesen, fünfhundert Mann nur an Bord der *Lydia* zu befördern, und die *Lydia* hätte allein nicht die Blokkade der langgestreckten Küste durchführen können; zwei Schiffe mußten dem Feinde mehr als doppelt soviel Schaden zufügen. Andrerseits aber würde die Auslieferung der *Natividad* endlose, die Frage der Prisengelder behandelnde Auseinandersetzungen mit der britischen Admiralität heraufbeschwören. Auch ließ es seine Ehre nicht zu, die gefangenen Spanier dem qualvollen Tode zu überlassen, den el Supremo für sie vorsah. Es galt, schnell zu überlegen.

»Die *Natividad* ist eine Prise meines Königs«, sagte er. »Vielleicht wäre er nicht damit einverstanden, daß ich sie ausliefere.«

»Jedenfalls wäre er nicht damit einverstanden, daß Sie mich beleidigen«, versetzte el Supremo. Er zog seine Augenbrauen zusammen, und Hornblower hörte, wie der neben ihm stehende Hernandez einen hastigen Atemzug tat. »Ich habe schon einmal bemerkt, Kapitän Hornblower, daß Sie dazu neigen, den Respekt zu vergessen, doch war ich milde genug, diese Tatsache Ihrer ausländischen Herkunft zuzuschreiben.«

Noch immer arbeiteten Hornblowers Gedanken sehr schnell. Eine geringe Versteifung des Widerstandes würde diesen Wahnsinnigen dazu veranlassen, ihn zur Hinrichtung führen zu lassen, und falls ihr Kommandant ermordet wurde, dachten die Leute der *Lydia* natürlich nicht daran, für el Supremo zu kämpfen. Die Lage im Stillen Ozean aber mußte sich wesentlich verschärfen. Vermutlich würde die Fregatte, die weder auf seiten der spanischen Regierung noch bei den Rebellen Freunde hatte, niemals wieder die Heimat erreichen; zumal dann nicht, wenn der phantasiearme Bush das Kommando führte. England verlor nicht nur eine gute Fregatte, sondern auch eine günstige politische Gelegenheit. Er mußte also das Prisengeld opfern, jene tausend Pfund, mit denen er so gern auf Maria Eindruck gemacht hätte. Unter allen Umständen aber galt es, das Leben der Gefangenen zu retten ...

»Sicherlich trägt meine fremde Herkunft daran die Schuld, Supremo«, sagte er. »Es fällt mir schwer, in einer mir nicht geläufigen Sprache alle die Feinheiten auszudrükken, die in diesem Falle nötig sind. Wie konnte sonst überhaupt der Eindruck entstehen, ich ließe es el Supremo gegenüber an Ehrerbietung fehlen?«

Der andere nickte. Es war erfreulich, zu sehen, daß ein Irrsinniger, der sich selbst für allmächtig hielt, dazu neigte, die plumpeste Schmeichelei für bare Münze zu halten.

»Das Schiff gehört Ihnen, Supremo«, fuhr Hornblower fort. »In Wirklichkeit war es Ihr Eigentum, als meine Leute es gestern nacht betraten. Wenn aber in Zukunft eine riesige Armada unter der Flagge el Supremos den Stillen Ozean durchsegelt, so wünsche ich nur, daß man sich daran erinnert, wie das erste Schiff dieser Flotte auf el Supremos Befehl den Spaniern durch den Kapitän Hornblower entrissen wurde.«

Abermals nickte el Supremo, worauf er sich an Hernandez wandte.

»General«, sagte er, »bereiten Sie alles dafür vor, daß die fünfhundert Mann heute mittag an Bord gehen können. Ich werde an der Expedition teilnehmen, und das gleiche gilt von Ihnen.«

Hernandez verbeugte sich und verließ den Saal. Es war ohne weiteres ersichtlich, daß Respektlosigkeit oder auch nur ein Zögern seiner Untergebenen el Supremo niemals veranlassen konnten, an seiner Göttlichkeit zu zweifeln. Jeder kaum angedeutete Befehl, mochte es sich um tausend Schweine oder um fünfhundert Männer handeln, wurde augenblicks ausgeführt. Hornblower tat sogleich seinen nächsten Schachzug.

»Wird die *Lydia* der Ehre gewürdigt werden, el Supremo nach La Libertad zu bringen?« fragte er. »Meine Besatzung würde über solche Auszeichnung sehr erfreut sein.«

»Das kann ich mir denken«, erwiderte el Supremo.

»Ich wage den Wunsch kaum zu äußern«, fuhr Hornblower fort, »aber dürfen meine Offiziere und ich darauf hoffen, daß el Supremo vor dem Auslaufen mit uns speisen wird?«

Einen Augenblick überlegte der Kreole.

»Ja«, sagte er dann, und Hornblower unterdrückte einen Seufzer der Erleichterung. Befand sich der Mann erst einmal an Bord der Fregatte, so war es vielleicht weniger schwierig, mit ihm fertig zu werden.

El Supremo klatschte in die Hände, und als handele es sich um die Tätigkeit eines Uhrwerks, kündigte ein Pochen an die messingbeschlagene Tür das Kommen des dunkelhäutigen Majordomo an. Mit wenigen Worten erhielt er den Befehl, el Supremos Haushalt an Bord der *Lydia* zu schaffen.

»Sie gestatten mir wohl, an Bord zurückzukehren, um die Vorbereitungen zu Ihrem Empfang zu treffen, Supremo?« sagte Hornblower.

Ein Kopfnicken antwortete ihm.

»Zu welcher Zeit darf ich Sie am Strande erwarten?«

»Um elf.«

Als Hornblower in den Vorhof hinaustrat, dachte er verständnisvoll an jenen orientalischen Wesir, der seinen königlichen Gebieter nie verließ, ohne sich davon zu überzeugen, daß ihm noch der Kopf auf den Schultern saß. Kaum war an Oberdeck der *Lydia* das Trillern der Bootsmannspfeifen verstummt, als er seine Befehle erteilte.

»Lassen Sie die Offiziere da sofort unter Deck schaffen«, sagte er zu Bush und deutete dabei auf die Gefangenen. »Sperren Sie sie unter Bewachung in das Kabelgatt. Der Waffenmeister soll kommen und sie in Eisen legen.«

Bush vermochte sein Befremden über den ihm erteilten

Befehl nicht zu verbergen, aber Hornblower verlor keine Zeit mit langatmigen Erklärungen.

»Señores«, sagte er, als die Offiziere an ihm vorübergeführt wurden, »Sie werden grob behandelt werden, aber glauben Sie mir: Wenn Sie während der nächsten Tage irgendwie sichtbar werden, so ist das Ihr Tod. Ich muß dies tun, um Ihr Leben zu retten.«

Danach wandte sich Hornblower wieder an seinen Ersten. »Lassen Sie alle Mann pfeifen, Mr. Bush.«

Das Schiff erdröhnte von den über die Planken eilenden hornigen Füßen.

»Leute«, begann der Kommandant. »Es wird heute ein Fürst dieses Landes an Bord kommen, der ein Verbündeter unseres eigenen allergnädigsten Königs ist. Was auch immer geschehen mag – ich bitte, die Worte zu beachten –, was auch immer geschehen mag, er ist mit Respekt zu behandeln. Den Mann, der lacht, lasse ich auspeitschen; jeden, der sich gegenüber dem Señor el Supremo nicht so benimmt, wie gegen mich selbst. Heute abend werden wir mit den Truppen jenes Herrn in See gehen. Ihr werdet für sie sorgen, als wenn es Engländer wären; besser sogar. Mit englischen Soldaten würdet ihr Schindluder treiben. Der erste, der sich dessen unterstünde, bekäme noch in gleicher Stunde die Peitsche. Denkt nicht an ihre Farbe, denkt nicht an ihre Kleidung oder daran, daß sie nicht englisch sprechen können, aber beherzigt meine Worte. Die Leute können wegtreten, Mr. Bush.«

Drunten in der Kajüte wartete der getreue Polwheal mit Schlafrock und Badetuch auf des Kommandanten Bad, das der Zeiteinteilung entsprechend schon vor zwei Stunden hätte genommen werden sollen.

»Lege wieder meine beste Uniform zurecht«, befahl Hornblower rasch. »Und wenn es sechs glast, ist die Kajüte für ein Festessen von acht Personen klar. Hole mir meinen Koch.«

Es gab viel zu tun. Bush und Rayner, der jüngste Wachoffizier, Simmonds, der Leutnant der Marineinfanterie, und Crystal, der Obersteuermann, mußten eingeladen und ersucht werden, in großer Uniform zu erscheinen. Und vor allem galt es, die Unterbringung von fünfhundert Mann an Bord der beiden Fregatten vorzubereiten.

Gerade blickte Hornblower zur *Natividad* hinüber, die langsam vor ihrem Anker herumschwang, indessen die rotgoldenen Farben Spaniens unter der weißen Flagge wehten, als ein Boot in schneller Fahrt vom Strande her nahte. Der Führer einer an Bord enternden Anzahl Männer war ein jugendlicher, kaum mittelgroßer Bursche von schlanker Erscheinung und affenartiger Behendigkeit. Sein lebhaft lächelnder Gesichtsausdruck verriet ein unerschütterlich heiteres Temperament. Übrigens sah er eher spanisch als amerikanisch aus. Bush brachte die Gesellschaft zum Achterdeck, auf dem der Kommandant ungeduldig umherging. Mit liebenswürdiger Verbeugung stellte sich der Neuankömmling vor.

»Ich bin Vizeadmiral Don Cristobal de Crespo.«

Unwillkürlich musterte ihn Hornblower von oben bis unten. Der Vizeadmiral trug goldene Ohrringe, und sein goldbestickter Rock konnte nicht über den zerschlissenen Zustand des darunter befindlichen Hemdes hinwegtäuschen. Immerhin aber trug er Stiefel von weichem, braunem Leder, in deren Schäften die geflickten weißen Hosen verschwanden.

»Im Dienste el Supremos?« fragte Hornblower.

»Freilich. Darf ich Ihnen meine Offiziere vorstellen? Capitán de navio Andrade, Capitán de fragata Castro,

Capitán de corbeta Carrera, die Offiziere Barrios, Barillas und Cerna nebst den Fähnrichen Diaz . . .«

Die unter solch hochklingenden Titeln vorgestellten Offiziere waren barfüßige Indianer, deren um die Hüften geschlungene rote Schärpen voller Pistolen und Messer steckten. Sie verneigten sich linkisch vor Hornblower. Mehrere Gesichter verrieten viehische Grausamkeit.

»Ich bin gekommen«, sagte Crespo liebenswürdig, »um meine Flagge auf der *Natividad* zu setzen. El Supremo wünscht, daß Sie sie mit den einem Vizeadmiral zukommenden elf Salutschüssen begrüßen.«

Hornblowers Gesicht wurde etwas lang. Im Verlauf seiner Dienstjahre hatte er einen tiefgehenden Respekt vor den Einzelheiten seemännischen Zeremoniells gewonnen, und er ärgerte sich über die Aussicht, diesem zerlumpten Gauner denselben Salut zu gewähren, wie er einem Nelson zuteil wurde. Mit einiger Anstrengung schluckte er seinen Groll hinunter. Er wußte, daß er, sofern er überhaupt einigen Erfolg erzielen wollte, diese Posse bis zum bitteren Ende mitspielen mußte.

»Selbstverständlich, Herr Admiral«, sagte er. »Ich bin sehr glücklich darüber, Ihnen als einer der ersten zu Ihrer Ernennung gratulieren zu können.«

»Danke, Herr Kapitän. Zunächst müssen noch ein paar Kleinigkeiten erledigt werden. Darf ich fragen, ob die diensttuenden Offiziere der *Natividad* hier an Bord oder noch drüben sind?«

Hornblower blieb ganz gelassen. »Es tut mir furchtbar leid, aber ich habe sie heute früh nach kriegsgerichtlicher Aburteilung über Bord werfen lassen.«

»Das ist allerdings sehr schade«, erwiderte Crespo. »Ich sollte sie auf el Supremos Befehl an die Rahnocken der *Natividad* hängen. Haben Sie denn gar keinen übriggelassen?«

»Nicht einen einzigen, Herr Admiral. Ich bedauere, daß ich keine diesbezüglichen Befehle von el Supremo bekam.«

»Na, dann läßt sich eben nichts machen. Zweifellos wird man Ersatz finden. Ich werde mich jetzt an Bord meines Schiffes begeben. Vielleicht begleiten Sie mich, um Ihrem Prisenkommando die nötigen Befehle zu erteilen.«

»Gewiß, Herr Admiral.«

Hornblower war darauf gespannt, wie el Supremos Untergebene die Aufgabe lösen würden, eine ganze Schiffsbesatzung zum Überlaufen zu bringen. Hastig erteilte er Anweisungen für das Salutschießen, das beim Hochgehen der neuen Flagge der *Natividad* beginnen sollte, dann bestieg er mit den neugebackenen Seeoffizieren das wartende Boot.

An Bord der *Natividad* stolzierte Crespo zum Achterdeck. Der spanische Obersteuermann stand dort mit seinen Unteroffizieren. Unter ihren erschrockenen Blicken trat Crespo zu dem neben der Reling angebrachten Standbild der Mutter Gottes mit dem Kinde und stieß es kurzerhand über Bord. Auf seinen Wink holte einer der »Fähnriche« die an der Piek hängende spanische und britische Flagge nieder, worauf sich der Mann el Supremos an die seemännischen Offiziere wandte. Eine dramatische Szene spielte sich auf dem sonnenbeschienenen Achterdeck ab, auf dem sich die Menschen drängten. Die in Linie aufgestellten rotröckigen britischen Seesoldaten präsentierten das Gewehr, während die Matrosen mit brennenden Lunten bei den Karronaden standen, denn noch war kein die bisherige Lage ändernder Befehl erteilt worden. Gerard kam herüber und nahm neben seinem Kapitän Aufstellung.

»Wer ist der Obersteuermann?« fragte Crespo.

»Ich«, stammelte einer der Spanier.

»Und ihr anderen seid seine Maate?« krächzte Crespo. Ängstliches Kopfnicken antwortete ihm. Aus dem Gesicht des sogenannten Admirals war aller Humor geschwunden. Kalter Zorn schien ihn zu beseelen.

»Du da«, deutete er auf den Jüngsten. »Du wirst jetzt die Rechte emporstrecken und unserem Gebieter el Supremo den Treueid leisten. Hand hoch!«

Der Junge gehorchte wie geistesabwesend.

»Nun sprich mir nach. ›Ich schwöre . . .‹«

Das Gesicht des jungen Menschen war bleich. Er versuchte, sich nach seinem Vorgesetzten umzudrehen, aber Crespos lodernde Augen hielten ihn fest.

»Ich schwöre . . .«, klang es noch drohender als zuvor. Des Jünglings Mund öffnete und schloß sich geräuschlos. Dann riß er sich gewaltsam von dem ihn bannenden Blick los. Seine Hand schwankte und senkte sich. Plötzlich schoß Crespos Linke vorwärts. Die Bewegung erfolgte so schnell, daß niemand die Pistole erkannte, die er aus dem Gürtel gerissen hatte. Von einer Kugel in den Leib getroffen, brach der junge Seemann sterbend zusammen. Crespo achtete seiner Zuckungen nicht, sondern redete den Nebenmann an.

»Jetzt wirst du schwören«, sagte er.

Der eingeschüchterte Spanier wiederholte bebend die ihm vorgesprochenen Worte. Die wenigen Sätze trafen den Nagel auf den Kopf. Sie bestätigten die Allmacht el Supremos, an die der Sprecher zu glauben erklärte. In einer einzigen, hastig heruntergeleierten Lästerung wurde die Existenz Gottes und die Jungfräulichkeit der Gottesmutter geleugnet. Die übrigen folgten dem Beispiel des Vorsprechers; einer nach dem anderen wurden sie vereidigt, ohne daß sich jemand um den zu ihren Füßen liegenden Sterbenden kümmerte. Erst als die Zeremonie zu Ende war, gönnte ihm Crespo einen flüchtigen Blick.

»Schmeißt das da über Bord«, befahl er schroff. Nur für den Bruchteil einer Sekunde zögerten die Spanier, dann bückte sich der eine und packte den Unglücklichen bei den Schultern, indes ein anderer seine Füße ergriff. Gleich darauf glitt der immer noch Lebende über die Seite.

Crespo wartete, bis er das Aufklatschen des Körpers vernahm, dann trat er an die Reling des Achterdecks, deren Vergoldung an mehreren Stellen abblätterte. Die in der Kuhl zusammengepferchte Mannschaft lauschte verblüfft seiner erhobenen Stimme. Mit einem Blick erkannte Hornblower, daß Crespos Bekehrungsversuche nur geringen Widerstand finden würden. Kein einziger Europäer befand sich unter den Leuten. Vermutlich war die ursprünglich europäische Besatzung während des langen Auslandsdienstes der *Natividad* nach und nach ausgestorben. Nur die Offiziere waren von Spanien aus ersetzt worden, aber die nötigen Matrosen hatte man unter den Eingeborenen rekrutiert. Es gab Chinesen unter ihnen, wie Hornblower feststellte, Neger und einige, deren Gesichtsschnitt ihm unbekannt vorkam: Filipinos.

Eine nur fünf Minuten dauernde flammende Ansprache Crespos genügte. Er verzichtete darauf, die Göttlichkeit el Supremos zu erläutern, und beschränkte sich auf die Nennung des Titels. Seinen Worten zufolge stand el Supremo an der Spitze einer revolutionären Bewegung, die die Spanier aus ihren amerikanischen Besitzungen fegen sollte. Innerhalb eines Jahres werde die ganze Neue Welt von Mexiko bis nach Peru ihm zu Füßen liegen. Der spanischen Mißwirtschaft, der brutalen Unterdrückung, der in Bergwerken und beim Ackerbau ausgeübten Sklaverei werde ein Ende gemacht werden. Jedermann könne dann Land bebauen, und unter der gesegneten Herrschaft el Supremos werde Freiheit und Glück einkehren. Wer wollte ihm folgen?

Offenbar waren sie alle dazu bereit. Das Ende seiner Rede wurde mit tobendem Beifallsgeschrei beantwortet. Dann trat der sogenannte Admiral wieder zu Hornblower.

»Ich danke Ihnen, Herr Kapitän. Ich denke, Ihr Prisenkommando hat hier nichts mehr zu tun. Ich und meine Offiziere, wir werden mit jedem Fall von Ungehorsam fertig werden, der später eintreten könnte. Allerdings einige von denen da dürften sich nicht so ohne weiteres erleuchten lassen, wenn es soweit ist«, setzte er grinsend hinzu.

Auf der Rückfahrt zur *Lydia* gedachte Hornblower erbittert der Ermordung des spanischen Steuermannsmaaten. Er hätte ein solches Verbrechen verhindern sollen; er hatte sich eigens deswegen an Bord der *Natividad* begeben, damit keine Grausamkeiten stattfanden. Dennoch erkannte er, daß diese Roheit nicht den gleichen schlechten Einfluß auf seine eigene Mannschaft ausübte, wie es das kaltblütige Aufhängen der Offiziere getan haben würde. Gewiß, die Besatzung der *Natividad* wurde gezwungen, einem neuen Herrn zu gehorchen, aber das Preßkommando hatte das gleiche mit dreiviertel der Leute der *Lydia* getan. Auspeitschung und Tod drohten dem Engländer, der den ihm vorgesetzten Offizieren den Gehorsam verweigerte. Es stand kaum zu erwarten, daß sich britische Matrosen übermäßig über Dagos aufregen würden, die sich in gleicher Lage befanden, selbst wenn sie mit der für den Engländer niederer Stände kennzeichnenden Unlogik gegen das in aller Form vorgenommene Aufhängen der Offiziere Einspruch erhoben hätten.

Hornblowers Gedankengang wurde jählings von einem von der *Natividad* herüberdröhnenden Kanonenschuß unterbrochen, dem die *Lydia* sofort antwortete. Fast wäre er von seinem Sitz aufgesprungen, aber ein Blick über die Schulter beruhigte ihn. Von der Gaffel der bisher spanischen Fregatte wehte eine neue blaue Flagge, in deren Mitte sich ein gelber Stern befand. Langsam rollte das Echo der Salutschüsse rings um die Bucht, und noch immer krachten die Kanonen, als Hornblower die Fallreepstreppe hinaufstieg. Mr. Marsh, der Artillerieoffizier, ging murmelnd auf dem Vordeck auf und nieder.

»Wenn ich nicht als gottverfluchter Narr geboren worden wäre, dann wäre ich jetzt nicht hier. Siebtes ... Feuer! Meine Frau, mein Heim und alles, was mir teuer ist, habe ich verlassen. Achtes ... Feuer!«

Eine halbe Stunde später war Hornblower zum Empfang el Supremos am Strand. Begleitet von einem Dutzend zerlumpter Reiter, erschien der Tyrann auf die Minute. El Supremo hielt es nicht für nötig, sein Gefolge vorzustellen. Er verneigte sich und ging sofort an Bord der Barkasse, indessen sich seine Begleiter einer nach dem anderen dem britischen Kapitän vorstellten. Sie alle waren fast reinblütige Indianer. Mit Ausnahme von zwei oder drei Obersten bezeichneten sie sich samt und sonders als Generäle, und offensichtlich waren sie ihrem Herrn und Gebieter rückhaltlos ergeben, wobei die Furcht allein nicht ausschlaggebend sein konnte; sie liebten ihn anscheinend.

Am Fallreep stand alles zum feierlichen Empfang des Despoten bereit, aber el Supremo überraschte den Briten beim Anbordgehen mit den beiläufig hingeworfenen Worten:

»Der mir zukommende Salut besteht aus dreiundzwanzig Schuß, Herr Kapitän.«

Das waren zwei Schuß mehr, als Seine Majestät der König Georg selbst zu empfangen pflegte. Sekundenlang starrte Hornblower fassungslos vor sich hin, indessen er hastig erwog, wie er solches Ansinnen zurückweisen konnte, aber dann beruhigte er sein Gewissen mit der Feststellung, daß ein Salut dieser Art überhaupt bedeutungslos sein würde. Schnell sandte er dem Mr. Marsh einen entsprechenden Befehl, und dann vermochte er ein Lächeln kaum zu unterdrücken, als er sich Marshs Erstaunen beim Erhalt der Anweisung und seine kochende Wut am Schluß des Zeremoniells vorstellte: »Wenn ich nicht als gottverfluchter Narr geboren worden wäre, so wäre ich jetzt nicht hier. Dreiundzwanzig ... Feuer!«

Sich aufmerksam umsehend, bestieg el Supremo die Hütte, doch während Hornblower ihn noch beobachtete, schwand der interessierte Gesichtsausdruck und wich der zerstreuten Gleichgültigkeit, die er bereits an ihm kannte. Er schien zuzuhören, doch als Hornblower seine Offiziere Bush und Gerard vorstellte, sah er über sie hinweg. Die Einladung zur Besichtigung des Schiffes lehnte er wortlos mit einem Kopfschütteln ab. Es entstand eine kleine Verlegenheitspause, die von Bushs Meldung unterbrochen wurde.

»Die *Natividad* heißt an der Großrah noch eine Flagge, Sir. Nein, das nicht ... es ist vielmehr ...«

Es war ein menschlicher Körper, der sich da drüben schwarz vom blauen Himmel abhob. Langsam pendelnd und sich um seine Längsachse drehend, stieg er höher. Gleich darauf erschien an der anderen Rahnock ein zweiter Körper. Unwillkürlich wandten sich aller Augen el Supremo zu. Er starrte noch immer wie geistesabwesend in die Ferne, aber jedermann wußte, daß ihm der Vorfall nicht entgangen war. Die englischen Offiziere warfen ihrem Kommandanten einen hastigen, fragenden Blick zu und taten dann, seinem Beispiel folgend, so, als hätten sie nichts bemerkt. Die an Bord eines fremden Schiffes für notwendig befundenen Disziplinarmaßnahmen gingen sie nichts an.

»Das Essen wird bald serviert werden, Supremo«, sagte Hornblower schluckend. »Würde es Ihnen belieben, unter Deck zu kommen?«

Noch immer schweigend, schritt el Supremo zum Niedergang und stieg den anderen voran hinunter. Drunten trat seine geringe Körpergröße dadurch zutage, daß er aufrecht zu gehen vermochte. Tatsächlich streifte sein Scheitel kaum die Decksbalken, und er dachte auch gar nicht daran, sich zu bücken. Hornblower ertappte sich bei der lächerlichen Vorstellung, daß el Supremo es niemals nötig haben würde, den Nacken zu beugen, daß sich die Decksbalken eher heben würden, als das Sakrilegium zu begehen, gegen seinen Kopf zu stoßen; einen solchen Eindruck machte des Mannes ruhige, hoheitsvolle Haltung auf ihn.

Polwheal und die ihm helfenden Stewards, die ihr bestes Zeug anhatten, hielten die Persennings beiseite, die immer noch die entfernten Zwischenwände ersetzen mußten, aber auf der Schwelle der Kajüte blieb el Supremo einen Augenblick stehen und sprach die ersten Worte, die ihm seit Betreten des Schiffes über die Lippen kamen.

»Ich werde allein hier speisen«, erklärte er. »Lassen Sie auftragen.«

Niemand schien in diesem Ansinnen etwas Außergewöhnliches zu finden. Hornblower, der die Begleiter des Wahnsinnigen heimlich beobachtete, war davon überzeugt, daß ihre Teilnahmslosigkeit nicht gemacht war.

Natürlich war dieser Entschluß höchst lästig. Zusammen mit seinen übrigen Gästen mußte Hornblower in der schnell dazu hergerichteten Offiziersmesse essen. Sein einziges Tischtuch und seine einzige Garnitur Servietten blieben zusammen mit den beiden letzten Flaschen alten Madeiras in der Kommandantenkajüte zur Verfügung el Supremos zurück. Auch trug das allgemeine Schweigen keineswegs zur Belebung des Mahles bei. Das Gefolge el Supremos war alles andere als gesprächig, und lediglich Hornblower selbst vermochte sich auf spanisch zu unterhalten. Zweimal versuchte Bush kühn, einige höfliche Worte an seinen Tischnachbarn zu richten, wobei er, hoffend, daß sie spanisch klingen würden, jeweils ein o hinzufügte, aber der verständnislose Blick des Angeredeten ließ ihn schnell in sinnlosem Gestammel enden. Das Essen war kaum beendet; jedermann hatte gerade die lose gewickelten Zigarren angezündet, die zu den gelieferten Vorräten gehörten, als ein neuer Bote vom Strande eintraf und von dem betroffenen Wachoffizier, der das Geschnatter des Mannes nicht verstand, in die Messe geführt wurde. Die Truppen standen zur Einschiffung bereit. Erleichtert erhob sich Hornblower und ging mit den übrigen an Deck.

Die von der Barkasse und dem Kutter im Pendelverkehr an Bord geschafften Leute waren typische mittelamerikanische Soldaten; barfuß, zerlumpt, schwärzlich und dünnhaarig. Jeder trug eine blanke neue Flinte und vollgestopfte Patronentaschen, aber das waren nur die Dinge, die Hornblower mitgebracht hatte. Die meisten Kerle hielten anscheinend mit Mundvorrat gefüllte Baumwollbündel in den Händen; einige hatten auch Melonen und ganze Büschel von Bananen mitgebracht. Die englischen Matrosen trieben die Burschen auf das Hauptdeck. Neugierig spähten sie umher, wobei das Geschwätz keinen Augenblick verstummte. Im übrigen waren sie ganz willig. Schwatzend hockten sie sich zwischen den Kanonen nieder, wohin sie von den grinsenden Seeleuten geschoben wurden. Die meisten von ihnen begannen sofort gierig zu essen. Hornblower hegte den Verdacht, daß sie halb verhungert waren und daß sie nun ihre Vorräte verschlangen, die eigentlich mehrere Tage ausreichen sollten.

Als sich der letzte Mann an Bord befand, blickte der Kapitan zur *Natividad* hinüber. Sie schien den ihr zugedachten Teil des Expeditionskorps bereits an Bord genommen zu haben. Plötzlich hörte das Geschnatter auf dem Hauptdeck jählings auf, und es trat völliges Schweigen ein. Gleich darauf betrat el Supremo das Achterdeck. Offenbar war sein Erscheinen der Grund zum Verstummen der Gespräche gewesen.

»Wir werden nach La Libertad segeln, Herr Kapitän«, sagte er.

»Jawohl, Supremo.« Hornblower war froh über das Erscheinen des Mannes. Hätte er noch wenige Sekunden gezögert, so hätten die Schiffsoffiziere merken müssen, daß ihr Kommandant auf des Amerikaners Befehle wartete, und das wäre nicht gut gewesen.

»Wir werden Anker lichten, Mr. Bush«, sagte Hornblower.

II

1

Die der Küste entlangführende Reise war beendet. La Libertad hatte sich ergeben. El Supremo war mit seinen Leuten in dem Durcheinander von Vulkanen verschwunden, die die Stadt des Heiligen Erlösers umgaben. Abermals schritt Kapitän Hornblower am frühen Morgen auf dem Achterdeck Seiner Britannischen Majestät Fregatte *Lydia* auf und nieder, und Leutnant Bush, der Wachhabende, stand regungslos beim Steuerruder, ohne Notiz von seinem Kommandanten zu nehmen.

Hornblower blickte umher. Bei jeder Unterbrechung seiner Wanderung atmete er tief die Seeluft ein. Sein Verhalten kam ihm zum Bewußtsein, und gleichzeitig mußte er über die Erkenntnis lächeln, daß es ihm darum zu tun war, die süße Luft der Freiheit zu genießen. Für eine Weile jedenfalls war er des alpdruckartigen Einflusses el Supremos und seiner Halsabschneidermethoden ledig. Das Gefühl der Erleichterung, das er deswegen empfand, ließ sich nicht in Worte fassen. Er war wieder sein eigener Herr und konnte unbehelligt auf seinem Achterdeck spazierengehen. Der Himmel war blau, die See war blau und silbrig – Hornblower ertappte sich bei dem alten Vergleich mit schönen Wappenfarben und wußte, daß er sich selber wiedergefunden hatte. Aus reiner Lebensfreude lächeln, sah er noch einmal aufs Meer hinaus, doch achtete er darauf, daß seine Untergebenen nicht merken konnten, wie ihr Kommandant gleich einem Waldkater grinste.

Bei ganz leichtem Wind glitt die *Lydia* mit drei oder vier Seemeilen in der Stunde durchs Wasser. An Backbord lugten die zahllosen Vulkane, die das Rückgrat dieses barbarischen Landes darstellten, noch gerade über die Kimm. Vielleicht gelang es diesem el Supremo wirklich, seine wilden Träume zu verwirklichen und Mittelamerika zu erobern; vielleicht lag der Hoffnung, einen guten Verkehr über den Isthmus hinweg zu eröffnen – über Panama, falls es mit Nicaragua nichts wurde –, ein gesunder Gedanke zugrunde. Die Welt würde dadurch verändert werden. Van Diemens Land und die Molukken würden dann in nähere Beziehung zur Zivilisation treten. England könnte sich den Stillen Ozean erschließen, ohne gezwungen zu sein, den gefahrvollen Weg um Südafrika oder ums Kap Hoorn herum zu benutzen. In diesem Falle mochte der Pazifik demnächst dort, wohin bisher kaum eine Fregatte vordrang, ganze Geschwader von Linienschiffen sehen. Die spanischen Reiche Mexiko und California würden vielleicht neue Bedeutung gewinnen.

Hornblower sagte sich hastig, daß dies alles vorläufig nur uferlose Träumereien waren. Als wollte er sich wegen solcher Phantastereien selbst strafen, zwang er sich dazu, die Beweggründe zu bestimmen, die ihn südwärts nach Panama führten. Dabei wußte er sehr wohl, daß es ihm in der Hauptsache darauf ankam, el Supremo abzuschütteln, doch suchte er, seine Handlungsweise ungeachtet seiner Selbstbeschuldigung vor sich zu rechtfertigen.

Wenn el Supremos Handstreich auf San Salvador fehlschlug, so genügte die *Natividad* zum Abtransport der vermutlich wenig zahlreichen Überlebenden seiner Armee. Die Gegenwart der *Lydia* vermochte in keiner Weise die Landoperationen zu beeinflussen. Hatte el Supremo aber Erfolg, so war es günstig, wenn ein Vorstoß gegen Panama die Spanier davon abhielt, ihre sämtlichen Streitkräfte in Nicaragua einzusetzen. Überdies war es durchaus richtig, der Besatzung der *Lydia* dadurch die Aussicht auf Prisengelder zu eröffnen, daß man sich die im Golf von Panama kreuzenden Perlenfischer vornahm. Das würde sie für das bereits erworbene und wieder verlorene Prisengeld entschädigen, denn für die *Natividad* war natürlich aus der Admiralität nichts herauszuschlagen. Weiterhin unterband die Anwesenheit der *Lydia* im Golf von Panama die spanischen, von Peru kommenden Truppentransporte, und schließlich mußte der Admiralität mit neuen Vermessungen des Golfes und der Perleninseln gedient sein, denn Ansons Seekarten waren nicht zuverlässig. Doch ungeachtet dieser durchaus einleuchtenden Gründe wußte Hornblower nur zu gut, daß er nach Südosten gesegelt war, um el Supremo loszuwerden.

Dicht neben dem Schiff schnellte plötzlich etwas wie ein heller Lichtstrahl aus dem Wasser empor, fiel laut klatschend nieder, schnellte nochmals weiter und verschwand wieder in der Tiefe. Naß glänzte rötliches Braun, ehe sich das Wasser darüber schloß. Fliegende Fische strichen in allen Richtungen über das Meer, und jeder von ihnen hinterließ eine sofort wieder verschwindende dunkle Furche. Sorglos beobachtete Hornblower das alles. Glücklich war er, daß er seine Gedanken wandern lassen konnte und nicht dazu gezwungen war, sie auf einen bestimmten Gegenstand zu richten. Mit einem Schiff unter den Füßen, dessen Vorräte aufgefüllt worden waren, und einer von den letzten Abenteuern befriedigten Mannschaft brauchte er sich derzeit eigentlich um nichts zu kümmern. Die spanischen Gefangenen, denen er das Leben gerettet hatte, sonnten sich träge vorn auf der Bank.

»Segel voraus!« schrie der im Vortopp kauernde Posten. Alles, was nichts zu tun hatte, drängte sich zum Schanzkleid, um über die Hängemattskästen hinweg in die Ferne zu spähen. Die mit Deckscheuern beschäftigten Matrosen arbeiteten verstohlen langsamer, um hören zu können, was los war.

»Wo?« rief Hornblower.

»Backbord voraus, Sir; Lugger vermutlich. Scheint scharf auf uns zuzuhalten, steht aber gerade in der Sonne...«

»Jawohl, Sir, es ist ein Lugger«, meldete nun auch der auf der Vorbramrahe sitzende Midshipman Hooker mit hoher Stimme. »Zwei Masten. Steht luvwärts von uns, Sir, und hält unter vollen Segeln auf uns zu.«

»Auf uns?« wunderte sich Hornblower. Er kletterte auf die ihm zunächst stehende Karronade und starrte unter der schirmenden Hand hervor in Sonnenglanz und Wind hinaus, aber von seinem niedrigen Standpunkt aus war noch nichts auszumachen.

»Mr. Bush«, befahl Hornblower, »lassen Sie die Kreuzmarssegel backbrassen.«

Vielleicht handelte es sich um einen spanischen Perlenlugger, der noch nichts von der Anwesenheit einer britischen Fregatte in diesen Gewässern ahnte. Andrerseits konnte er auch Nachrichten von el Supremo bringen; zwar stand das nach dem anliegenden Kurs nicht zu erwarten, doch gab es dafür möglicherweise eine Erklärung. Jetzt, als sich das eigene Schiff hob, bemerkte Hornblower sekundenlang oberhalb des fernen Horizontes einen glänzenden hellen Fleck, der sofort wieder verschwand. Während die Minuten verstrichen, wiederholte sich das Spiel in immer kürzeren Abständen, und bald sah man von Deck aus ganz deutlich den Lugger, der mit in der Mitte festgemachten Untersegeln den Bug auf die *Lydia* gerichtet hielt.

»Die spanische Flagge weht im Großtopp, Sir«, sagte Bush, der sein Fernrohr nicht vom Auge nahm. Hornblower hatte das schon längere Zeit vermutet, doch glaubte er sich nicht ohne weiteres auf seine Augen verlassen zu können.

»Jedenfalls holt man sie nieder«, antwortete Hornblower, der sich darüber freute, die Beobachtung zuerst gemacht zu haben.

»Stimmt, Sir«, bestätigte Bush etwas befremdet, und dann ... »Da geht sie wieder hoch, Sir ... Nein! ... Was halten Sie denn davon, Sir?«

»Weiße Flagge über der spanischen«, sagte der Kommandant. »Ein Parlamentär. Dem traue ich aber nicht. Lassen Sie die Flagge zeigen, Mr. Bush, und Klarschiff pfeifen. Die Geschütze werden ausgerannt und die Gefangenen unter Bewachung unter Deck geschickt.«

Er wollte es nicht darauf ankommen lassen, überrumpelt zu werden. Jener Lugger konnte voller Menschen stecken wie ein Ei voller Dotter und ein ganzes Heer von Bewaffneten über die Seite eines ahnungslosen Schiffes entern lassen. Als die Stückpforten der *Lydia* aufklappten und sie dem Lugger die Zähne zeigte, drehte er ab und blieb schlingernd beigedreht außerhalb der Kanonenschußweite liegen.

»Man schickt ein Boot herüber, Sir«, meldete Bush.

»Sehe ich«, kam es scharf von Hornblowers Lippen.

Das Boot des Spaniers tanzte auf dem Wasser, und dann enterte ein Mann das Seefallreep herauf. Hornblower erkannte sofort, daß der Besucher die volle Uniform eines Seeoffiziers der königlich-spanischen Marine trug. Seine

Epauletten funkelten in der Sonne. Er verneigte sich und trat dann näher.

»Kapitän Hornblower?«

»Der bin ich.«

»Ich darf Sie als neuen Verbündeten Spaniens begrüßen.«

Der Engländer schluckte. Es konnte sich zwar um eine Kriegslist handeln, aber im Augenblick, da er die Worte vernahm, fühlte er instinktiv, daß sie der Wahrheit entsprachen, und gleichzeitig verfinsterte sich die ganze heitere Welt, die ihn bisher umgeben hatte. Endlose Scherereien sah er voraus, die ihm durch die unbesonnene Handlungsweise der Diplomaten bereitet wurden.

»Wir haben die Nachricht bereits seit vier Tagen«, fuhr der spanische Offizier fort. »Letzten Monat raubte uns Bonaparte unseren König Ferdinand, um seinen Bruder Joseph zum König von Spanien zu machen. Die gesetzgebende Versammlung der Regierung hat ein ewiges Freundschaftsbündnis mit Seiner Majestät dem König von England geschlossen. Es gereicht mir zur großen Genugtuung, Herr Kapitän, Ihnen versichern zu können, daß Ihnen nach Ihrer anstrengenden Reise sämtliche Häfen der Besitzungen Seiner Katholischen Majestät offenstehen.«

Noch immer stand Hornblower ganz verblüfft da. Vielleicht waren dies lauter Lügen, eine Kriegslist, um die *Lydia* in den Bereich spanischer Küstenbatterien zu locken. Fast hoffte er, es möge so sein; besser wäre es gewesen, als sich mit den sonst unvermeidlichen Verwicklungen abzuärgern. Der Spanier deutete seinen Gesichtsausdruck als stillschweigenden Unglauben.

»Ich habe Briefe bei mir«, erklärte er, indem er einige Schreiben aus seinem Rock hervorzog. »Einer kommt von Ihrem bei den Leeward-Inseln stehenden Admiral und wurde von Porto Bello aus über Land befördert; der andere ist von Seiner Exzellenz dem Vizekönig von Peru, und schließlich ist hier noch der Brief einer englischen Dame, die augenblicklich in Panama weilt.«

Mit abermaliger Verbeugung überreichte er die Briefschaften, und Hornblower, der sprachlos war, fing an, sie zu öffnen. Dann aber riß er sich zusammen. Hier droben auf Deck und in Anwesenheit des Spaniers konnte er die Schriftstücke nicht lesen. Mit einer gemurmelten Entschuldigung flüchtete er in die Abgeschlossenheit seiner Kajüte.

Den kräftigen Leinenumschlag dienstlicher Befehle erkannte er ohne weiteres als echt. Eingehend prüfte er die beiden Siegel, bei denen jedoch nichts darauf hindeutete, daß sich jemand unbefugterweise mit ihnen beschäftigt hatte. Auch zeigte der Umschlag eine korrekte englische Aufschrift. Er schnitt ihn auf und las die darin enthaltenen Befehle. Sie ließen ihn nicht länger im Zweifel. Dort war die Unterschrift – Thomas Troubridge, Konteradmiral, Bart. Hornblower kannte die Handschrift Troubridges bereits von früher. Die Befehle waren knapp gehalten, wie man es von dem alten Seemann erwarten durfte. Da zwischen den Regierungen Seiner Majestät und derjenigen Spaniens ein Bündnisvertrag unterzeichnet worden war, sollte sich Kapitän Hornblower jeglicher feindseligen Handlung gegenüber den spanischen Besitzungen enthalten und, nachdem er sich mit den spanischen Behörden wegen Ergänzung seiner Vorräte ins Benehmen gesetzt habe, zwecks Einholung neuer Befehle schnellstmöglich nach England zurückkehren. Ganz ohne Zweifel war die Urkunde echt. Sie trug den Vermerk: »Abschrift No. 2«; wahrscheinlich waren gleichlautende Schreiben in andere Gegenden der spanischen Besitzungen verschickt worden, um auf solche Weise die Gewähr dafür zu haben, daß wenigstens eins davon in die Hände des Adressaten gelangte.

Der zweite Brief war prunkvoll gesiegelt. In ihm hieß der Vizekönig von Peru den Kapitän willkommen und versicherte ihm, daß ihm ganz Spanisch-Amerika zur Verfügung stehe. Er hoffe, daß Hornblower ausgiebigen Gebrauch von diesen Möglichkeiten machen werde, um bald der spanischen Nation in ihrer heiligen Mission beistehen zu können, den französischen Thronräuber wieder in seine Hundehütte zurückzujagen.

»Ha . . . hm«, machte Hornblower. Noch wußte der Vizekönig weder etwas vom Schicksal der *Natividad* noch von el Supremos neuem Unternehmen. Vielleicht wären seine Gefühle weniger freundschaftlich gewesen, wenn ihm die Rolle begreiflich wurde, die die *Lydia* bei jenen Vorfällen gespielt hatte.

Das dritte Schreiben war nur mit einer Oblate verschlossen, und die Adresse verriet eine weibliche Hand. Der spanische Parlamentär hatte etwas von einer englischen Dame in Panama gesagt. Was, zum Kuckuck, hatte eine englische Dame dort zu suchen? Hornblower öffnete den Umschlag und las:

Zitadelle von Panama

Lady Barbara Wellesley sendet dem Kapitän der britischen Fregatte ihre Grüße. Sie bittet ihn darum, er möge sie und ihre Zofe nach Europa mitnehmen, weil sich Lady Barbara infolge des Ausbruchs von gelbem Fieber im Bereich der spanischen Kolonien außerstande sieht, auf dem Reisewege zurückzukehren, den zu wählen sie gewünscht hatte.

Hornblower faltete den Brief zusammen und pochte damit nachdenklich auf seinen Daumennagel. Natürlich war es unmöglich, was diese Frau verlangte. An Bord einer des Kap Hoorn umsegelnden, mit Männern überfüllten Fregatte war kein Platz für Weiber. Ihrerseits schien ihr das aber gar nicht zum Bewußtsein zu kommen; vielmehr nahm sie offenbar an, daß ihrem Wunsch sofort entsprochen werden würde. Der Schlüssel zu solchem Verhalten lag selbstverständlich in dem Namen Wellesley, der in letzter Zeit sehr oft in der Öffentlichkeit genannt wurde. Vermutlich war die Dame eine Schwester oder eine Tante der beiden wohlbekannten Wellesleys, des Höchst Ehrenwerten Marquis Wellesley, ehemaligen Generalgouverneurs von Indien und jetzigen Regierungsmitgliedes, und des Generals Sir Arthur Wellesley, des Siegers von Assaye, den man jetzt nach Sir John Moore als Englands größten Soldaten bezeichnete. Hornblower hatte ihn einmal gesehen. Dabei war ihm die hochgewölbte, arrogante Nase ebenso aufgefallen wie die herrschsüchtig blickenden Augen. Wenn die Frau etwas von jenem Blut in ihren Adern hatte, dann würde sie wohl zu denen gehören, die alles selbstverständlich finden. Ein unbemittelter, einflußloser Fregattenkapitän durfte doch froh sein, wenn er einem Mitglied jener Familie einen Dienst erweisen konnte. Maria würde geschmeichelt und gleichzeitig mißtrauisch sein, wenn sie erfuhr, daß ihr Mann mit der Tochter eines Earl, der Schwester eines Marquis, korrespondiert hatte.

Aber jetzt war wirklich keine Zeit, über Weibergeschichten nachzudenken. Hornblower verschloß die Briefe in seinem Schreibtisch und eilte an Deck. Sich zu einem Lächeln zwingend, trat er auf den Spanier zu.

»Ich grüße die neuen Verbündeten«, sagte er. »Señor, ich bin stolz darauf, gemeinsam mit Spanien den korsischen Tyrannen bekämpfen zu können.«

Der Besucher verneigte sich.

»Herr Kapitän«, sagte er, »wir waren in großer Sorge, daß Sie, bevor sie die von mir übermittelten Nachrichten erhielten, der *Natividad* begegnen würden, denn auch ihr sind Sie unbekannt. In solchem Falle wäre Ihre schöne Fregatte ernstlich zu Schaden gekommen.«

»Ha ... hm«, machte Hornblower. Diese neue Wendung brachte ihn erst recht in Verlegenheit. Scharf rief er dem Fähnrich der Wache einen Befehl zu. »Holen Sie die Gefangenen aus dem Kabelgatt herauf, aber schnell!«

Der junge Mann rannte davon, worauf sich Hornblower wieder an den spanischen Offizier wandte.

»Ich bedauere, Ihnen mitteilen zu müssen, Señor, daß letzte Woche ein unglücklicher Zufall die beiden Schiffe zusammenführte.«

Betroffen sah der Besucher auf. Er ließ den starren Blick über das tadellos aufgeräumte Deck, über die unbeschädigte Takelage gleiten.

»Aber zum Kampf kam es nicht, Herr Kapitän? Vielleicht ...«

Angesichts des sich nähernden, trübsinnigen Zuges erstarben ihm die Worte auf den Lippen. Er erkannte den Kommandanten und die Offiziere der *Natividad*. In fieberhafter Hast begann Hornblower ihre Anwesenheit an Bord zu erklären, aber es war nicht leicht, einem spanischen Kapitän zur See klarzumachen, daß die *Lydia* ein fast doppelt so starkes Kriegsschiff weggenommen hatte, ohne überhaupt eine Schramme davonzutragen; schwerer noch war es, ihm darzulegen, daß die *Natividad* neuerdings unter der Flagge von Rebellen fuhr, die es sich zum Ziel gesetzt hatten, die spanische Herrschaft in der Neuen Welt zu vernichten. Bleich vor Zorn und gekränktem Stolz, wandte sich der Parlamentär an den gefangenen Kommandanten, und der Unglückliche bestätigte Hornblowers

Worte. Gramgebeugt erzählte er die Geschichte, die zwangsläufig zu einer kriegsgerichtlichen Verhandlung und zu seinem Ruin führen mußte. Der andere begriff, daß die spanische Herrschaft über Amerika als solche in Frage stand, und als ihm das zum Bewußtsein kam, drängten sich ihm quälend neue Möglichkeiten auf.

»Die Galeone von Manila ist in See!« schrie er plötzlich. »Im nächsten Monat wird sie in Acapulco erwartet. Die *Natividad* wird sie unterwegs abfangen.«

Einmal jährlich kreuzte ein von den Philippinen kommendes Schiff den weiten Ozean, und nie betrug der Wert der an Bord befindlichen Schätze weniger als eine Million Pfund Sterling. Der Verlust mußte die ohnehin schon bankrotte spanische Regierung endgültig zugrunde richten. Betroffen sahen die drei Kapitäne einander an. Hornblower erkannte jetzt, weshalb el Supremo so bereitwillig damit einverstanden gewesen war, daß die *Lydia* nach Südosten segelte. Zweifellos freute ihn der Gedanke, die *Natividad* in nordwestlicher Richtung zu entsenden, damit sie sich für ihn jener Schätze bemächtigte. Monate würden vergehen, ehe die Spanier ein der *Natividad* gewachsenes Kriegsschiff ums Kap Hoorn herum in den Pazifik schikken konnten, und mittlerweile genoß el Supremo alle jene Vorteile unumschränkter Seeherrschaft, wie Hornblower sie für seine eigene Fregatte erhofft hatte. Der Aufstand gegen das Mutterland würde so starke Wurzeln fassen, daß nichts ihn niederwerfen konnte, zumal die Spanier offenbar in einen Kampf auf Tod und Leben mit Bonaparte verwickelt waren und für ihre amerikanischen Besitzungen weder Schiffe noch Truppen erübrigen konnten. Hornblower erkannte, was die Pflicht von ihm forderte.

»Schön«, erklärte er unvermittelt. »Ich werde mit meinem Schiff umkehren und die *Natividad* niederkämpfen.«

Sämtlichen spanischen Offizieren schien ein Stein vom Herzen zu fallen.

»Ich danke Ihnen, Herr Kapitän«, sagte der Offizier des Luggers. »Sie werden aber zunächst Panama anlaufen, um sich mit dem Vizekönig in Verbindung zu setzen.«

»Ja.«

Inmitten einer Welt, in der wichtige Neuigkeiten monatelang unterwegs waren, wo tiefgehende Umwälzungen internationaler Beziehungen nicht nur möglich, sondern auch wahrscheinlich waren, hatte Hornblower durch bittere Erfahrungen die Notwendigkeit erkannt, in engster Berührung mit der Küste zu bleiben. Seine Not wurde durch das Bewußtsein, gerade durch die genaueste Befolgung erhaltener Befehle in die gegenwärtigen Schwierigkeiten geraten zu sein, keineswegs gemildert, zumal er sich darüber klar war, daß die Lords der Admiralität dadurch ihr Urteil über einen Kommandanten, der so erschrekkende Verwicklungen anrichten konnte, nicht beeinflussen lassen würden.

»Dann darf ich mich wohl vorläufig von Ihnen verabschieden«, begann der Kapitän des Luggers abermals. »Sollte ich Panama vor Ihnen erreichen, so werde ich imstande sein, Ihren Empfang vorzubereiten. Vielleicht gestatten Sie meinen Landsleuten, mich zu begleiten.«

»Ich denke nicht dran«, erwiderte Hornblower kurz. »Und Sie, mein Herr, werden auf meiner Leeseite bleiben, bis wir den Anker fallen lassen.«

Achselzuckend gab der Spanier nach. Auf See hatte es keinen Zweck, mit einem Kommandanten zu streiten, dessen Kanonen ausgerannt waren und das eigene Schiff aus dem Wasser blasen konnten, zumal alle Engländer so verrückt und herrschsüchtig wie el Supremo waren. Der Spanier ahnte nicht, daß Hornblower noch immer in der

Furcht schwebte, die ganze Sache könne ein Trick sein, die *Lydia* hilflos unter die Geschütze von Panama zu bringen.

2

Nein, es handelte sich ganz und gar nicht um eine List. Als die *Lydia* am anderen Morgen vor schwacher Brise – das Schiff machte kaum drei Knoten Fahrt – auf der Reede von Panama erschien, wurde lediglich Salut geschossen. Ganze Bootsladungen jubelnder Spanier kamen ihr entgegen, sie zu begrüßen, aber der Jubel verwandelte sich bald in lautes Klagen, denn man erfuhr, daß die *Natividad* die Flagge el Supremos führte, daß San Salvador gefallen war und daß sich ganz Nicaragua im Aufruhr befand. Den Hut leicht aufs eine Ohr gerückt, den mit goldenem Griff versehenen Degen an der Seite – »ein Schwert im Werte von fünfzig Guineen«, das Geschenk, das der Leutnant Hornblower vor sechs Jahren von einer patriotischen Vereinigung für seine Mitwirkung an der Eroberung der *Castilla* erhalten hatte –, so schickte sich der Kapitän an, zum Besuch beim Gouverneur und beim Vizekönig an Land zu gehen, als ihm nochmals die Ankunft eines Bootes gemeldet wurde.

»Eine Dame ist drin, Sir«, sagte der Steuermannsmaat Gray, der die Meldung überbrachte.

»Eine Dame?«

»Sieht aus wie eine englische Lady, Sir. Scheint, daß sie an Bord kommen möchte.«

Hornblower begab sich an Deck. Dicht an der Seite der Fregatte rollte und schlingerte ein großes Ruderboot. Schwärzliche Spanisch-Amerikaner saßen an den sechs Riemen. Sie hatten bloße Arme, trugen Strohhüte, und vorn im Bug stand ein Mann, der einen Bootshaken in

Händen hielt und den Blick nach oben wandte, als warte er auf die Erlaubnis, in die Rüst einhaken zu dürfen. Hinten saß eine Negerin mit flammend rotem Schultertuch, und ihr zur Seite gewahrte Hornblower die englische Lady, von der Gray gesprochen hatte. Noch während er die Gruppe betrachtete, hakte der Bugmann ein und holte das Boot an die Bordwand, während zwei Mann gegenhielten. Jemand fing die Jakobsleiter, im nächsten Augenblick schwang sich die Dame, die die Gelegenheit ausgezeichnet abpaßte, hinüber, und wenige Sekunden später erschien sie an Oberdeck.

Offensichtlich war sie eine Engländerin. Statt der ewigen Mantilla trug sie einen mit Rosen garnierten Schutenhut, und ihr graublaues Seidenkleid war schöner als jedes schwarze spanische. Ungeachtet der goldbräunlichen Tönung mußte ihre Haut hell genannt werden, und die Farbe der Augen entsprach ganz jener des Kleides. Um schön zu sein, dafür war ihr Gesicht zu lang und die Nase zu scharfrückig, von der Sonnenbräune ganz zu schweigen. Auf den ersten Blick zählte sie Hornblower zu dem Typ pferdsgesichtiger Mannweiber, gegen die er eine besondere Abneigung hegte. Jede Frau, die auf offener Reede so gewandt die Jakobsleiter aufentern konnte, war für seinen Geschmack zu männlich. Obendrein konnte eine ohne männliche Begleitung in Panama weilende Engländerin nur geschlechtslos sein; die Bezeichnung ›Globetrotter‹ war damals noch nicht erfunden, doch drückte sie genau das aus, was Hornblower über die Fremde dachte.

Während sie sich suchend umblickte, verharrte er in hochmütiger Haltung und tat nichts, ihr zu helfen. Ein gellender Schrei von jenseits der Bordwand verriet, daß die Negerin nicht so behende gewesen war wie die Herrin, und die Vermutung fand gleich darauf ihre Bestätigung, als die

Farbige an Deck erschien. Von den Hüften abwärts war sie triefnaß, und aus ihrem schwarzen Rock strömte das Wasser auf die Planken. Die Dame schenkte dem Unfall ihrer Dienerin keine Beachtung. Da Gray ihr zunächst stand, wandte sie sich an ihn.

»Seien Sie so gut, Sir, mein Gepäck heraufschaffen zu lassen.«

Gray zögerte und warf Hornblower einen fragenden Blick zu. Steif und kantig stand der Kapitän da.

»Hier ist der Kommandant, Madame«, sagte er.

»Schön«, nickte die Lady. »Bitte, lassen Sie meine Sachen holen, während ich mit ihm spreche.«

Hornblower hatte einen schweren Kampf mit sich zu kämpfen. Er hegte eine Abneigung gegen die Aristokratie – noch heute ärgerte er sich darüber, daß er als Sohn eines Arztes vor dem Edelmann hatte die Kappe ziehen müssen –, unbehaglich und peinlich war ihm die Nähe der selbstbewußten Arroganz des blauen Blutes und des Reichtums. Zornig dachte er daran, daß er sich möglicherweise die Karriere verdarb, wenn er diese Frau beleidigte. Nicht einmal seine goldenen Litzen und sein Ehrendegen vermochten ihm Sicherheit zu geben, als sie sich ihm näherte. So verschanzte er sich hinter eisiger Höflichkeit.

»Sie sind der Kapitän dieses Schiffes, Sir?« fragte sie. Stolz und frei blickte sie ihm in die Augen, frei von jeder demütigen Bescheidenheit.

»Kapitän Hornblower, Ihnen zu dienen, Madame«, versetzte er mit einem steifen Ruck seines Nackens, den man gutwillig als Verbeugung auffassen konnte.

»Lady Barbara Wellesley«, lautete die von einem kaum wahrnehmbaren Knicks begleitete Antwort. »Ich schrieb Ihnen, daß ich darum bitte, nach England mitgenommen zu werden. Sie werden meinen Brief erhalten haben.«

»Allerdings, Madame, aber ich glaube nicht, daß es für Sie angebracht ist, an Bord zu bleiben.«

»Warum nicht, Sir?«

»Weil wir alsbald in See gehen werden, Madame, um einen Gegner aufzusuchen und zu bekämpfen. Und danach gedenken wir ums Kap Hoorn herum nach England zurückzukehren. Ich glaube, Ihnen dringend raten zu sollen, den Weg über den Isthmus zu wählen. Von Porto Bello aus können Sie mit Leichtigkeit Jamaika erreichen und einen Platz auf dem westindischen Postschiff belegen, das an die Mitnahme weiblicher Passagiere gewöhnt ist.«

Lady Barbaras Brauen wölbten sich höher.

»In meinem Schreiben wies ich darauf hin, daß in Porto Bello das gelbe Fieber herrscht. Allein im Verlauf der letzten Woche sind dort tausend Menschen gestorben. Beim Ausbruch der Seuche begab ich mich von Porto Bello nach Panama, aber auch hier kann sie jederzeit erscheinen.«

»Darf ich mir die Frage gestatten, weswegen Sie sich in Porto Bello aufhielten, Madame?«

»Weil eben jenes westindische Postschiff, auf dem ich als weiblicher Passagier fuhr, von einem spanischen Kaper genommen und dorthin gebracht wurde. Ich bedauere, Sir, daß ich Ihnen nicht den Namen der Köchin meiner Großmutter nennen kann, aber im übrigen werde ich mich freuen, jede weitere Frage zu beantworten, die ein wohlerzogener Gentleman zu stellen vermag.«

Hornblower zuckte zusammen und fühlte zu seinem Ärger, daß er feuerrot wurde. Wenn möglich, so erfuhr seine Abneigung gegen hochmütiges blaues Blut noch eine Verschärfung. Andrerseits ließ sich nicht bestreiten, daß die Erklärungen der Besucherin durchaus befriedigend klangen. Jede Frau konnte, ohne sich ihrem Geschlecht etwas zu vergeben, eine Reise nach Westindien machen, und nach Porto Bello und Panama war sie ja offensichtlich gegen ihren Willen gelangt. Er neigte jetzt vielmehr dazu, ihren Wunsch zu erfüllen, ja, er war drauf und dran, es zu tun, da er seltsamerweise den bevorstehenden Zweikampf mit der *Natividad* ebenso vergessen hatte wie die Rückreise um das Kap Hoorn. Beide Dinge fielen ihm gerade noch rechtzeitig ein, als er zum Sprechen ansetzte. Im Bruchteil einer Sekunde änderte er das, was er sagen wollte, und so begann er natürlich zu stammeln und zu stottern.

»Wir gehen aber in See, um zu kämpfen, Madame; die *Natividad* ist doppelt so stark wie wir. Es wird also gefährlich sein.«

Da mußtc Lady Barbara lachen; Hornblower bemerkte den hübschen Farbenkontrast zwischen ihren weißen Zähnen und der goldbraun gebrannten Gesichtshaut. Seine eigenen Zähne waren mißfarben und häßlich.

»Viel lieber bin ich auf Ihrem Schiff«, erklärte sic, »mögen Sie kämpfen, mit wem Sie wollen, als in Panama zu bleiben mit seinem gelben Fieber.«

»Aber Kap Hoorn, Madame?«

»Ich kenne Ihr Kap Hoorn nicht, aber während mein Bruder Generalgouverneur von Indien war, habe ich zweimal das Kap der Guten Hoffnung umsegelt, und ich kann Ihnen versichern, Herr Kapitän, daß ich noch niemals seekrank gewesen bin.«

Aber noch immer zögerte Hornblower. Ihm paßte die Anwesenheit einer Frau an Bord seines Schiffes nicht. Lady Barbara gab seinen Gedanken treffenden Ausdruck, und als sie es tat, zogen sich ihre Brauen in einer Weise zusammen, die seltsam an el Supremo erinnerte, obwohl ihre Augen noch immer lachend in die des Kommandanten blickten.

»Herr Kapitän, ich könnte wirklich bald auf den Gedanken kommen, daß ich an Bord nicht willkommen bin, und ich vermag mir nicht vorzustellen, daß ein Gentleman, der im Dienste des Königs steht, einer Frau gegenüber unhöflich sein könnte, zumal einer Frau meines Namens.«

Das war ja gerade die Schwierigkeit. Kein einflußloser Kapitän zur See durfte es sich leisten, eine Wellesley zu beleidigen. Hornblower wußte, daß er andernfalls damit rechnen konnte, nie wieder ein Schiff zu führen, daß er und Maria den Rest ihres Lebens unter dürftigen Verhältnissen bei Halbsold auf dem Lande verkümmern würden. Mit seinen siebenunddreißig Lebensjahren stand er noch im ersten Viertel der Rangliste der Kapitäne, und die Gunst der Familie Wellesley konnte mit Leichtigkeit seine dienstliche Verwendung sichern, bis er Admiralsrang erreichte. Es blieb ihm also gar nichts anderes übrig, als seinen Unwillen hinunterzuwürgen und alles zu tun, jene Gunst zu erringen, wobei man eben auf diplomatische Weise Vorteile aus den Schwierigkeiten ziehen mußte. Er suchte sich eine passende Rede zurechtzulegen.

»Ich tat lediglich meine Pflicht, Madame, indem ich Ihnen die Gefahren andeutete, denen Sie sich möglicherweise aussetzen. Für mich persönlich kann es kein größeres Vergnügen geben, als Sie an Bord meines Schiffes zu wissen.«

Lady Barbara knickste erheblich tiefer als das erstemal, und gleichzeitig erschien Gray, der die Hand an den Hut legte. »Ihr Gepäck befindet sich an Bord, Madame.«

Mittels eines an der Großrah angeschlagenen Jolltaus waren die Sachen aufgeheißt worden und lagen nun unordentlich in der Nähe der Fallreepspforte umher: Ledertaschen, eisenbeschlagene Holzkisten und Koffer mit gewölbten Deckeln.

»Danke, Sir.« Lady Barbara brachte eine flache Lederbörse zum Vorschein und entnahm ihr ein Goldstück. »Wollen Sie die Güte haben, dies den Bootsleuten zu geben?«

»Um 's Himmels willen, Madame, den Dago-Niggern da brauchen Sie doch kein Gold zu geben. Die haben höchstens auf Silber Anspruch.«

»Dann geben Sie ihnen dies hier, und ich danke Ihnen für Ihre Gefälligkeit.«

Gray eilte davon, und gleich darauf hörte Hornblower ihn mit der Bootsmannschaft verhandeln, die ausschließlich Spanisch verstand. Schließlich vermochte die Drohung, einen blinden Kanonenschuß ins Boot zu feuern, die Leute zum Ablegen, wobei sie aber noch immer ihrem Mißfallen schnatternden Ausdruck verliehen. Abermals empfand Hornblower leichten Unwillen. Er ärgerte sich, seinen Deckoffizier so eifrig die Befehle einer Frau ausführen zu sehen. Schwere Verantwortung lastete auf ihm, und seit einer halben Stunde stand er in der heißen Sonne.

»In Ihrer Kammer hat nicht der zehnte Teil Ihres Gepäcks Platz, Madame«, stieß er hervor.

Lady Barbara nickte ernsthaft.

»Ich habe schon öfter in Kabinen gehaust, Herr Kapitän. Die Seekiste dort enthält alles, was ich an Bord brauche. Den Rest können Sie unterbringen, wo Sie wollen ... bis wir England erreichen.«

Beinahe hätte Hornblower vor Wut mit dem Fuß gestampft. Der Umgang mit einer Frau, die soviel gesunden Menschenverstand entwickelte, war ihm ungewohnt. Es war um aus der Haut zu fahren, daß ihm kein Mittel einfiel, sie aus der Fassung zu bringen ... und dann sah er sie lächeln, erriet, daß sie über sein verräterisches Mienenspiel lächelte, errötete heftig, drehte sich auf dem Absatz herum und führte seinen Gast wortlos nach unten.

Sichtlich ein wenig betroffen, sah sich Lady Barbara in der Kammer des Kapitäns um, sagte aber nichts.

»Wie Sie sehen, Madame, vermag eine Fregatte wenig von den Bequemlichkeiten eines Postschiffes zu bieten«, bemerkte Hornblower bitter. Damals, als er das Kommando der *Lydia* übernahm, hatte ihm seine Armut nicht gestattet, sich mit dem bescheidenen Komfort zu umgeben, den sich manch ein anderer Fregattenkapitän hätte leisten können.

»Gerade als Sie sprachen«, sagte Lady Barbara freundlich, »dachte ich daran, daß es unerhört ist, einen königlichen Offizier schlechter zu behandeln als irgend so einen feisten Kaufmann der Ostindischen Kompanie. Im übrigen habe ich nur um einen einzigen Gegenstand zu bitten, den ich vermisse.«

»Und der wäre, Madame?«

»Ein Schlüssel für die Kammertür.«

»Ich werde den Waffenmeister einen anfertigen lassen, Madame, doch mache ich Sie darauf aufmerksamn, daß Tag und Nacht ein Posten vor der Tür steht.«

Die Hintergedanken, die Hornblower aus dem Wunsch der Lady erriet, ärgerten ihn abermals. Sie beschimpfte ihn und sein Schiff.

»Quis custodiet ipsos custodes?« meinte Lady Barbara. »Nicht meinetwegen bedarf ich des Schlüssels, aber wenn ich Hebe nicht unmittelbar unter den Augen habe, muß ich sie einsperren. Sie vermag sich den Männern ebensowenig fernzuhalten wie die Motte dem Licht.«

Die kleine Negerin verzog bei diesen Worten ihr Gesicht zu einem breiten Grinsen. Sie schien durchaus nicht beleidigt, sondern sogar stolz zu sein. Der Blick ihrer rollenden Augen traf den schweigend dabeistehenden Polwheal.

»Aber wo soll sie denn schlafen?« fragte Hornblower erschrocken.

»Auf dem Boden meiner Kammer. Und du, Hebe, merke dir, was ich sage: Das erstemal, daß ich dich nachts nicht dort finde, bekommst du solche Prügel, daß du auf dem Gesicht liegend schlafen mußt.«

Noch immer grinste Hebe, obwohl sie offensichtlich wußte, daß ihre Herrin die Drohung nötigenfalls wahrmachen würde.

»Also gut«, nickte Hornblower. »Polwheal, bringe meine Sachen in Mr. Bushs Kammer. Es täte mir sehr leid, aber er müßte bis auf weiteres in die Messe übersiedeln. Sorge dafür, daß Lady Barbara alles bekommt, was sie benötigt. Ich lasse Mr. Gray bitten, das Gepäck in meinem Hellegatt zu verstauen. Und nun, Madame, bitte ich mich zu entschuldigen; es ist höchste Zeit, daß ich dem Vizekönig meinen Besuch abstatte.«

3

Unter dem üblichen Schrillen der Bootsmannspfeifen kehrte der Kommandant der *Lydia* wieder an Bord zurück. Die Wache der Seesoldaten präsentierte das Gewehr. Er trat sehr behutsam auf, denn gute, aus Europa eingetroffene Nachrichten hatten den Vizekönig in äußerst gastfreie Laune versetzt, obwohl ihn der erste, in Panama selbst festgestellte Fall gelben Fiebers erschreckte. Hornblower war daher genötigt worden, etwas viel Wein zu trinken. Da er im allgemeinen wenig Alkohol trank, war ihm das Gefühl verhaßt, nicht ganz Herr seiner selbst zu sein.

Seiner Gewohnheit entsprechend sah er sich scharf um, sowie er den Fuß an Deck setzte. Lady Barbara ruhte in einem Liegestuhl auf der Hütte; irgend jemand mußte ihn im Laufe des Tages angefertigt haben, und irgend jemand hatte in den Unterwanten des Kreuztopps ein Stück Sonnensegel angebracht, so daß sie im Schatten saß. Hebe kauerte zu ihren Füßen. Sie schien sich durchaus behaglich zu fühlen und lächelte dem Kommandanten entgegen, aber er blickte fort. Er wollte erst mit ihr sprechen, wenn sein Kopf klarer geworden war.

»Lassen Sie alle Mann zum Ankerlichten und Segelsetzen pfeifen, Mr. Bush. Wir gehen sofort in See.«

Er begab sich nach unten, stutze mit ärgerlicher Geste, als er merkte, daß ihn die Gewohnheit zur falschen Tür geführt hatte, drehte sich hastig um und stieß dabei mit dem Kopf heftig gegen einen Decksbalken. Die neue Kammer, aus der Bush hatte weichen müssen, war sogar noch enger als seine bisherige. Polwheal wartete bereits, um ihm beim Umziehen behilflich zu sein, und bei seinem Anblick fielen Hornblower neue Mißhelligkeiten ein. Als Lady Barbara an Bord kam, hatte er seine Paradeuniform getragen, aber die durfte er nicht für den täglichen Gebrauch anbehalten, da sie sonst für feierliche Gelegenheiten alsbald zu abgenutzt worden wäre. In Zukunft also mußte er jener Frau in seinen alten geflickten Röcken und den derben Leinenhosen unter die Augen treten. Sie würde über sein schäbiges Aussehen und seine Ärmlichkeit die Nase rümpfen.

Während er seine durchschwitzten Sachen ablegte, verwünschte er heimlich seine neue Bekanntschaft. Und gleichzeitig ergab sich abermals eine Schwierigkeit. Wenn er nachher sein Brausebad nahm, mußte Polwheal Wache stehen, damit ihn die Dame nicht dabei überraschte. Ja, und dann mußten auch der Mannschaft entsprechende Befehle erteilt werden; Lady Barbaras verwöhnte Augen durften nicht durch den Anblick halbnackter Kerle beleidigt werden, denn in den Tropen nahmen es die Seeleute mit ihrer Kleidung nicht sehr genau. Hornblower kämmte sich und fluchte über sein lockiges Haar, das erst recht die kahl werdende Stirn hervortreten ließ.

Dann eilte er an Deck. Er war froh, daß ihn seine dienstliche Pflicht der Notwendigkeit enthob, die Dame zu begrüßen, in deren Augen er sicherlich das Erstaunen über seine schäbige Kleidung wahrgenommen haben würde. Während er die Vorbereitungen zum Ankerlichten beobachtete und ihr dabei den Rücken kehrte, merkte er dennoch, daß sie ihn ansah. Die Hälfte der einen Wache war am Gangspill angetreten und wuchtete mit vollem Körpergewicht gegen die Spillspaken. Die nackten Füße der Matrosen suchten auf den glatten Decksplanken Halt zu gewinnen, indessen Harrison die Leute nicht nur mit ermutigenden Rufen und Flüchen anspornte, sondern auch gelegentlich seinen Rohrstock auf den Rücken eines Faulpelzes niedersausen ließ. Sullivan, der verrückte Spielmann, die beiden Pfeifer der Seesoldaten und die beiden Trommler spielten dazu auf dem Vordeck stehend eine lebhafte Weise. Für Hornblower allerdings glich eine Melodie der anderen. Gleichmäßig kam die Kette ein. Die Schiffsjungen mit den Stoppern folgten ihr bis zum Luksüll und rannten eilig zurück, um die Kette und das Kabelar abermals zu packen. Doch das gleichmäßige Klankklank des Spills wurde immer langsamer und hörte schließlich auf.

»Zu-gleich, ihr Bastarde! Zu-gleich!« brüllte Harrison. »Die Leute von der Back hierher! Angefaßt! ... Zugleich!«

Jetzt drückten zwanzig Männer mehr gegen die Spaken.

Ihre vereinten Kräfte entlockten dem Gangspill ein einziges feierliches: klang ...

»Zu-gleich! Gott verdamme euch ... Zu-gleich!«

Häufiger klatschte Harrisons Rohrstock.

»Zu-gleich!«

Ein Zittern durchlief das Schiff; das Spill drehte sich plötzlich so schnell, daß alles in einem Knäuel durcheinanderfiel. »Kabelar gebrochen, Sir«, rief Gerard von der Back her. »Anker ist unklar, glaube ich.«

»Himmeldonnerwetter!« murmelte Hornblower. Er wußte, daß die Frau, die da hinter ihm in dem Liegestuhl ruhte, sich über die Verlegenheit lustig machte, in die ihn ein unklar gekommener Anker angesichts ganz Lateinamerikas brachte. Er dachte aber nicht daran, den Spaniern einen guten Anker nebst Kette zu hinterlassen.

»Setzt die kleine Bugankerkette als Kabelar auf«, schrie er. Der Befehl bedeutete für eine ganze Anzahl Seeleute eine unerträglich heiße und peinvolle Arbeit. Drunten im Kabelgatt mußte die Kette des kleinen Bugankers hervorgezerrt und dann durch Menschenkraft zum Gangspill hinaufgeschafft werden. Die Flüche der Bootsmannsmaate hallten bis zur Hütte herauf; die Decksoffiziere waren sich der unwürdigen Lage ihres Schiffes ebenso bewußt wie der Kommandant. Aus Furcht, dem Blick der Lady Barbara zu begegnen, konnte Hornblower nicht hastig auf und nieder gehen, wie er eigentlich zu tun wünschte. Er stand nur da und kochte vor Erbitterung. Mit dem Taschentuch wischte er sich den Schweiß vom Gesicht und vom Nacken.

»Kabelar ist klar, Sir!« grölte Gerard.

»So viele Leute an die Spillspaken, wie Platz dran haben, Mr. Harrison, sorgen Sie dafür, daß sie sich ins Zeug legen!«

»Aye, aye, Sir!«

Terrum-tum, terrum-tum, rasselten die Trommeln.

»Zu-gleich, ihr Hundesöhne!« rief Harrison und: Klatsch, klatsch, klatsch traf sein Rohrstock die angespannten Rückenmuskeln.

Klank, machte das Spill; klank-klank-klank.

Hornblower fühlte, wie sich das Deck unter seinen Füßen ein wenig neigte. Die Anstrengung der Mannschaft drückte das Vorschiff nieder, vermochte aber nicht den Anker aus dem Grund zu reißen.

»Gottver . . .«, begann Hornblower halblaut, doch ließ er den Satz unvollendet. Von den fünfundfünfzig Flüchen, über die er verfügte, wurde nicht ein einziger der gegenwärtigen Lage gerecht.

»Stopp!« brüllte er, worauf die schwitzenden Seeleute ihre schmerzenden Rücken entspannten.

Hornblower zupfte an seinem Kinn, als wolle er es abreißen. Es blieb ihm nichts anderes übrig, als über den Anker zu segeln, und das war ein schwieriges Manöver, bei dem Masten und Takelage zum Teufel gehen konnten, ohne daß man vorher wußte, ob das Ganze nicht in einer lächerlichen Blamage enden würde. Bis jetzt konnten drüben in Panama höchstens ein paar Fachleute über die peinliche Lage der Fregatte im klaren sein, aber sowie die Segel losgemacht wurden, richteten sich von den Mauern der Stadt aus natürlich unzählige Fernrohre auf die *Lydia*. Mißlang das Manöver, so brauchte der, der den Schaden hatte, für den Spott nicht zu sorgen. Überdies konnte das Auslaufen der Fregatte um Stunden verzögert werden, die zur Behebung des entstandenen Schadens benötigt wurden. Unter keinen Umständen aber wollte Hornblower den Anker schlippen und ohne ihn in See gehen.

Er sah zum Verklicker, der kleinen, ganz droben am Mast wehenden Windfahne, hinauf, und dann blickte er über die Seite ins Wasser. Der Wind wehte quer zum Strom. Dieser Umstand wenigstens war günstig. Ruhig erteilte er seine Befehle, wobei er sehr darauf bedacht war, seine Unruhe zu verbergen und der Lady Barbara nach wie vor den Rücken zuzukehren. Die Toppsgasten enterten bereits auf, um das Vormarssegel loszumachen. Mit diesem und dem Besan mochte es gelingen, Fahrt über den Achtersteven zu machen, also rückwärts zu segeln. Harrison stand klar beim Gangspill, um die Kette zunächst ausrauschen zu lassen und dann auf Teufel komm raus einzuhieven, sobald das Schiff wieder vorwärts kam. Bushs Leute warteten bei den Brassen, und alles, was nicht eingeteilt war, versammelte sich beim Spill.

Die Kette donnerte aus der Klüse, als die Fregatte achteraus glitt. Wie angewurzelt stand Hornblower auf dem Achterdeck. Er fühlte, daß er eine Woche seines Lebens dafür gegeben hätte, hin und her gehen zu können, ohne dem Blick der Lady Barbara zu begegnen. Aus halbgeschlossenen Augen verfolgte er die Bewegungen des Schiffes; seine Gedanken beschäftigten sich mit zahlreichen Faktoren zu gleicher Zeit; dem Zug der Ankerkette auf den Vorsteven, dem Druck des Windes auf Besan und backgebraßtem Vormarssegel, der Stromversetzung, der zunehmenden Fahrt über den Achtersteven, der noch zur Verfügung stehenden Kettenlänge. Er paßte den richtigen Augenblick ab, dann:

»Hart Steuerbord!« schrie er dem Rudergänger zu. »Angebraßt jetzt!«

Mit dem hart zu Bord liegenden Ruder kam das Schiff ein wenig herum; das Vormarssegel gleichfalls. Blitzschnell wurden Klüver und Stagsegel gesetzt. Ein Zittern lief durch das Schiff, die Fahrt wurde abgebremst, einen Augenblick zögerte die Fregatte, dann aber begann sie dicht am Winde langsam zwar, doch wie erfreut, wieder Fahrt aufzunehmen; diesmal vorwärts. Droben kam indessen auf Hornblowers laute Befehle jedes Stück Leinwand zum Tragen, das den Zug zu verstärken vermochte. Das Gangspill klankte begeistert, indessen Harrisons Leute im Kreise herumrannten und die Kette wieder eingehievt wurde.

Dem Kommandanten verblieben ein paar Augenblicke zum Nachdenken. Schneller glitt die *Lydia* vorwärts. Gab er ihr nur die geringste Gelegenheit dazu, so würde der Zug der Ankerkette die Segel back schlagen lassen und das Schiff stehenbleiben. Er fühlte sein Herz klopfen, als er das Vormarssegel beobachtete, um das erste Zeichen des Killens abzufangen. Ein solches Flattern würde bedeutet haben, daß der Wind von vorn einfiel. Mit aller Gewalt mußte sich Hornblower zur Ruhe zwingen, damit seinen dem Rudergänger erteilten Befehlen nichts anzumerken war. Die Kette kam sehr schnell ein. Die nächste Krise stand dicht bevor; entweder wurde jetzt der Anker aus dem Grund gebrochen oder die *Lydia* entmastet. Hornblower wartete noch einige Sekunden, dann schrie er den Befehl zum Bergen sämtlicher Segel hinaus.

Nun trug das eifrige, wenn auch peinvolle Segelexerzieren seine Früchte, mit dem Bush die Besatzung eingedrillt hatte. Die Untersegel, Marssegel und Bramsegel verschwanden während der wenigen, noch zur Verfügung stehenden Augenblicke, und als das letzte Stück Leinwand festgemacht war, drehte Hornblower das Schiff in den Wind, um geradeswegs auf den widerspenstigen Anker zuzuhalten, wobei die *Lydia* von der noch vorhandenen Fahrt langsam vorwärts getrieben wurde. Mit höchster Spannung lauschte Hornblower dem Geräusch des Spills.

Klank – klank – klank – klank . . .

Harrison hetzte die Leute wie die Irrsinnigen um das Gangspill herum.

Klank – klank – klank – klank ...

Merklich verlangsamte das Schiff seine Fahrt. Noch immer vermochte Hornblower nicht zu sagen, ob alle diese Anstrengungen nicht schimpflich mit einem Fehlschlag enden würden.

Klank – klank – klank ...

Und dann ein wilder Schrei von Harrisons Lippen:

»Anker ist aus dem Grund, Sir!«

»Mr. Bush, lassen Sie alle Segel setzen«, befahl der Kommandant. Bush gab sich keine Mühe, die Bewunderung für ein so glänzendes Beispiel seemännischen Könnens zu verbergen. Hornblower aber fiel es nicht leicht, jenen harten Kommandoton beizubehalten, unter dem er das Gefühl seelischer Erleichterung verbarg. Die Untergebenen sollten keine Sekunde daran zweifeln, daß er von Anfang an mit Sicherheit das Gelingen des Manövers vorausgesehen hatte.

Er bestimmte einen Kompaßkurs, und als der anlag, warf er noch einmal einen prüfenden Blick umher.

»Ha ... hm«, machte er und verschwand unter Deck, wo er sich entspannen konnte und wo ihn niemand sehen konnte; weder Mr. Bush noch ... Lady Barbara.

4

Drunten in der Kajüte flach auf dem Rücken liegend und dichte Rauchwolken aus einer Zigarre des ›Generals‹ Hernandez gegen die Decke blasend, über der Lady Barbara saß, begann Hornblower sich allmählich von den Anstrengungen eines sehr arbeitsreichen Tages zu erholen. Er hatte mit dem Erscheinen vor Panama begonnen, wobei alle Sinne darauf gerichtet waren, rechtzeitig einen etwaigen Hinterhalt zu erkennen, und vorläufig jedenfalls hatte er mit dieser ärgerlichen Ankergeschichte seinen Abschluß gefunden. Dazwischen lag die Ankunft der Lady Barbara und die Besprechung mit dem Vizekönig von Neu-Granada. Der Vizekönig war der typische spanische Edelmann alter Schule. Hornblower sagte sich, daß er lieber alltäglich mit el Supremo zu tun haben würde als mit ihm. Freilich, el Supremo mochte die unangenehme Gewohnheit haben, Mitmenschen auf barbarische Weise umzubringen, aber es fiel ihm nicht schwer, einen Entschluß zu fassen, und man durfte sicher sein, daß von ihm erteilte Befehle mit großer Genauigkeit ausgeführt wurden. Hingegen war der Vizekönig zwar begeistert von Hornblowers Meinung gewesen, daß ein sofortiges Vorgehen gegen die Aufständischen nötig sei, doch zeigte er sich nicht bereit, dieser Meinung entsprechend zu handeln. Hornblowers Absicht, noch am Tage der Ankunft wieder in See zu gehen, hatte ihn offensichtlich überrascht, denn er hatte angenommen, die *Lydia* werde eine volle, mit Festlichkeiten, Ausflügen und Nichtstun ausgefüllte Woche in Panama bleiben. Er war gleichfalls der Ansicht gewesen, daß eine mindestens tausend Mann starke Truppenabteilung zur Küste von Nicaragua geschafft werden müsse – obwohl sich kaum mehr als tausend Mann unter seinem Kommando befanden –, doch hatte er zweifellos beabsichtigt, die Ausgabe der entsprechenden Befehle bis zum anderen Tage zurückzustellen.

Hornblower mußte seinen ganzen Takt aufbieten, um ihn dazu zu überreden, es sofort, das heißt an der Bankettafel sitzend, zu tun und seine bevorzugten Adjutanten der Mühe zu unterziehen, während der geheiligten Stunden der Siesta unter heißer Sonne mit Meldungen über Land zu reiten. Übrigens war das Festmahl selbst angreifend gewesen. Hornblower hatte das Gefühl, als wäre gar keine Haut mehr an seinem Gaumen, so furchtbar gepfeffert waren alle Gerichte zubereitet worden. Dieser Umstand, zusammen mit der fast aufdringlichen Gastlichkeit des Vizekönigs, machten es schwer, zu vieles Trinken zu vermeiden. In einem Zeitalter scharfen Zechens stand Hornblower mit seiner Mäßigkeit beinahe allein. Übrigens vermied er das Trinken nicht aus irgendeinem bewußten Grunde, sondern nur deshalb, weil ihm das Gefühl, nicht völlig Herr seiner Sinne zu sein, höchst widerwärtig war.

In Anbetracht der soeben eingetroffenen Nachrichten aber hatte er jenes letzte Glas Wein nicht ablehnen können. Mit einem Ruck richtete er sich jetzt auf seiner Koje auf. Die Sache mit dem Anker hatte ihm zeitweilig jede Erinnerung geraubt. Die gute Sitte verlangte es, daß er die Neuigkeit der Lady Barbara mitteilte, zumal sie selbst sehr stark davon betroffen wurde. Er eilte an Deck, warf die Zigarre über Bord und näherte sich der Dame. Gerard, der wachhabende Offizier, unterhielt sich eifrig mit ihr, und Hornblower schmunzelte grimmig, als er bemerkte, wie Gerard das Gespräch abbrach und sich zurückzog.

Lady Barbara saß noch immer in der Nähe der Reling; die Negerin kauerte zu ihren Füßen. Genießerisch schien sie die kühle Brise einzuatmen, gegen die das Schiff dicht am Winde segelnd aus dem Golf strebte. Die als gelbrote Scheibe im klaren Himmelsblau stehende Sonne hatte schon fast den Horizont erreicht. Ohne ihres Teints zu achten, setzte Lady Barbara ihr Gesicht den fast waagerecht einfallenden Strahlen aus. Hierin lag vermutlich die

Erklärung für ihre gebräunte Haut und für die Tatsache, daß sie mit ihren siebenundzwanzig Lebensjahren noch unverheiratet war, obwohl sie eine Reise nach Indien unternommen hatte. Dennoch drückten ihre Züge eine Gemütsruhe aus, die darauf hindeutete, daß sie sich jedenfalls in diesem Augenblick keine Gedanken machte über die Aussicht, eine alte Jungfer zu werden.

Hornblowers Verbeugung beantwortete sie mit einem Lächeln.

»Köstlich ist es, wieder auf See zu sein, Herr Kapitän. Bisher gaben Sie mir keine Gelegenheit, Ihnen zu sagen, wie dankbar ich Ihnen dafür bin, daß Sie mich von Panama fortbringen. Gefangene zu sein war schon schlimm genug, aber als freier Mensch durch die Macht der Umstände festgehalten zu werden hätte mich fast um den Verstand gebracht. Glauben Sie mir, Herr Kapitän, Sie haben meine unauslöschliche Dankbarkeit gewonnen.«

Abermals verneigte sich Hornblower.

»Ich hoffe, daß die Dons Ihnen alle Ehrfurcht erwiesen haben, Madame.«

Sie zuckte die Achseln.

»Das taten sie. Aber spanische Manieren können einem auf die Nerven fallen. Ich stand unter der Obhut Ihrer Exzellenz, einer hochachtbaren, aber unerträglich dummen Frau. In Spanisch-Amerika werden die Frauen wie bei den Mohammedanern behandelt. Und erst das landesübliche Essen . . .«

Die Worte riefen in Hornblower die Erinnerung an das Bankett wach, das er gerade überstanden hatte, und sein Gesichtsausdruck ließ Lady Barbara mitten im Satz abbrechen. Sie lachte so herzlich, daß Hornblower nicht umhin konnte, mit einzustimmen.

»Wollen Sie nicht Platz nehmen, Herr Kapitän?«

Dem Kommandanten kam die Einladung ungelegen. Seit der Übernahme der Fregatte hatte er kein einziges Mal an Deck seines eigenen Schiffes auf einem Stuhl gesessen, und Neuerungen im Bereich seiner Gewohnheiten waren ihm zuwider.

»Danke, Madame, aber wenn Sie gestatten, bleibe ich lieber stehen. Ich komme, um Ihnen erfreuliche Neuigkeiten zu bringen.«

»Wirklich? Dann ist mir Ihre Gesellschaft doppelt erwünscht. Ich bin ganz Ohr.«

»Ihr Bruder Sir Arthur hat in Portugal einen glänzenden Sieg über die Franzosen erfochten. Den Bedingungen eines Vertrages zufolge räumen die Franzosen das ganze Land und übergeben Lissabon der englischen Armee.«

»Das sind in der Tag hocherfreuliche Nachrichten. Schon immer war ich stolz auf Arthur, und dieses Ereignis macht mich noch stolzer.«

»Und mir gereicht es zur großen Genugtuung, der erste zu sein, der seine Schwester beglückwünscht.«

Obwohl sie sitzen blieb, brachte es Lady Barbara wunderbarerweise fertig, sich zu verneigen. Hornblower erkannte die Schwierigkeit solchen Tuns und mußte widerwillig zugeben, daß es eine gute Leistung darstellte.

»Wie kamen die Meldungen hierher?«

»Der Vizekönig erhielt sie, während wir bei Tisch saßen. Ein von Cadiz kommendes Schiff hatte Porto Bello angelaufen, und von dort aus schickte man einen berittenen Boten nach Panama. Es gab noch weitere Neuigkeiten, aber wieweit sie der Wahrheit entsprechen, vermag ich nicht zu sagen.«

»Und wie lauten sie, Herr Kapitän?«

»Auch die Spanier behaupten, einen Sieg erfochten zu haben. Angeblich hat sich ihnen in Andalusien eine ganze

Armee Bonapartes ergeben. Sie denken bereits an einen gemeinsamen spanisch-englischen Vormarsch in Südfrankreich.«

»Was halten Sie davon?«

»Ich mißtraue der Meldung. Möglicherweise ist es ihnen zufällig gelungen, eine französische Truppenabteilung abzuschneiden, aber um Bonaparte zu schlagen, dazu gehört mehr als eine spanische Armee. Vorläufig sehe ich noch kein baldiges Kriegsende voraus.«

Ernst und zustimmend nickte Lady Barbara. Sie blickte aufs Meer hinaus, an dessen Kimm die Sonne unterging, und Hornblower folgte ihrem Beispiel. Jeden Abend empfand er das Verschwinden des Tagesgestirns in diesen ruhigen Gewässern als ein neues Wunder der Schönheit. Jetzt schnitt die Linie des Horizonts die feurige Scheibe. Schweigend sahen die beiden Menschen zu, wie sie tiefer und tiefer sank. Bald war nur noch ein schmaler Rand übrig; er verschwand, kehrte einem Goldschimmer gleich für eine Sekunde wieder, als die *Lydia* von der Dünung emporgehoben wurde, und verblich endgültig. Rot glühte der Himmel im Westen, aber droben in der Höhe wurde er zusehends dunkler.

»Wundervoll!« sagte Lady Barbara. Ihre Hände hielt sie fest gefaltet, und es dauerte ein Weilchen, bis sie auf den Gegenstand des Gespräches zurückkam. »Ja. Der geringste Erfolg wird in den Spaniern die Meinung erwecken, daß der Krieg vorüber ist, und in England erwartet die menschliche Herde, daß mein Bruder an der Spitze seiner Armee Weihnachten in Paris einzieht. Tut er es aber nicht, dann sind alle seine Siege vergessen, und man wird sein Haupt fordern.« Hornblower mißfiel das Wort »Herde« – nach Blut und Geburt gehörte er selbst zu ihr –, aber er konnte sich der tiefgehenden Wahrheit der Worte Lady Barbaras nicht verschließen. Sie hatte nur seiner eigenen Meinung hinsichtlich des spanischen Temperaments und der britischen Menge Ausdruck verliehen. Dazu kam noch ihre Würdigung des Sonnenuntergangs und ihr Urteil über die spanisch-amerikanische Küche. Tatsächlich gefiel ihm die Frau ganz gut.

»Ich hoffe, Madame«, sagte er etwas schwerfällig, »daß Sie heute während meiner Abwesenheit mit allem Notwendigen versehen wurden. Ein Kriegsschiff bietet wenig Komfort, wie ihn eine Dame gewöhnt ist, aber ich nehme an, daß meine Offiziere ihr Bestes taten, sie zufriedenzustellen, Madame.«

»Danke, Herr Kapitän, das taten sie allerdings; und nun möchte ich Sie nur noch um eine einzige Gefälligkeit bitten.«

»Was wäre das, Madame?«

»Daß Sie mich nicht mehr mit ›Madame‹ anreden. Nennen Sie mich doch Lady Barbara.«

»Gewiß, M . . . Lady Barbara. Ha . . . hm.«

Winzige Grübchen erschienen in ihren Wangen, und ihre lachenden Augen funkelten.

»Und wissen Sie, wenn Ihnen ›Lady Barbara‹ nicht leicht über die Lippen kommt, dann können Sie auch, um meine Aufmerksamkeit auf sich zu lenken, immer ›ha . . . hm‹ machen.«

Hornblower wurde ganz steif ob solcher Unverschämtheit. Schon war er drauf und dran, sich tief einatmend auf dem Absatz herumzudrehen und dann mit heftigem Räuspern auszuatmen, als ihm einfiel, daß er nie wieder, oder doch zum mindesten bis er einen Hafen anlief, in dem er diese Person loswerden konnte, von jenem nützlichen und unverbindlichen Geräusch Gebrauch machen durfte. Aber Lady Barbara hielt ihn mit ausgestreckter Hand zurück.

Selbst in diesem Augenblick beachtete er ihre langen schlanken Finger.

»Verzeihen Sie mir, Herr Kapitän«, sagte sie zerknirscht. »Bitte seien Sie mir nicht böse, wenn ich jetzt auch einsehe, daß mein Benehmen unentschuldbar ist.«

Sie sah wirklich hübsch aus, als sie seine Verzeihung erbat. Hornblower blickte unschlüssig zu ihr nieder. Er erkannte jetzt, daß er nicht wegen ihrer Ungezogenheit, sondern deshalb zornig war, weil diese geistreiche Frau bereits entdeckt hatte, daß sein Räuspern nur seine eigentlichen Empfindungen verbergen sollte, und damit wandelte sich sein Groll in das ihm angeborene Minderwertigkeitsgefühl.

»Da ist nichts zu verzeihen«, sagte er mühsam. »Und wenn Sie mich nun Ihrerseits entschuldigen wollen, so werde ich mich wieder um meine dienstlichen Pflichten kümmern.«

Er ließ sie in der schnell zunehmenden Dunkelheit zurück. Gerade war ein Schiffsjunge nach achtern gekommen, um die Lampen des Kompaßhauses anzuzünden. Hornblower blieb stehen und besah sich die Schiefertafel, auf der die am Nachmittag zurückgelegte Entfernung vermerkt war. In seiner sorgfältigen Handschrift schrieb er den Befehl nieder, ihn unter gewissen Voraussetzungen zu rufen, denn im Verlauf der Nacht würde man Kap Mala umsegeln, und danach mußte auf nördlichen Kurs gegangen werden.

Hornblower ging nach unten und begab sich wieder in die Kajüte. Er fühlte sich seltsam beunruhigt, und zwar nicht nur wegen des Umstoßens seiner sämtlichen Gewohnheiten. Gewiß, es war lästig, daß ihm jetzt sein eigenes Wasserklosett nicht zugänglich war und daß er jenes der Offiziersmesse benutzen mußte, aber darum handelte es sich eigentlich nicht; auch nicht ausschließlich darum, daß er eine Begegnung mit der *Natividad* herbeizuführen suchte und daß es nun, da der Vizeadmiral Cristobal de Crespo das Kommando führte, zu einem sehr harten Kampf kommen mußte. Das war schließlich nur ein Teil dessen, was ihn bewegte ... und dann erschrak er fast, als er erkannte, daß seine Unruhe aus der zusätzlichen Verantwortung hervorging, die ihm die Anwesenheit der Lady Barbara auferlegte.

Er wußte sehr wohl, was ihrer aller Schicksal sein würde, falls er besiegt wurde. Samt und sonders würde man sie hängen, ertränken oder zu Tode foltern, denn el Supremo würde keine Gnade einem Engländer gegenüber walten lassen, der sich gegen ihn gewandt hatte. Er selbst hätte sich darüber gegenwärtig keine Gedanken gemacht, weil es sich einfach nicht vermeiden ließ, der *Natividad* ein Gefecht auf Leben und Tod zu liefern. Ganz anders aber wurde das, nun es sich auch um Lady Barbara handelte. Er mußte zum mindesten dafür sorgen, daß sie nicht lebendig in Crespos Hände fiel.

Das kurze Resümee seiner Schwierigkeiten versetzte ihn mit einemmal in heftige Erregung. Heimlich verfluchte er das gelbe Fieber, durch das Lady Barbara an Bord getrieben wurde; er verwünschte sich selbst wegen seines sklavischen Festhaltens am Buchstaben der ihm erteilten Befehle, durch das die *Natividad* in den Besitz der Aufständischen geraten war. Er ertappte sich dabei, wie er vor Wut die Fäuste ballte und mit den Zähnen knirschte. Siegte er in dem bevorstehenden Gefecht, so würden ihn die öffentliche Meinung – die ja fast nie etwas von den Begleitumständen wußte – deswegen tadeln, weil er das Leben einer Wellesley gefährdet hatte; und falls er unterlag – aber daran zu denken, brachte er einfach nicht fertig. Er verdammte seine

Nachgiebigkeit, die ihn hatte einwilligen lassen, eine Dame an Bord zu nehmen. Vorübergehend dachte er sogar daran, umzukehren und sie in Panama an Land zu setzen. Allerdings verwarf er den Gedanken sofort wieder. Die *Natividad* hätte inzwischen jene Galeone von Manila kapern können. Überdies war die Mannschaft der vielen Entschlußänderungen wegen bereits nervös geworden. Sie würde es ihm erst recht verübeln, wenn er jetzt umkehrte, um danach doch gleich wieder in See zu gehen. Zudem durfte er mit dem Widerspruch der Lady Barbara rechnen, die sich dafür bedanken würde, in dem von gelben Fieber heimgesuchten Panama zu bleiben. Und abermals bedachte sich Hornblower in sinnloser Weise mit Verwünschungen, wobei er von allen jenen unflätigen Flüchen und Gotteslästerungen Gebrauch machte, die er während seiner Seemannslaufbahn kennengelernt hatte.

Vom Oberdeck ertönte das Schrillen der Bootsmannspfeifen, Befehle wurden gebrüllt, und dann folgte das eilfertige Trampeln nackter Füße. Nun es zu dunkeln begann, war offenbar der Wind umgesprungen. Als es wieder still wurde, überkam den Kapitän in der engen Kajüte ein Gefühl der Bedrückung. Heiß und stickig war es hier unten. Die langsam hin- und herpendelnde mit Öl gefüllte Hängelampe stank abscheulich. Er begab sich wieder an Deck. Von der Heckreling klang ein heiteres Frauenlachen herüber, dem ein Chorus rauhen Männergelächters antwortete. Die dunkle Masse dort drüben mußte aus mindestens einem halben Dutzend von Offizieren bestehen, die alle Lady Barbaras Stuhl umdrängten. Kein Wunder, daß sie, die seit sieben oder beinahe acht Monaten keine englische Frau zu sehen bekommen hatten, sich ähnlich benahmen wie Bienen, die einen Korb umsummten.

Hornblower wollte sie schon davontreiben, besann sich

aber eines Besseren. Er konnte seinen Offizieren nicht vorschreiben, wie sie ihre Freizeit verbringen sollten, und sie würden sein Verhalten lediglich dem Wunsch zugeschrieben haben, sich allein die Gesellschaft der Dame zu sichern. Das aber entsprach durchaus nicht seiner Absicht. Unbemerkt von jener Gruppe, stieg er den Niedergang hinunter, um zu der stickigen Kajüte und der übelriechenden Lampe zurückzukehren. Für ihn bedeutete das den Beginn einer schlaflosen und unerquicklichen Nacht.

5

Am nächsten Morgen schlingerte und stampfte die *Lydia* bei leichter Backstagsbrise in der mäßig bewegten See. An Steuerbord querab ragten gerade noch die grau und rosa getönten Vulkangipfel jenes gottverlassenen Landes über die Kimm. Dadurch, daß man in Sicht der Küste blieb, bestand die meiste Hoffnung, der *Natividad* zu begegnen. Der Kommandant war bereits auf, ja, der Bootsmann Brown hatte sich entschuldigen müssen, weil er das Steuerbordachterdeck erst mit frischem Sand bestreute, während Hornblower schon seinen Morgenspaziergang machte.

Fern an Backbord durchbrach der schwarze Rumpf eines Wales die Meeresoberfläche. Blendendweiß hob sich der aufgewirbelte Gischt von der tiefblauen See ab, und als der Wal ausatmete, wurde eine federartig feine Dampfsäule sichtbar. Aus irgendeinem Grund war Hornblower ein Freund der riesigen Tiere, und so war es der Anblick dieses Burschen, der den ersten Anstoß zur Wiedergewinnung seiner guten Laune bot. Die Aussicht auf die unmittelbar bevorstehende kalte Dusche ließ ihn sogar den Schweiß angenehm empfinden, der ihm unterhalb des Hemdes auf die Brust trat. Dabei hatte er noch vor zwei Stunden heimlich die Küstenlandschaft mit ihren ekelhaften Vulkanen samt dem blauen Meer verwünscht, obwohl sie navigatorisch keine Schwierigkeiten bot. Er hatte geradezu Heimweh nach den Klippen, Untiefen, Nebeln und Gezeitenwechseln des Kanals verspürt; aber nun unter der Einwirkung des hellen Sonnenscheins änderte er abermals seine Ansicht. Alles in allem hatte der Stille Ozean seine Vorzüge. Vielleicht ließen sich die Dons durch dieses neue Bündnis zwischen England und Spanien dazu bewegen, einige ihrer egoistischen Bestimmungen zu ändern, die den Handel mit Amerika beeinträchtigten. Vielleicht erkundeten sie sogar die Möglichkeit für einen quer durch Nicaragua führenden Kanal, dessen Bau die Admiralität erwog. Gelang es, so würde der Pazifik erst richtig zur Geltung kommen. – Natürlich mußte man sich zunächst el Supremos entledigen, aber an diesem angenehmen Morgen erschien das Hornblower nicht allzu schwierig.

Gray, der Obersteuermann, war nach achtern gekommen, um zu loggen. Hornblower unterbrach seine Frühwanderung und beobachtete den Vorgang. Schon warf Gray das kleine dreieckige Brett über die Heckreling. Die Logleine in Händen haltend, blickte er mit seinen jungenhaften blauen Augen dem tanzenden Holzstück nach.

»Achtung!« rief er scharf dem Mann mit der Sanduhr zu, während die Leine schnell über die Reling surrte.

»Null!« schrie der Mann mit dem Glas.

Gray stoppte die Leine ab und stellte fest, wieviel davon ausgelaufen war. Ein scharfer Ruck an der dünnen Schnur, die zusammen mit der Logleine über die Reling geglitten war, löste die eine Ecke des Logscheits, so daß das Brettchen mit der Spitze voraus wieder auf das Schiff zuschwamm und es Gray ermöglichte, die Leine Hand über Hand einzuholen.

»Wieviel?« fragte Hornblower.

»Nicht ganz siebeneinhalb, Sir.«

Daß die *Lydia* bei der herrschenden Brise siebeneinhalb Knoten lief, zeigte, daß sie ein tüchtiges Schiff war, wenn auch die Windrichtung – etwa 45 Grad schräg von achtern – ohnedies am günstigsten für sie war. Falls die Witterung so blieb, mußte man binnen kurzem Gewässer erreichen, in denen man die *Natividad* antreffen konnte. Die ehemals spanische Fregatte war wie die meisten fünfzig Kanonen tragenden Zweidecker ein schlechter Segler. Bei dem gemeinsamen Marsch vom Golf von Fonseca nach La Libertad hatte Hornblower das persönlich feststellen können.

Traf er sie draußen auf See, so durfte er in Anbetracht der Wendigkeit seines eigenen Schiffes und der guten Ausbildung seiner Leute damit rechnen, durch geschicktes Manövrieren die artilleristische Überlegenheit des Gegners auszugleichen, denn falls es zum Nahkampf kam und die Aufständischen die *Lydia* enterten, dann mußte die Übermacht siegen. Er wollte daher möglichst mehrere Male quer am Heck der *Natividad* vorbeisegeln und sie dabei der Länge nach unter Feuer nehmen. Während Hornblower auf dem Achterdeck hin und her ging, malte sich sein lebhafter Geist bereits den Verlauf des Gefechts aus, wobei er alle etwaigen Möglichkeiten bedachte; ob es ihm gelang, auf der Luvseite zu bleiben, ob eine grobe See stehen würde oder nicht, ob das Treffen dicht unter Land oder weiter draußen seinen Anfang nehmen würde.

Die kleine Negerin Hebe schritt etwas unsicher über Deck; ihr rotes Kopftuch leuchtete im Frühsonnenschein, und ehe die entrüstete Besatzung einzuschreiten vermochte, trat sie dem Kommandanten in den Weg, so daß dessen geheiligter Morgenspaziergang unterbrochen wurde.

»Milady sagt, möchte der Herr Kapitän mit ihr frühstükken?« lispelte sie.

»Eh ... was soll's?« stieß der überraschte und jählings aus seinen Wachträumen gerissene Hornblower hervor, doch als ihm die Nichtigkeit dessen zum Bewußtsein kam, weswegen man ihn gestört hatte, fuhr er hastig fort: »Nein, nein, nein! ... Sage deiner Herrin, daß ich *nicht* mit ihr frühstücken werde ... Sage ihr, daß ich überhaupt *niemals* mit ihr frühstücke ... Sage ihr, daß ich während der Frühstunden unter *keinen* Umständen mit derlei Dingen behelligt werden will ... Sage ihr, daß du ... und auch sie selbst diesen Teil des Oberdecks nicht vor acht Uhr betreten darf. Verschwinde!«

Aber auch jetzt schien die kleine Schwarze die Größe ihres Verbrechens noch gar nicht zu ermessen. Ohne jedes Anzeichen von Zerknirschung nickte sie, während sie sich lächelnd zurückzog. Offenbar kannte sie die weißen Herren, die, solange sie nicht gefrühstückt hatten, sehr reizbar sein konnten; und daher maß sie dem Auftritt keine besondere Bedeutung bei.

Nachdem Hornblower wieder seine unterbrochene Wanderung aufgenommen hatte, kam er immer wieder dicht an dem offenen Skylight der achteren Kajüte vorbei. Nun, da er ohnedies aus der Fassung gebracht worden war, vernahm er drunten das Klappern von Geschirr und dann auch die beiden weiblichen Stimmen.

Das Scheuern der Leute, die mit Sand und Steinen die Decksplanken bearbeiteten, das Harfen des Windes in der Takelage und das Knarren des Holzes, das alles waren ihm vertraute Geräusche. Vom Vorschiff her tönte der dröhnende Schlag des Schmiedehammers, denn dort war der

Waffenmeister mit seinem Gehilfen damit beschäftigt, die eine Ankerpfluge wieder geradezubiegen, die bei dem gestrigen Zwischenfall Schaden erlitten hatte. Gut, er konnte alle diese Laute ertragen, aber das Geschwätz jener Weiber dort unten machte ihn wahnsinnig. Wütend aufstampfend verließ er das Achterdeck. Sein Bad bereitete ihm keineswegs den erwarteten Genuß. Polwheal wurde gröblich beschimpft, weil er ihm angeblich in ungeschickter Weise den Schlafrock reichte; dann zerriß er das mürbe Hemd, das Polwheal für ihn bereitgelegt hatte, und fluchte abermals. Unerhört, daß er sich in solcher Weise von seinem eigenen Achterdeck vertreiben lassen mußte! Selbst der ausgezeichnete, nach seinem Geschmack gesüßte Kaffee vermochte nicht seine neuerwachte schlechte Laune zu bessern. Sie änderte sich natürlich auch dann nicht, als er dem Leutnant Bush klarmachen mußte, daß die *Lydia* jetzt wieder nach der *Natividad* suche, die man erst vor kurzem mit größter Mühe überwältigt und dann den Aufständischen ausgeliefert hatte.

»Aye, aye, Sir«, sagte Bush sehr ernsthaft, als er die Neuigkeit erfuhr. Er war dabei so betont taktvoll und zurückhaltend, daß Hornblower ihn anschrie.

»Aye, aye, Sir.« Bush wußte ganz genau, weshalb er angebrüllt wurde, und wußte auch, daß er noch ganz andere Grobheiten zu hören bekommen würde, falls er es sich einfallen ließ, mehr als »Zu Befehl, Sir«, zu sagen. Am liebsten hätte er ja Hornblower wegen der augenblicklichen Lage sein Mitgefühl ausgedrückt, aber diesem etwas sonderlichen Kommandanten gegenüber wagte er das nicht.

Im Laufe des Tages aber begann Hornblower nach und nach seine Launenhaftigkeit zu bereuen. Gleichmäßig glitten die sägeartigen Umrisse der Küste vorüber, und irgendwo da vorn lag die *Natividad*. Es stand ein Kampf auf

Leben und Tod bevor, und da gehörte es sich schließlich, daß er vorher noch einmal im Kreise seiner Offiziere speiste. Auch sagte er sich, daß es keinem Kommandanten im Hinblick auf die eigenen Beförderungsmöglichkeiten einfallen würde, eine Wellesley so grob zu behandeln, wie er es bisher getan hatte. Die einfachsten Höflichkeitsregeln verlangten, daß er ihr gelegentlich dieses gemeinsamen Essens seine Offiziere in aller Form vorstellte. Daran änderte auch die Tatsache nichts, daß sie in ihrer freien Art bereits im abendlichen Dunkel mit der Hälfte von ihnen geplaudert hatte. Er schickte also Polwheal mit einer schriftlichen Einladung zu Lady Barbara und bat auch im Namen seiner Offiziere um die Ehre, im Beisein der Dame in der Kajüte speisen zu dürfen. Polwheal kehrte mit einem ebenfalls höflich abgefaßten Antwortschreiben zurück: Lady Barbara sei entzückt, der Einladung Folge leisten zu können.

Sechs Personen konnten an der runden Kajüttafel Platz finden. Hornblower entsann sich, daß am Vorabend des ersten Zusammentreffens mit der *Natividad* Galbraith, Clay und Savage bei ihm zu Gast gewesen waren. Niemals hätte er sich allerdings eingestanden, daß er sie jetzt aus einem abergläubischen Gefühl heraus gewissermaßen als Glücksbringer wieder einlud. Als sechster sollte Bush zugezogen werden. Außer ihm wäre nur noch Gerard in Frage gekommen, aber Gerard war recht hübsch und obendrein zu welterfahren, als daß er ihn gern des öfteren mit Lady Barbara in Verbindung gebracht hätte; natürlich – er beeilte sich, das vor seinem Gewissen festzustellen – lediglich um des an Bord notwendigen Friedens willen.

Das auf drei Uhr nachmittags angesetzte Essen verlief höchst angenehm. Clay und Savage benahmen sich so, wie man es von Jünglingen ihres Alters erwarten durfte. Anfangs waren sie wortkarg und schüchtern wegen der Anwesenheit einer Dame, aber sobald sie die Befangenheit nach dem ersten Glas Wein überwunden hatten, neigten sie zum anderen Extrem; sie wurden zu aufgeschlossen. Selbst der wetterharte Bush zeigte überraschenderweise die gleichen Merkmale in der gleichen Reihenfolge. Nur der arme Galbraith blieb bis zuletzt ein wenig schüchtern.

Hornblower staunte über die Leichtigkeit, mit der Lady Barbara diese Männer zu nehmen verstand. Seine Maria wäre viel zu linkisch gewesen, die Gesellschaft zum Auftauen zu bringen. Da Hornblower nicht viele Frauen kannte, neigte er dazu, sie alle mit Maria zu vergleichen. Die jugendliche Überheblichkeit Clays dämpfte Lady Barbara mit einem Lachen, aufmerksam lauschte sie Bushs Bericht von Trafalgar. Er hatte an der berühmten Seeschlacht als Unterleutnant an Bord der *Temeraire* teilgenommen. Dann gewann sie Galbraiths Herz ganz, denn sie kannte sehr gut eine bemerkenswerte epische Dichtung. Ein Edinburgher Rechtsanwalt namens Walter Scott hatte sie verfaßt, sie hieß *The Lady of the Last Minstrel.* Galbraith konnte das Werk, das er für das größte in englischer Sprache hielt, Wort für Wort auswendig sprechen. Er bekam ganz rote Wangen vor Freude.

Hornblower behielt seine eigene Meinung für sich. Sein Lieblingsautor war Gibbon, dessen *Decline and Fall of the Roman Empire* sich in der Backskiste befand, auf der er saß. Er wunderte sich darüber, daß eine Frau, die mit Leichtigkeit Juvenal zitierte, an einem so barbarischen Gedicht Gefallen finden konnte, dem jeder Schliff fehlte. Er begnügte sich damit, die Gesichter seiner Gäste zu beobachten. Galbraith sah aufmerksam und glücklich aus, die anderen schienen wieder etwas unsicher zu sein, doch hörten sie ungewollt interessiert zu. Lady Barbara war ganz in ihrem Element. Sie plauderte mit furchtloser Sicherheit, mit der sie dennoch – wie Hornblower voll Neid feststellte – ihrer hohen gesellschaftlichen Stellung nicht das geringste zu vergeben schien. Sie kokettierte überhaupt nicht, war aber entzückend, weder zu zurückhaltend noch etwa gar männlich. Man hätte sie für Savages Tante oder Galbraiths Schwester halten können. Sie konnte zu Männern wie zu ihresgleichen sprechen, nicht entgegenkommend, aber auch nicht ablehnend. Wirklich, sie glich Maria Hornblower durchaus nicht. Und als die Offiziere nach der Mahlzeit aufstanden, um – der Decksbalken wegen in gebückter Haltung – auf das Wohl des Königs zu trinken, da setzte sie hinzu »Gott segne ihn!«, worauf sie ihr Glas genau mit jenem leichten Ernst leerte, der dieser Gelegenheit entsprach. Auf einmal wurde es Hornblower klar, daß er das leidenschaftliche Verlangen verspürte, das Beisammensein möge noch nicht so bald enden.

»Spielen Sie Whist, Lady Barbara?« fragte er.

»Freilich«, antwortete sie. »Gibt es hier an Bord Whistspieler?«

»Einige sind allerdings nicht sosehr darauf versessen«, meinte Hornblower, wobei er etwas boshaft lächelnd seine jungen Offiziere ansah.

Tatsächlich spielte dann Lady Barbara so gut, daß Hornblower zunächst gar nicht aus dem Staunen darüber herauskam, daß eine Frau im Spiel wirklich etwas richtig machte. Am nächsten Tage überraschte sie ihn mit einer neuen Fähigkeit, denn sie brachte eine Gitarre mit an Oberdeck und begleitete sich selbst zu den Liedern, die sie mit weichem Sopran vortrug. Immer mehr Leute der Besatzung schlichen sich nach achtern, um aus einiger Entfernung bescheiden zuzuhören; und nach jedem Lied ertönte gefühlvolles Räuspern und Füßescharren. Galbraith war Lady Barbaras Sklave. Der Midshipman vergötterte sie.

Selbst solche rauhen Kriegsknechte wie Bush und Crystal wurden durch ihre Nähe sanfter. Gerard ließ sein blitzendes Lächeln und sein gutes Aussehen recht zur Geltung kommen. Er erzählte ihr von den Abenteuern, die er an Bord von Kaperschiffen und mit Sklavenhändlern auf afrikanischen Flüssen gehabt hatte.

Während dieser Reise, die an der Küste Nicaraguas entlangführte, beobachtete Hornblower den Leutnant Gerard mit Mißtrauen. Er verwünschte sein geringes Verständnis für Musik, der Gesang Lady Barbaras ließ ihn teilnahmslos, ja im Grunde genommen tat er ihm fast weh.

6

Tag für Tag glitt die lange vulkanische Küste vorüber. Immer wieder gab es das gleiche Panorama einer blauen See, eines blauen Himmels, schiefergrauer Bergkegel und lebhaft grüner Uferstreifen. Gefechtsklar lief die *Lydia* abermals in den Golf von Fonseca ein und umsegelte, nach der feindlichen Fregatte suchend, die Insel Manguera. Die *Natividad* war nirgends zu sehen, und auch am Strande rührte sich nichts. Irgend jemand schoß von den Klippen Mangueras aus mit einer Flinte auf die Engländer. Die Kugel schlug in die Großrüst, doch ließ sich der Schütze nicht blicken. Bush steuerte die *Lydia* wieder auf See hinaus, worauf mit nordöstlichem Kurse die Suche nach der *Natividad* fortgesetzt wurde.

Auch auf der Reede von La Libertad war nichts von dem Rebellenschiff zu sehen. Das gleiche galt für die anderen kleinen Häfen. Aus dem Städtchen Champerico stieg viel Qualm empor, und Hornblower, der das Glas darauf richtete, erkannte, daß es sich wenigstens diesmal nicht um einen vulkanischen Vorgang handelte. Champerico stand in Flammen. Offenbar waren die Leute el Supremos gekommen, um den Einwohnern Erleuchtung zu bringen, aber von der *Natividad* war nichts zu spüren.

Im Golf von Tehuantepec frischte es zusehends auf. Jener Winkel des Pazifiks ist fast immer stürmisch, weil die Winde durch eine Lücke in den Sierras vom Golf von Mexiko herüberwehen. Hornblower merkte die Veränderung zunächst durch die heftiger werdenden Bewegungen seines Schiffes. Stärker begann es zu stampfen und zu schlingern, während es unter dem Druck des böigen Windes scharf überlag. Gerade glaste es acht, als die Wache gepfiffen wurde. Hornblower hörte die Stimmen der Bootsmannsmaate: »Wird's bald? ... Wirbelnde Beine will ich sehen!«

Er eilte zur Kampanje empor. Noch war der Himmel droben blau, und heiß schien die Sonne hernieder, aber die immer gröber werdende See hatte ein graues Aussehen angenommen, und die *Lydia* begann unter dem Preß der Segel zu ächzen.

»Ich wollte Sie gerade bitten lassen, Segel kürzen zu dürfen, Sir«, meldete Bush.

Hornblower warf erst einen prüfenden Blick nach oben und dann zu den über der Küste liegenden Wolken hinüber. »Gut. Lassen Sie die Untersegel und die Bramsegel bergen«, nickte er. Noch während er sprach, stampfte die *Lydia* schwer ein, um sich gleich darauf mühsam wieder aufzurichten, indessen das gischtende Wasser um ihren Bug quirlte. Das ganze Schiff schien unter dem Knarren der Hölzer und dem Brausen des in der Takelage harfenden Windes lebendig zu werden. Nach dem Kürzen der Segel wurden die Bewegungen zwar leichter, aber der Wind frischte immer noch auf, und die *Lydia* neigte sich vor ihm, während ihr Bug krachend in die See einhieb. Hornblower drehte sich um und sah Lady Barbara an der Reling stehen, an der sie sich mit einer Hand festhielt. Der Wind ließ ihre Kleider flattern, und mit der freien Linken suchte sie ihre Locken zu bändigen. Rot leuchteten ihre sonnengebräunten Wangen, und ihre Augen lachten. »Sie sollten unter Deck gehen, Lady Barbara«, meinte der Kapitän.

»Aber nein«, gab sie zur Antwort. »Nach der Hitze, die wir erdulden mußten, ist dies geradezu köstlich.«

Ein Spritzer fegte über das Schanzkleid und näßte sie beide.

»Ich bin um Ihre Gesundheit besorgt«, sagte Hornblower.

»Wenn Salzwasser schädlich wäre, stürben die Seeleute in jungen Jahren.«

Hornblower vermochte ihr nichts abzuschlagen, obwohl er sich ärgerlich entsann, wie sie gestern abend im Schatten des Kreuzmastes sitzend so angeregt mit Gerard geplaudert hatte, daß niemand imstande gewesen war, sich an der Unterhaltung zu beteiligen.

»Also bleiben Sie oben, Madame, wenn Sie es durchaus wünschen; es sei denn, daß wir noch größere Windstärken bekommen, was vermutlich der Fall sein wird.«

»Ich danke Ihnen, Herr Kapitän.« Ihre Augen schienen auszudrücken, daß es für sie durchaus noch nicht feststand, was bei einer weiteren Zunahme des Sturmes geschehen würde. Doch nach der Art ihres großen Bruders, der als Lord Wellington in die Geschichte eingehen sollte, pflegte sie ihre Entscheidungen erst dann zu fällen, wenn es die Umstände erheischten.

Hornblower wandte sich ab. Gern hätte er sich noch weiterhin dem sprühenden Gischt ausgesetzt, nur um mit ihr plaudern zu können, aber pflichtgemäß hatte er sich um sein Schiff zu kümmern. Gerade als er zum Ruder trat, ertönte der Anruf des im Großtopp kauernden Ausgucks. »Hart voraus ein Segel! Könnte die *Natividad* sein, Sir.«

Hornblower blickte hinauf. Der Mann klammerte sich an die Stenge und wurde doch samt seinem luftigen Sitz infolge der heftigen Bewegungen des Schiffes in schwindelerregenden Kreisen umhergewirbelt.

»Knyvett«, fuhr Hornblower den neben ihm stehenden Midshipman an. »Nehmen Sie ein Glas, entern Sie auf, und melden Sie mir, was Sie sehen können.« Er wußte, daß es für ihn bei solchem Wetter keinen Zweck hatte, selbst aufzuentern; er schämte sich dessen, konnte es sich jedoch nicht verheimlichen. Alsbald aber vernahm er die vom Sturm halb verwehte, jungenhafte Stimme Knyvetts.

»Es ist die *Natividad*, Sir. Ich erkenne den Schnitt ihrer Marssegel.«

»Welchen Kurs steuert sie?«

»Liegt mit Steuerbordhalsen über Backbordbug, Sir; genau wie wir. Die Masten peilen in eins. Jetzt ändert sie den Kurs, Sir. Jetzt liegt sie über Steuerbordbug ... muß uns gesehen haben. Dicht beim Wind versucht sie, uns die Luvseite abzugewinnen, Sir.«

»So, will sie das?« knurrrte Hornblower grimmig. Es kam damals selten vor, daß sich ein spanisches Schiff freiwillig zum Kampf stellte, aber er nahm sich vor, ihm unter keinen Umständen die Luvstellung einzuräumen. Er ließ anbrassen und trat dann zum Rudergänger, dem er befahl, das Schiff so dicht wie möglich am Wind zu halten.

»Mr. Bush, bitte lassen Sie Klarschiff anschlagen!«

Indessen die Trommeln durch die Decks rasselten und aus allen Niedergängen die Mannschaften hervorquollen, entsann sich Hornblower plötzlich der bei der Heckreling stehenden Frau, und er erschrak.

»Ihr Platz ist jetzt drunten, Lady Barbara«, sagte er.

»Nehmen Sie Ihre Magd mit. Bis zur Beendigung des Gefechts müssen Sie im Kabelgatt bleiben.«

»Aber Herr Kapitän ...«, begann die Angeredete, doch Hornblower war nicht zu Wortgefechten aufgelegt, sofern sie es überhaupt darauf ankommen lassen wollte.

»Mr. Clay!« rief er mit rauher Stimme. »Führen Sie die Dame nebst ihrer Magd ins Kabelgatt. Sorgen Sie dafür, daß sie es nicht verlassen kann. Es handelt sich um einen dienstlichen Befehl, Mr. Clay. Ha ... hm.«

Vielleicht war es ein wenig feige, daß er Clay mit der Verantwortung für die Ausführung seiner Befehle belastete. Er wußte es, aber er zürnte der Frau wegen der niederdrückenden Sorge, die sie ihm aufhalste. Dessenungeachtet verließ sie ihn mit einem Lächeln und winkte ihm sogar noch einmal zu, bevor Clay mit ihr verschwand.

Während mehrerer Minuten herrschte an Bord eine emsige Geschäftigkeit, alles geschah, was zur Klarschiffrolle gehörte. Die Geschütze wurden ausgerannt, die Decks mit Sand bestreut, die Schläuche angeschlagen, sämtliche Feuer gelöscht und die hölzernen Zwischenwände in den einzelnen Räumen entfernt.

Jetzt war die *Natividad* schon vom Oberdeck aus zu erkennen. Sie segelte dem Engländer entgegen und gab sich augenscheinlich die größte Mühe, ihm die Luvseite abzugewinnen. Hornblower spähte zu seinen eigenen Segeln empor, um das geringste Killen sofort bemerken zu können.

»Hart am Wind bleiben, verdammt noch mal!« fuhr er den Obersteuermann an.

Die *Lydia* lag unter dem Druck des Windes stark über. Rauschend schlug zuweilen die See über das Schanzkleid, und dröhnend sang der Sturm sein wildes Lied in der Takelage. Noch in der vergangenen Nacht war das Schiff ruhig über ein glattes und mondbeschienenes Meer geglitten, und nun – kaum zwölf Stunden später – stand ihm ein in grober See durchzuführendes Gefecht bevor. Zweifellos nahm die Windstärke noch immer zu.

»Die *Natividad* wird ihre unteren Batteriegeschütze nicht verwenden können«, vernahm Hornblower die Stimme seines neben ihm stehenden Ersten Offiziers. Er starrte über die graue See hinweg zum Feind hinüber, über dessen Bug gerade eine Wolke von Gischt emporschoß.

»Nein«, sagte er langsam. Aus Furcht, geschwätzig zu werden, wollte er nicht die Möglichkeiten des bevorstehenden Gefechts erörtern. »Bitte lassen Sie zwei Reffs in die Marssegel stecken, Mr. Bush.«

Auf entgegengesetzten Kursen näherten sich die Schiffe einander, wobei sie sich gewissermaßen auf den Seiten eines stumpfwinkligen Dreiecks bewegten. Noch ließ sich nicht beurteilen, welches von beiden die dem Wind zugekehrte Stellung gewinnen würde.

»Mr. Gerard!« rief Hornblower dem die Backbordseite des Hauptbatteriedecks kommandierenden Offizier zu. »Sorgen Sie dafür, daß die Lunten brennen.«

»Aye, aye, Sir.«

Bei dem andauernd überkommenden Gischt konnte man sich auf den Steinschloßabzug nicht verlassen, bis die Rohre heiß wurden, und daher mußte man möglicherweise auf die alte Art zurückgreifen. In einigen auf Deck verteilten Fässern lagen langsam glimmende Lunten, um etwaige Schwierigkeiten überwinden zu können. Abermals beobachtete Hornblower die *Natividad*. Auch sie hatte die Marssegel gerefft und rollte dicht beim Wind unter Sturmsegeln daher. An der Gaffel wehte die blaue Flagge mit dem gelben Stern.

»Sie feuert, Sir«, bemerkte Bush.

Der Pulverrauch des einzelnen Schusses war im Augenblick verweht, und wo die Kugel hingeflogen war, ließ sich nicht feststellen. Die irgendwo aufspritzende Wassersäule ging inmitten der gischenden See verloren.

»Ha ... hm«, sagte Hornblower.

Es war selbst mit einer gut ausgebildeten Mannschaft taktisch falsch, auf so große Entfernung das Gefecht zu beginnen. Die erste aus bedachtsam geladenen und gerichteten Geschützen abgefeuerte Breitseite war zu kostbar, um leichtsinnig verschossen zu werden. Sie mußte für den Augenblick aufgespart werden, in dem sie die größte Wirkung hervorrufen konnte. Die Nervenanspannung der untätig diesen Augenblick erwartenden Mannschaft galt es dabei in Kauf zu nehmen.

»Wir werden sie in sehr geringem Abstand passieren, Sir«, meinte Bush.

»Ha ... hm.«

Noch immer ließ sich nicht beurteilen, welches Schiff zu Beginn des Kampfes in Luv stehen würde. Es sah so aus, als würden die beiden Vorsteven zusammenkrachen, wenn beide Führer starr den bisherigen Kurs weitersteuerten. Hornblower mußte seine ganze Willenskraft aufbieten, um scheinbar ruhig dort stehenzubleiben, wo er gerade stand, denn die Spannung wuchs von Minute zu Minute. Über dem Steuerbordbug der *Natividad* quoll eine zweite Rauchwolke empor. Die britischen Offiziere hörten die Kugel droben zwischen den Masten vorbeisausen.

»Schon etwas näher!« bemerkte Bush.

Wieder zuckte drüben Mündungsfeuer durch gelblichen Qualm, und fast gleichzeitig krachte irgendwo das Rumpfholz der *Lydia*.

»Zwei Mann ausgefallen am 4. Geschütz«, meldete Bush, der sich vorgebeugt hatte, um unter die Kuhl blicken zu können. Er schätzte mit dem Auge den beiderseitigen Abstand der Fregatten. »Donnerwetter, das geht hart auf hart!« Es war die Lage eingetreten, die sich Hornblower so-oft während seiner einsamen Wanderungen auf dem Achterdeck vergegenwärtigt hatte. Er warf einen letzten Blick auf den droben im Großtopp flatternden kleinen Verklikker und auf die Marssegel, die, während das Schiff in die grobe See einstampfte, anfangen wollten zu killen. Wie ein Zittern durchlief es die Luvseite der Segel. Das Schiff durfte nicht noch dichter an den Wind herangebracht werden.

»Achtung, Mr. Rayner!« rief der Kommandant. »Sie feuern, sowie sich Ihnen ein gutes Ziel bietet!« Rayner kommandierte die Steuerbordseite der Oberdecksbatterie. Dann erteilte Hornblower dem bei ihm stehenden Rudergänger einen Befehl. »Ruder in Luv! Stütz . . . Recht so!«

Die *Lydia* kam herum und schoß an der Leeseite der *Natividad* entlang, indessen die Steuerbordgeschütze in einem einzigen rollenden Donner aufbrüllten und das Schiff bis zum Kiel herab erbeben ließen. Die gewaltige Qualmwolke des rauchstarken Pulvers wurde fast augenblicks vom Sturm abgetrieben. Jede einzelne Kugel krachte in die Flanke der *Natividad*. Der Wind trug das Schreien der Verwundeten herüber. So völlig überraschend war das Manöver des Engländers erfolgt, daß der Gegner überhaupt nur einen einzigen Schuß abfeuerte, und dieser richtete keinen Schaden an. Auf der tief im Wasser liegenden Leeseite der *Natividad* mußten des Seegangs wegen die unteren Batteriepforten geschlossen bleiben.

»Großartig! . . . Fabelhaft!« murmelte Bush. Er sog den ihn umwirbelnden, beißenden Pulverqualm ein, als handele es sich um Wohlgerüche.

»Klar zum Wenden!« schrie Hornblower.

Die im Verlauf stürmischer Monate unter Bushs scharfen

Augen einexerzierte Mannschaft stand klar bei Schoten und Brassen. Die *Lydia* ging mit der sicheren Bewegung einer Maschine über Stag, ehe der Feind dem unerwarteten Angriff begegnen konnte, und Gerard jagte ihm die Geschosse seiner Batterie in das wehrlose Heck. Mit hohen Stimmen Hurra schreiend, mannten die Schiffsjungen neuen Schießbedarf an die Kanonen. Auf der Steuerbordseite waren die Geschütze schon geladen. An Backbord stießen die Kanoniere nasse Wischer ins Rohr, um alle etwa noch glimmenden Kartuschfetzen zu löschen, worauf von der Mündung her Pulverladung und Kugel eingerammt und die Kanonen wieder ausgerannt wurden. Über die brodelnde See hinweg sah Hornblower zur *Natividad* hinüber. Crespo stand auf dem erhöhten Achterdeck. Der Kerl besaß sogar die Unverschämtheit, ihm, dem britischen Kommandanten, vergnügt zuzuwinken, indessen er seine ungeschickte Mannschaft anschrie.

Die *Lydia* hatte den größtmöglichen Vorteil aus ihrem Manöver herausgeholt. Auf nahe Entfernung waren dem Gegner zwei Breitseiten entgegengeschleudert worden, und sie selbst hatte nur einen einzigen Treffer erhalten. Jetzt aber wurde das anders. Durch ihre Luvstellung konnte die *Natividad*, sofern sie energisch geführt wurde, für eine Weile den artilleristischen Nahkampf erzwingen. Von seinem Standpunkt aus sah Hornblower ihr Ruder. Jetzt kam es herum; gleich darauf hatte der Zweidecker gewendet und segelte auf die *Lydia* los. Gerard stand in der Mitte seiner Batterie und starrte in dem Sturm mit halbgeschlossenen Augen dem drohend näher kommenden Schiffsrumpf entgegen. Sein dunkles, hübsches Gesicht war gespannt und sah so besonders ausdrucksvoll aus. Allerdings kam ihm das jetzt nicht zum Bewußtsein. Wenige Sekunden später ließ er eine Salve feuern.

Der Donner der Geschütze fiel mit dem Krachen einer Breitseite der *Natividad* zusammen. Das Schiff war in Rauch gehüllt. Man hörte das Splittern von Holz. Polternd fielen einzelne Stücke der Takelage an Deck, aber klar und scharf tönten Gerards Kommandos dazwischen. Die Kanoniere zerrten an den Taljen. Unterstützt vom Überholen des Schiffsrumpfes, dröhnten die vorgeholten Kanonen wieder gegen die Bordwand.

»Geschützweise feuern!« brüllte Gerard. Er war auf den Hängemattskasten gesprungen und spähte durch den windzerzausten Qualm zu der schlingernden *Natividad* hinüber. Die nächste Breitseite kam unregelmäßig heraus und die darauf folgende noch mehr, da die besten Geschützbedienungen eher fertig wurden als ihre Kameraden. Bald ging das Artillerieduell in ein fortdauerndes Getöse über. Die *Lydia* zitterte unaufhörlich. Immer wieder krachten die Breitseiten des Gegners. Offenbar durfte es Crespo nicht darauf ankommen lassen, seiner Mannschaft das Feuer freizugeben. Durch das salvenweise Feuern glaubte er sie besser in der Hand zu behalten. Übrigens machte er seine Sache gut. Sooft es der Seegang zuließ, flogen die Pforten des unteren Batteriedecks auf. Dann spien die schweren Vierundzwanzigpfünder Flammen und Rauch.

»Schweres Gefecht, Sir«, sagte Bush.

Der Eisenhagel fegte über die Decks der *Lydia*. Rund um die Untermasten lagen Tote, die man eilends dorthin geschafft hatte, damit die Geschützbedienung nicht behindert wurde. Verwundete wurden nach unten getragen, wo der Schrecken des Verbandsplatzes ihrer harrte. Hornblower sah einen Schiffsjungen, der von einer schweren Kanonenkugel getroffen wurde, als unkenntliche, blutige Masse über die Planken wirbeln.

»Ha ... hm«, sagte Hornblower, aber der Laut ging im Krachen der neben ihm stehenden Karronade verloren. Ja, es war ein schweres, vielleicht allzu schweres Gefecht. Die fünf Minuten dieses Nahkampfes genügten, ihn zu überzeugen, daß die Artillerie der *Natividad* viel zu gut bedient wurde, als daß seine weitaus schwächere Fregatte im Duell der Breitseiten irgendeine Aussicht auf Erfolg hätte haben können. Nur eine geschickte Führung konnte eine Entscheidung zu seinen Gunsten erzwingen, sofern es dafür nicht schon zu spät war.

Gellend schnitt sein Kommando in den tobenden Lärm. »An die Brassen!« Aus halb zugekniffenen Augen spähte er zur *Natividad* hinüber, aus deren Stückpforten und Schußlöchern Qualmschwaden wehten. Er schätzte die Windstärke und die Geschwindigkeit der beiden Schiffe. Rasend schnell arbeiteten seine Gedanken, um über alle Einzelheiten des beabsichtigten Manövers klarzuwerden. Dadurch, daß er das Großmarssegel etwas backbrassen ließ, bekam die *Natividad* einen geringen Vorsprung, ohne daß die *Lydia* so viel Fahrt verlor, um in ihrer Steuerfähigkeit beeinträchtigt zu werden. Im nächsten Augenblick wendete die britische Fregatte, so daß nun die feuerbereite Steuerbordbatterie ihren Eisenhagel der Länge nach in das Heck der *Natividad* schmettern konnte. Wohl drehte der ehemalige Spanier in den Wind, wohl versuchte er, der Bewegung des Gegners zu folgen, um das laufende Gefecht – Breitseite gegen Breitseite – fortsetzen zu können, aber die *Lydia* war bedeutend wendiger als der breitausladende, etwas kurze Zweidecker. Hornblower, der seinen Feind nicht aus den Augen ließ, ging abermals über Stag und glitt quer hinter dem Heck der *Natividad* vorüber, während Gerard von einem Geschütz zum anderen rennend jeden Schuß in das zersplitternde Holz des Rebellen jagte.

»Großartig! Verdammt noch mal! Heiliges Donnerwetter! Großartig!« schrie Bush. Er hieb mit der Faust in die Handfläche seiner Linken und stampfte vor Erregung mit den Füßen.

Hornblower hatte keine Zeit, sich um Bush und dessen gute Meinung zu kümmern, obwohl ihm später einfiel, daß ihm die Worte sehr willkommen gewesen waren. Als die Schiffe sich voneinander entfernten, befahl er wiederum zu wenden, doch kaum standen die Leute an den Schoten, kaum gehorchte die *Lydia* dem Ruder, als auch die *Natividad* drehte, um die britische Fregatte in Lee zu passieren. Um so besser! Der einmalige Austausch der Breitseiten mußte zwar in Kauf genommen werden, aber dann würde Hornblower abermals das empfindliche Heck des anderen zerschmettern können. Wollte es die *Natividad* aber auf ein Kreisgefecht ankommen lassen, so würde das für die viel wendigere *Lydia* mit ihrer weitaus besser ausgebildeten Mannschaft erst recht von Vorteil sein. Er durfte damit rechnen, jeden Treffer des Gegners mit zweien beantworten zu können.

Die *Natividad* rauschte heran. Ihre Bordwände wiesen große Löcher auf, und aus den Speigatten sickerte Blut. Crespo stand auf der Hütte. Hornblower hatte gehofft, er sei während des Austauschs der Breitseiten gefallen, denn das würde höchstwahrscheinlich ein sofortiges Nachlassen des feindlichen Kampfwillens bedeutet haben. Aber drüben waren die Kanonen ausgerannt, und auch die unteren Batteriepforten der *Natividad* standen offen.

»... und segne, was du uns bescheret hast ...«, murmelte Bush. Diese abgedroschene Gotteslästerung konnte man damals auf jedem englischen Kriegsschiff hören, das eine Breitseite erwartete.

Die Sekunden schienen so lang wie Minuten zu sein, als

die beiden Schiffe, kaum zwölf Meter entfernt, aneinander vorüberglitten. Jetzt war der Bug des einen in der Höhe des anderen, nun galt dasselbe vom Fockmast, und dann passierte der Fockmast den Großtopp des Feindes. Rayner blickte nach achtern, und sowie er sah, daß das achterlichste Geschütz ein Ziel fand, brüllte er den Feuerbefehl heraus. Der Rückstoß der Geschütze ließ die *Lydia* überholen, und der Donner drohte die Trommelfelle zu zerreißen, aber dann – noch ehe der Sturm den Pulverqualm fortblasen konnte – erfolgte die krachende Antwort der *Natividad*.

Hornblower war es, als stürze der Himmel ein. Der Luftzug einer Kanonenkugel ließ ihn taumeln. Dicht neben ihm brach mit donnerndem Gepolter der Kreuztopp zusammen. Teile der Takelage rissen ihn mit zu Boden. Er fiel auf die von Blut schlüpfrigen Decksplanken, und noch während er sich aus dem Gewirr zu befreien suchte, fühlte er, daß die *Lydia* ungeachtet der Bemühungen des Rudergängers eine drehende Bewegung ausführte.

Ganz benommen kam er wieder auf die Beine. Trümmer umgaben ihn. Der Kreuzmast war etwa drei Meter über dem Oberdeck abgebrochen und hatte im Fallen die Großmarsstenge mitgenommen. Stengen, Rahen, Segel und allerlei Tauwerk trieben längsseits, da sie von den Unterwanten am Schiff festgehalten wurden. Ohne die stützende Wirkung der achteren Segel schlingerte die *Lydia* hilflos vor dem Sturm. Gerade jetzt aber sah Hornblower, daß sich die *Natividad* anschickte, hinter seinem Heck herumzugehen, um mit einer zerschmetternden Breitseite die vielen Salven zu vergelten, die sie zu Beginn des Gefechtes hatte über sich ergehen lassen müssen. Hornblower schluckte nervös. Die Furcht vor der Niederlage verursachte ihm ein sonderbares Gefühl der Übelkeit.

7

Doch er sagte sich sofort, daß er keinen Augenblick versäumen durfte. Die *Lydia* mußte wieder gefechtsklar gemacht werden.

Mit einer Stimme, die ihm selbst fremd klang, brüllte er nach den Achtergasten, den für das Achterdeck eingeteilten Leuten, um dann hinzuzusetzen: »Mr. Clay! Benskin! Äxte her! Fort mit den Trümmern!«

An der Spitze einer Gruppe mit Beilen und Entermessern bewaffneter Männer kam Clay nach achtern gestürzt. Während sie auf die Unterwanten des Kreuztopps loshieben, sah Hornblower plötzlich, daß Bush an Deck zusammengesunken war und den Kopf in den Händen hielt. Anscheinend war er von einem niedersausenden Block getroffen worden, aber jetzt konnte sich der Kommandant nicht um Bush kümmern. Erbarmungslos nahte die *Natividad*. Er konnte eine lebhafte Bewegung unter den sich auf dem Oberdeck drängenden Leuten erkennen, die triumphierend die Hüte schwangen. Der Feind wollte die *Lydia* offenbar in möglichst geringem Abstand passieren. Hornblower beobachtete den quer zur eigenen Schiffsrichtung vorüberrauschenden Bug der *Natividad*. Wie eine Vision schwebte das gereffte Vormarssegel über ihm, und dann krachte drüben Schuß um Schuß in das Heck der englischen Fregatte. Der Qualm wurde vom Wind herübergetragen und blendete Hornblowers Augen. Er fühlte, wie das Schiff unter den Einschlägen erbebte, er vernahm einen gellenden Schrei ganz in seiner Nähe, während ein größerer Holzsplitter an seinem Gesicht vorbeiflog. Und dann, als er schon glaubte, mit in den allgemeinen Wirbel der Vernichtung hereingezogen zu werden, hörte die furchtbare Beschießung jählings auf, und die *Natividad* entfernte sich. Er lebte noch und vermochte sich umzusehen. Die Lafette der am weitesten achtern stehenden Karronade war zerschmettert worden, und einer der Kanoniere lag eingeklemmt unter den Trümmern. Einige seiner Kameraden bemühten sich vergebens, ihn zu befreien.

»Aufhören!« schrie Hornblower. »Kappt den verdammten Plunder da! Mr. Clay, ich bitte mir aus, daß zugegriffen wird!«

Kaum zweihundert Meter weit entfernt begann die *Natividad* gerade schwerfällig in der grauen See schlingernd zu wenden, um ihrem hilflosen Gegner einen neuen Hieb zu versetzen. Zum Glück war sie wie die meisten ihrer Bauart ein schlecht steuerndes Schiff, so daß dem britischen Kommandanten zwischen den einzelnen Breitseiten mehr Zeit blieb, die *Lydia* wieder einigermaßen gefechtsklar zu machen.

»Vortopp! ... Mr. Galbraith! Lassen Sie die Vorsegel bergen.«

»Aye, aye, Sir.«

Der Ausfall des vorderen Stengestagsegels und des Außenklüvers konnte bis zu einem gewissen Grade den Verlust des Kreuzmarssegels und des Besan wettmachen. Vielleicht ließ sich die *Lydia* wenigstens so weit an den Wind legen, daß sie dem großen Gegner zu antworten vermochte. Natürlich konnte das aber erst dann gelingen, wenn man sich all dieser mitgeschleppten Wracktrümmer entledigt hatte, die, einem riesigen Treibanker gleich, hinter dem Heck der Fregatte trieb. Ein flüchtiger Blick zeigte Hornblower, daß die *Natividad* gewendet hatte und sich anschickte, abermals hinter dem Achtersteven vorbeizusegeln.

»Vorwärts!« schrie er den fieberhaft arbeitenden Leuten zu. »Holroyd und Tooms, ihr geht in die Besansrüst!«

Mit einemmal kam ihm der gellende, hysterische Klang seiner Stimme zum Bewußtsein. Unter allen Umständen galt es, vor Clay und der Mannschaft den Ruf unerschütterlicher Ruhe zu behalten. Mit Gewalt zwang er sich, ganz gelassen zu der heranrauschenden *Natividad* hinüberzuspähen. Er zuckte sogar lächelnd die Achseln, und wirklich gelang es ihm, im normalen Tonfall zu sprechen.

»Kümmert euch nicht drum, Kerls. Eins nach dem anderen. Erst wollen wir uns den Plunder da vom Leibe schaffen, und danach sollen die Dagos ihr blaues Wunder erleben.«

Mit neubelebtem Eifer hackten die Leute auf das Durcheinander der zähen Wanten, Stagen und Pardunen los. Irgend etwas gab nach, und das Überholen der von einer riesigen See emporgehobenen Fregatte ließ die Trümmer der Takelage etwas weiter nach achtern gleiten, bevor sie sich wieder verfingen. Hornblower ergriff selbst ein Beil und stürzte sich auf das Ende, das am hartnäckigsten haftete. Als er hastig hinüberblickte, gewahrte er die drohende Masse der anlaufenden *Natividad*, doch hatte er jetzt keine Zeit für sie. Er dachte nicht an die Bedrohung seines Lebens, sondern ärgerte sich nur maßlos, daß er in der Arbeit gestört wurde.

Und dann hüllte ihn der Pulverqualm der feindlichen Breitseite abermals wie in Nebel ein. Es krachte und splitterte ringsum. Jählings verstummte das Schreien des unter dem Kanonenrohr eingeklemmten Matrosen. Hornblower fühlte, wie unterhalb seiner Füße ein Geschoß in die am meisten gefährdeten Teile der Fregatte einschlug, aber er achtete nicht darauf, denn jetzt war er ganz und gar im Banne seiner Arbeit. Das bisher so hinderliche Pardun brach unter seinen Axthieben. Ein anderes wurde gleichfalls gekappt – welch ein seltsames Muster doch die Decksnähte bilden konnten, ging es ihm durch den Sinn –, ein drittes schoß mit dem losen Ende vorüber, und dann war die *Lydia* wirklich frei gekommen. Dicht vor den Füßen Hornblowers lag der junge Clay der Länge nach an Deck, aber Clay hatte keinen Kopf. Hornblower stellte das mit dem gleichen unpersönlichen Interesse fest, mit dem er das Muster der Decksnähte beobachtet hatte.

Eine plötzlich überkommende See durchnäßte ihn mit ihrem Gischt. Er wischte sich das Wasser aus den Augen und sah sich um. Die Mehrzahl der auf dem Achterdeck weilenden Offiziere, Matrosen und Seesoldaten waren tot. Simmonds hatte den Rest seiner Leute an der Heckreling aufgestellt und war bereit, den feindlichen Vierundzwanzigpfündern mit Gewehrfeuer zu antworten. Bush war in den Großtopp geentert. Blitzartig begriff Hornblower, daß er es gewesen war, der die behindernden Wracktrümmer schließlich durch das Kappen des Kreuzstengestags gelöst hatte. Am Ruder standen die zwei Steuerleute; aufrecht, regungslos und starr geradeausblickend. Zu Beginn des Gefechtes waren andere am Ruder gewesen, aber die eiserne Disziplin hatte dafür gesorgt, daß es keinen Augenblick unbesetzt geblieben war.

Steuerbord achteraus begann die *Natividad* wieder zu wenden. Mit freudigem Aufatmen sagte sich Hornblower, daß er diesmal nicht genötigt sein würde, den Angriff wehrlos über sich ergehen zu lassen. Er mußte zwar seine Gedanken anstrengen, um sich über das notwendige Segelmanöver klarzuwerden.

»An die Brassen!« schrie er. »Mr. Bush, wir wollen versuchen, sie an den Wind zu bringen.«

»Aye, aye, Sir.«

Er sah zur *Natividad* hinüber, die schwerfällig heranschlingerte.

»Hart Steuerbord!« befahl er. »Klar zum Feuern!«

Die über Kimme und Korn visierenden Kanoniere der *Natividad* sahen den zerschossenen Achtersteven der *Lydia* langsam davongleiten. Eine halbe Minute lang konnten die Rudergänger des Engländers Kurs halten und den Wind von der Seite einfallen lassen. Gleichzeitig rauschte die *Natividad* vorüber.

»Feuer!« gellte Gerard. Seine Stimme drohte vor Erregung überzuschnappen.

Wiederum holte die *Lydia* unter dem Rückstoß der Batteriegeschütze über. Rauch wirbelte über Deck, und durch den Rauch fegte der Eisenhagel des ehemaligen Spaniers. »Bravo, Kerls!« schrie Gerard. »Da geht ihr Fockmast! Gut so, Kerls!«

Ein Gebrüll der begeisterten Kanoniere antwortete ihm, obwohl die zweihundert Stimmen bei solchem Sturm nur schwach klangen. Der Gegner war schwer beschädigt worden. Durch die Qualmschwaden hindurch sah Hornblower, wie drüben die Stagen, die den Fockmast nach vorn abstützenden Taue, plötzlich lose kamen, sich wieder spannten, abermals schlaff wurden, und dann neigte sich der ganze Vortopp vornüber. Die Marsstenge des Großmastes folgte der Bewegung, das ganze Gewirr kam von oben und fiel über die Seite. Automatisch drehte die *Natividad* in den Wind, indessen die *Lydia* ungeachtet der Anstrengungen ihrer Rudergänger nach Lee abfiel. Höhnisch heulte der Sturm an Hornblowers Ohren vorbei. Der graue Wasserstreifen, der die beiden Schiffe voneinander trennte, wurde immer breiter. Ein letzter Schuß dröhnte vom Batteriedeck der *Lydia*, dann rollten die beiden Fregatten in der hochgehenden See umher, ohne einander weiteren Schaden zufügen zu können.

Noch einmal wischte sich Hornblower langsam das

Salzwasser aus den Augen. Dies Duell war wie ein langer böser Traum, in dem der Schlafende von einer phantastischen Unwirklichkeit in die andere gerät. Hornblower konnte wohl klar denken, doch mußte er sich dazu zwingen, als sei es etwas Widersinniges.

Der Abstand hatte sich bereits auf tausend Meter erweitert und wurde immer noch größer. Durchs Glas sah Hornblower, daß die Back der *Natividad* von Menschen wimmelte, die die Trümmer des Vortopps zu beseitigen suchten. Das Schiff, das zuerst wieder gefechtsklar war, würde Sieger sein. Er schob das Fernrohr zusammen und richtete seine gesamte Aufmerksamkeit auf die vielen Aufgaben, die jetzt der sofortigen Lösung harrten.

8

Der Kommandant der *Lydia* stand auf seinem Achterdeck. Das Schiff lag unter Großstagsegel und dreifach gerefftem Großmarssegel beigedreht und rollte in der sehr hochgehenden See. Es regnete derartig, daß man keine hundert Meter weit sehen konnte, und da auch immer wieder sintflutartige Wassermassen überkamen, war Hornblower bis auf die Haut durchnäßt, ohne sich jedoch dessen bewußt zu werden. Jedermann wollte Befehle von ihm hören – der Erste Offizier, der Bootsmann, die Batterieoffiziere, der Zimmermann und der zeitweilig zum Schiffsarzt ernannte Unterzahlmeister. Das Schiff mußte unter allen Umständen wieder gefechtsklar gemacht werden, wenn auch Zweifel bestanden, ob es den heulenden Sturm überstehen würde. Gerade trat der Unterzahlmeister an seinen Kommandanten heran.

»Aber was soll ich bloß tun, Sir?« fragte er händeringend. Sein Gesicht war sehr bleich. Laurie mußte für den verstorbenen Wundarzt Hankey einspringen. Drunten im düsteren Verbandsraum lagen fünfzig vor Schmerzen fast irrsinnige Verwundete. Einigen waren Arme oder Beine zerschmettert worden, und alle flehten um Hilfe, ohne daß Laurie wußte, wie er solcher Bitte entsprechen konnte.

Hornblower geriet außer sich. »Zwei Monate hatten Sie Zeit, sich mit Ihren Pflichten vertraut zu machen, und nun fragen Sie mich, was Sie tun sollen!«

Da Laurie auf diese Worte aber nur noch blasser wurde als zuvor, sah Hornblower ein, daß er diesem verstörten Menschen mit praktischen Ratschlägen beispringen mußte.

»Also passen Sie auf, Laurie«, sagte er ein wenig freundlicher. »Niemand erwartet, daß Sie Wunder vollbringen. Tun Sie Ihr Bestes. Denen, die nun doch einmal sterben müssen, sollen Sie das Ende erleichtern. Sie haben es als dienstlichen Befehl aufzufassen, wenn ich Ihnen sage, daß alle diejenigen dazugehören, denen ein Glied abgeschossen wurde. Geben Sie ihnen Opium, fünfundzwanzig Tropfen pro Mann und nötigenfalls mehr, wenn ihnen das noch keine Erleichterung schafft. Tun Sie so, als ob Sie Verbände anlegen. Erzählen Sie ihnen, daß sie unbedingt durchkommen und für die nächsten fünfzig Jahre eine Pension beziehen werden. Bei den leichteren Fällen muß Ihnen der gesunde Menschenverstand das Richtige sagen. Verbinden Sie, um die Blutung zum Stehen zu bringen. Gebrochene Knochen werden geschient. Keiner der Kranken wird unnötig bewegt. Die Leute müssen ruhig bleiben. Jeder bekommt einen Schluck Rum, und Sie versprechen ihm eine zweite Auflage, wenn er einige Stunden still liegenbleibt. Ich habe noch keinen Jantje kennengelernt, der nicht für einen gehörigen Schnaps den Teufel aus der Hölle holte.

Verschwinden Sie jetzt, Mann, und halten Sie sich an meine Befehle.«

»Aye, aye, Sir.«

In Lauries Kopf hatten nur die eigenen Verantwortlichkeiten Platz. Er eilte davon, ohne sich um den Höllenspektakel zu kümmern, der auf dem Oberdeck herrschte. Hier war nämlich einer der Zwölfpfünder losgekommen, dessen Zurrings von der letzten Breitseite der *Natividad* zerschossen worden waren. Den heftigen Bewegungen des Schiffes folgend, rollte die anderthalb Tonnen schwere Kanone hin und her, wobei sie jeden Augenblick drohte, die Bordwand zu durchschlagen. Von Galbraith geführt, suchten zwanzig Mann durch Spaken und Tauenden das Geschütz zu bändigen. Fünfzig mit Hängematten und anderem Material versehene Leute halfen dabei. Noch während Hornblower zusah, holte das Schiff heftig über, die Kanone drehte sich um sich selbst und donnerte gleich einem wütenden Bullen auf die Mannschaft los. Die Matrosen spritzten nach allen Richtungen auseinander und gaben dem rollenden Eisenklotz, dessen Lafettenräder wie eine ganze Herde Ferkel quiekten, den Weg frei. Gleich darauf rammte sich das Geschütz krachend am Großmast fest.

»Jetzt drauf, Kerls!« schrie Hornblower. »Packt sie!«

An der Spitze der anderen wagte Galbraith Gesundheit und Leben, als er ein Ende durch eine Lafettenöse schor. Kaum war ihm das gelungen, als eine abermalige Schlingerbewegung die Kanone herumriß und alle Bemühungen zu vereiteln schien. »Hängematten her!« befahl Hornblower. »Schnell davor aufschichten! Mr. Galbraith, werfen Sie das Tauende um den Mast. Whipple, scheren Sie das Ende da durch die andere Öse. Schnell, Mann! Recht so!«

Hornblower hatte im Handumdrehen die Aufgabe zu

Ende geführt, mit der Galbraith nicht fertig werden konnte, und zwar dadurch, daß es ihm gelang, die Leute zu einer gemeinsamen Anstrengung zusammenzufassen. Die wildgewordene Kanone war gefesselt und hilflos gemacht worden. Es blieb nun nur noch die nicht eben leichte Aufgabe übrig, sie wieder zu ihrer Stückpforte zu manövrieren und dort mit neuen Taljen festzumachen. Seit einiger Zeit stand bereits der Zimmermann neben dem Kommandanten und wartete mit Ungeduld auf die Gelegenheit, seine Meldung vorbringen zu können.

»Über vier Fuß Wasser im Raum, Sir«, sagte Howell, indem er sich erregt die Stirn rieb. »Fast schon fünf, und es steigt schnell, soviel ich sehen kann. Kann ich noch ein paar Mann für die Pumpen haben, Sir?«

»Erst wenn das Geschütz wieder an Ort und Stelle steht«, erwiderte Hornblower grimmig. »Was haben Sie bisher feststellen können?«

»Sieben Schußlöcher unterhalb der Wasserlinie, Sir. Bei dem Seegang lassen sie sich nicht abdichten, Sir.«

»Das weiß ich selbst«, schrie Hornblower. »Wo sind sie?«

»Alle im Vorschiff, Sir. Eine Kugel hat an Steuerbord Spant 3 durchschlagen. Zwei andere ...«

»Ich lasse ein Segel außenbords unter den Boden ziehen, sowie Leute verfügbar sind. Sorgen Sie dafür, daß die Mannschaft an den Pumpen weiterarbeitet. Melden Sie sich jetzt beim Ersten Offizier.«

Bush und der Bootsmann waren eifrig mit dem Aufbringen eines behelfsmäßigen Kreuzmastes beschäftigt. Schon vorher hatte der Bootsmann seinem Kommandanten niedergeschlagen gemeldet, daß die Hälfte der unter der Kuhl aufbewahrten Reservestengen zerschossen worden sei. Es sei jedoch eine Großmarsrah übrig, die den Anforderungen einigermaßen entspreche. Nun war es allerdings durchaus nicht leicht, das fast siebzehn Meter lange Rundholz ihn eine senkrechte Lage zu bringen. Diese Arbeit wäre schon bei ruhiger See sehr umständlich gewesen, jetzt natürlich steigerten sich inmitten des toll gewordenen Pazifik die Schwierigkeiten ganz erheblich und gefährdeten die arbeitende Mannschaft. Aber Bush und Harrison entwickelten eine Findigkeit und eine Tatkraft, die der Erziehung durch die Marine alle Ehre machte.

Glücklicherweise stand noch ein drei Meter langer Stumpf des ursprünglichen Kreuzmastes, so daß man daran denken konnte, die Marsrah daran festzulaschen. Das Achterdeck wimmelte von Leuten, sie sämtlich an der Vollendung der äußerst schwierigen Aufgabe mitzuwirken hatten. Mit Takeln und als Rollen verwendeten Rundhölzern war der Notmast nach achtern geschafft worden, bis er mit der einen Nock fest an dem Stumpf anlag. Harrison leitete das Anbringen der Wanten, indessen der Zimmermann mit seinen Gehilfen an der neuen Gaffel arbeitete. Dem Segelmacher fiel es nicht leicht, geeignete Stücke für die Notbesegelung herzustellen.

Eine andere Gruppe arbeitete daran, die durch einen Volltreffer beschädigte Karronade des Achterdecks wieder zu montieren, während Gerard mit den Toppsgasten oben in der Takelage war, um den am stehenden und laufenden Gut der beiden noch vorhandenen Masten angerichteten Schaden zu beheben. All das geschah im strömenden Regen und bei heulendem Wind. Die halbnackten Seeleute aber waren ebenso naß von Schweiß wie von dem Wasser des Himmels und der See. An Bord der *Lydia* herrschte eine anscheinend irrsinnige, in Wirklichkeit aber planmäßig geleitete Geschäftigkeit.

Plötzlich klarte es ein wenig auf. Hornblower suchte auf

dem schwankenden Deck einen festen Standpunkt zu gewinnen und führte das Fernrohr zum Auge. Die *Natividad* war wieder sichtbar, wenn auch ihr Rumpf der großen Entfernung wegen unter der Kimm blieb. Sie lag beigedreht in der groben, von grauen Windstreifen überzogenen See und schien ihres teilweise entmasteten Zustandes wegen ziemlich stark zu krängen. Hornblower konnte nichts bemerken, was auf das Aufbringen von Notmasten schließen ließ. Er hielt es für durchaus wahrscheinlich, daß sich an Bord der feindlichen Fregatte kein geeignetes Reservematerial mehr befand. Traf diese Vermutung zu, so war sie ihm auf Gnade und Ungnade ausgeliefert, sobald die *Lydia* achtern genug Leinwand tragen konnte, um die Luvstellung zu gewinnen. Allerdings mußte der Sturm vorher wenigstens so weit abflauen, daß die Geschütze verwendet werden konnten.

Er musterte ringsum den Horizont. Vorläufig deutete kein Anzeichen auf ein bevorstehendes Nachlassen des Unwetters. Die Mittagsstunde war längst vorüber. In der kommenden Nacht verlor er die *Natividad* vielleicht vollends, und jedenfalls bot die Dunkelheit dem Feinde eine verlängerte Frist zur Ausbesserung der Havarien.

»Wie lange dauert's noch, Harrison?«

»Ich bin beinahe fertig, Sir.«

»Sie haben auch wirklich Zeit genug gehabt für so eine simple Arbeit. Treiben Sie die Kerls gefälligst an.«

»Aye, aye, Sir.«

Hornblower wußte, daß die Leute ihn heimlich verwünschten, er ahnte indessen nicht, daß sie ihn gleichzeitig als harten, aber gerechten Vorgesetzten verehrten, ohne sich dessen eigentlich bewußt zu sein.

Nun meldete sich der Koch bei ihm. Der Koch und seine Gehilfen waren die einzigen, die für eine ganz bestimmte, traurige Aufgabe zur Verfügung standen. Die vierzehn Toten waren in ihre am Fußende mit einer Kanonenkugel beschwerten Hängematten eingenäht und paarweise auf Grätings bereitgelegt worden. Hornblower ließ einen langen Triller aus seiner silbernen Pfeife ertönen, und für einige Minuten ruhte jede Arbeit an Bord, während er schnell, aber doch mit dem nötigen Ernst die Bestattung der Toten vornahm.

»Daher überantworten wir ihre sterblichen Hüllen dem tiefen Meer ...«

Die Kochgehilfen hoben der Reihe nach die Grätings auf, und mit dumpfem Klatschen versanken die Gefallenen, indessen Hornblower die letzten Worte des vorgeschriebenen Zeremoniells sprach. Dann gab ein zweiter Trillerpfiff das Zeichen zur Wiederaufnahme der Arbeit. Es war ihm äußerst unangenehm, daß er diese Pause hatte eintreten lassen müssen, obwohl die Arbeit drängte, aber er wußte auch, daß es ihm seine Leute sehr verübelt haben würden, wenn er die Toten formlos hätte über Bord werfen lassen, denn die Seeleute legten nach der Art der Ungebildeten den größten Wert auf Formen und Zeremonien.

Und nun gab es noch eine weitere Unannehmlichkeit für ihn. Über das unter ihm gelegene Hauptdeck bahnte sich Lady Barbara ihren Weg. Die kleine Negerin klammerte sich an ihr Kleid.

»Ich habe doch befohlen, daß Sie drunten bleiben sollen!« schrie er ihr entgegen. »Hier oben an Deck ist kein Platz für Sie!«

Lady Barbara blickte sich inmitten all der Geschäftigkeit um und schob dann das Kinn ein wenig vor, ehe sie antwortete. »Das weiß ich auch, ohne daß Sie mich darauf aufmerksam machen«, sagte sie, wurde dann aber etwas sanfter. »Ich habe nicht die Absicht, Sie zu stören, Herr

Kapitän. Ich möchte mich nur in meine Kammer begeben und dort einriegeln.«

»Ihre Kammer?«

Hornblower lachte. Vier Breitseiten der *Natividad* hatten ihre Kugeln durch jene Kammer gejagt. Irgendwie kam ihm der Gedanke der Lady Barbara, die sich dort einschließen wollte, sehr komisch vor. Er konnte sich gar nicht beruhigen, doch brach sein Lachen jählings ab, denn er merkte, es klang nach Hysterie. Er riß sich zusammen.

»Ihre Kammer ist leider nicht mehr vorhanden, Mylady. Ich bedauere daher, daß Sie wohl oder übel wieder dorthin zurückkehren müssen, wo Sie sich bis jetzt befanden. Einen anderen Platz gibt es derzeit hier an Bord nicht für Sie.«

Lady Barbara sah zu ihm hinauf und dachte an das Kabelgatt, das sie gerade verlassen hatte. Stockdunkel war es dort drunten, und es gab kaum Platz genug, sich auf die schleimige Ankerkette zu setzen. Quiekende Ratten waren ihr über die Füße gehuscht, während sich das Schiff wie irrsinnig hin und her warf und Hebe vor Entsetzen heulte. Der fürchterliche Lärm der Geschütze, das Poltern der zurücklaufenden und wieder ausgerannten Lafetten war bis zu ihr heruntergedrungen. Sie entsann sich des nervenzerreißenden Krachens, mit dem der Kreuzmast über Bord gefallen war, der Ungewißheit über den Verlauf des Gefechts – noch jetzt wußte sie nicht, ob es mit einem Siege oder mit einer Niederlage geendet hatte, sofern es sich überhaupt nicht nur um eine Unterbrechung handelte –, und schließlich kam noch der Gestank der Bilge hinzu, Hunger und auch Durst.

Der Gedanke an die Rückkehr dorthin war ihr widerwärtig, aber sie beobachtete das unter der bräunlichen Haut vor Müdigkeit und Anspannung bleiche Gesicht des

Kapitäns. Der überreizte Unterton seines Lachens, das so unvermittelt abbrach, war ihr ebensowenig entgangen wie sein grimmiges Bemühen, vernünftig mit ihr zu reden. An der Brust war sein Rock zerrissen, und die weißen Hosen waren – wie sie plötzlich erkannte – mit Blut besudelt. Mitleid mit ihm ergriff sie. Lächerlich wäre sie sich vorgekommen, hätte sie jetzt über Ratten, üble Gerüche und unbegründete Befürchtungen sprechen wollen.

»Sehr wohl, Herr Kapitän«, sagte sie ruhig und wandte sich ab.

Die kleine Negerin begann zu zetern, wurde aber durch derben Zugriff zur Ruhe gebracht, während Lady Barbara sie mit sich fortzog.

9

»Alles klar, Sir«, meldete Bush. Die Mannschaft der *Lydia* hatte glänzend gearbeitet. Sämtliche Geschütze waren seefest gezurrt worden, und an Oberdeck waren fast alle Spuren des überstandenen Kampfes verschwunden. Ein über den Boden des Schiffes gezogenes Segel hatte den Wassereinbruch wesentlich verringert, so daß jetzt nur noch zwanzig Mann an den Pumpen arbeiten mußten. Überdies sank der an den Peilrohren abgelesene Wasserstand. Der Segelmacher hatte seine neuen Segel bereitliegen, der Bootsmann die Takelage, der Zimmermann das Zubehör. Schon standen Harrisons Leute am Ankerspill, mit dessen Hilfe der Notmast aufgerichtet werden sollte.

Hornblower blickte umher. Eigentlich war diese wahnsinnige Arbeitshast ganz überflüssig gewesen, denn noch immer zeigte der Sturm keine Neigung zum Abflauen, und bei der derzeitigen Windstärke wäre der Versuch, das Gefecht mit der *Natividad* zu erneuern, barer Unsinn gewesen. Hornblower hatte das Letzte aus seinen Leuten herausgeholt, um ja keine Zeit zu verlieren, und nun gewann man den Eindruck, daß sie alles in Gemütsruhe hätten tun können. Immerhin sollte die einmal begonnene Arbeit nun auch vollendet werden. Sein prüfender Blick überflog die Reihen der wartenden Männer. Jeder einzelne kannte seine Pflicht, und die Offiziere waren so verteilt, daß an keiner Stelle die Leitung fehlte.

»Sehr schön, Mr. Bush.«

Die Aufrichtung des Notmastes erwies sich des schweren Seegangs wegen als äußerst schwierige Aufgabe. Immer wieder, wenn das Schiff stark überholte, bestand die Gefahr, daß die mehr und mehr senkrecht stehende Rah den menschlichen Händen entglitt und daß dadurch alle Mühen vergebens wurden. Schließlich aber war es soweit; der neue Kreuzmast stand. Wanten, Stagen und Pardunen waren steifgeholt worden, und nun vermochten die heftigen, rollenden Bewegungen der Fregatte das Werk nicht mehr zu gefährden. Hornblower, der die Vorgänge keine Sekunde aus den Augen gelassen und immer wieder eingegriffen hatte, wenn es nötig wurde, lehnte todmüde an der Reling. Er staunte darüber, daß seine eisenharten Kerls es nach solcher Kraftanstrengung noch fertigbrachten, hurra zu schreien, als sie endlich die Hände sinken lassen konnten. Bush stand neben ihm. Bush hatte sich ein Tuch um die Stirn gewickelt. Dort, wo sie von dem fallenden Block gestreift worden war, sickerte Blut hindurch.

»Eine prachtvolle Leistung, Sir«, lächelte er.

Scharf sah ihn Hornblower von der Seite an. Anerkennung machte ihn, der sich der eigenen Schwäche in so hohem Maße bewußt war, immer wieder mißtrauisch.

Überraschenderweise aber schienen Bushs Worte durchaus ernst gemeint zu sein.

»Danke«, murmelte Hornblower zögernd.

»Soll ich die Stenge und die Rahen aufbringen lassen, Sir?«

Abermals ließ Hornblower den Blick über den Horizont schweifen. Der Sturm blies mit unverminderter Stärke. Nur ein grauer Fleck deutete die Stelle an, wo auch die *Natividad* mit Wind und Seegang kämpfte. Es war klar, daß man vorläufig jedenfalls die Segelfläche nicht vergrößern durfte und daß man das Gefecht mit der schwer beschädigten feindlichen Fregatte noch nicht wieder erneuern konnte. Diese Erkenntnis war eine bittere Pille für den britischen Kommandanten. Er konnte sich sehr wohl denken, was man in Marinekreisen zu dem Bericht sagen würde, den er wohl oder übel der Admiralität einreichen mußte. Seine Erklärung, wonach das Wetter eine Wiederaufnahme des Gefechtes verhindert hatte, würde angesichts der Tatsache, daß die *Lydia* schwer mitgenommen worden war, nur mitleidigem Lächeln und vielsagendem Kopfschütteln begegnen. Es war eine sehr zweifelhafte Entschuldigung, etwa wie jene, bei der eine auf der Seekarte nicht verzeichnete Klippe eine fehlerhafte Navigation vertuschen mußte. Überall würde man ihn der Feigheit bezichtigen, auch wenn solche Anschuldigung nicht in Worte gekleidet wurde. Aus einer Entfernung von zehntausend Seemeilen vermochte niemand die Gewalt eines Sturmes zu beurteilen. Wohl konnte sich Hornblower dadurch einen Teil der Verantwortung vom Halse schaffen, daß er Bush um seine Meinungsäußerung bat und ihn veranlaßte, den Bericht aufzusetzen, aber ärgerlich verwarf er den Gedanken, auf solche Weise in den Augen eines Untergebenen seine Schwäche zu erkennen zu geben.

»Nein«, sagte er ohne Betonung, »wir bleiben beigedreht, bis sich das Wetter bessert.«

Bushs blutunterlaufene Augen bekamen einen bewundernden Ausdruck; Bush empfand Hochachtung für einen Kommandanten, der mit so wenigen Worten eine Entscheidung treffen konnte, die vielleicht sein berufliches Ansehen berührte. Hornblower erriet die Gedanken des Ersten Offiziers, aber seine verwünschte Art hinderte ihn daran, sich genauer auszudrücken.

»Aye, aye, Sir«, bestätigte Bush. Die plötzlich an des Kapitäns Stirn zutage tretende Falte verbot es ihm, sich noch eingehender zu der Angelegenheit zu äußern, doch veranlaßte ihn die Zuneigung zu seinem Kommandanten, einen Vorschlag zu machen. »Unter diesen Umständen könnten Sie aber doch eigentlich ein wenig ruhen, Sir? Wahrhaftig, Sie sehen schrecklich müde aus. Darf ich nicht eine Ecke der Messe für Sie abteilen lassen, Sir?«

Bushs Hand zuckte; er war drauf und dran gewesen, die Ungeheuerlichkeit zu begehen, seinem Kapitän auf die Schulter zu klopfen. In letzter Sekunde besann er sich.

»Unsinn!« sagte Hornblower kurz. Als ob der Kommandant einer Fregatte öffentlich zugeben konnte, daß er erschöpft war! Und gerade Hornblower durfte es nicht wagen, sich eine Blöße zu geben; nur zu gut entsann er sich, wie gelegentlich seines ersten selbständigen Kommandos sein Untergebener sich kleine menschliche Schwächen des Kapitäns zunutze gemacht hatte.

»Sie bedürfen selbst viel dringender der Ruhe als ich«, sagte er. »Die Steuerbordwache kann wegtreten, und Sie selbst begeben sich unter Deck und in Ihre Koje. Vorher aber lassen Sie sich die Stirnwunde gehörig behandeln. Da der Feind noch in Sicht ist, bleibe ich oben.«

Kaum hatte sich Bush entfernt, da erschien Polwheal.

Hornblower hielt es für möglich, daß der Erste Offizier ihn zu ihm geschickt hatte.

»Ich habe für die Dame gesorgt, Sir.« Hornblower, der sehr müde war, hatte gerade erwogen, was man auf diesem havarierten und gefechtsklaren Schiff mit der Lady Barbara anfangen konnte. »Ich habe drunten einen Winkel für sie abgeteilt, Sir. Die meisten Verwundeten sind jetzt ruhig. Ich habe 'ne Hängematte für sie aufgehängt, Sir, und wie' n Vogel ist sie reingejumpt, Sir. Sie hat auch was gegessen, Sir . . . den Rest von dem kalten Huhn und ein Glas Wein. Nicht daß sie's verlangt hätte, Sir, aber ich habe ihr zugeredet.«

»Ausgezeichnet, Polwheal«, lobte Hornblower. Es war ihm eine große Erleichterung, daß wenigstens dieser Teil der Verantwortung von seinen Schultern genommen wurde.

»Nun aber wegen Ihnen, Sir«, fuhr Polwheal fort. »Ich habe einige trockene Sachen für Sie aus Ihrer Kiste unten in der Vorratslast geholt, Sir, denn die letzte Breitseite scheint in der Kajüte alles kurz und klein geschlagen zu haben. Und den dicken Mantel habe ich mitgebracht, Sir; er ist ganz trocken. Wollen Sie sich hier oben oder unter Deck umziehen, Sir?«

Polwheal konnte aus der gemurmelten Antwort manches heraushören, und der Rest ließ sich ergänzen. Der Kapitän hatte sich davor gefürchtet, müde und in durchnäßten Kleidern während der ganzen Nacht auf dem Achterdeck hin und her gehen zu müssen, da seine nervöse Überreiztheit ihm keine andere Möglichkeit ließ. Polwheal brachte sogar von irgendwoher Lady Barbaras Liegestuhl zum Vorschein, den er an der Reling festlaschte. Dann bewog er seinen Kommandanten, sich niederzulassen und einen Imbiß aus Hartbrot und Rum zu sich zu nehmen.

Sorgfältig wickelte er ihn in den warmen Mantel und nahm nun an, Hornblower werde so sitzen bleiben, da sich der Kommandant nun einmal entschlossen hatte, nicht unter Deck zu gehen, solange der Feind noch in der Nähe stand.

Und seltsam, während er dort saß und die Spritzer sein Gesicht näßten und das Schiff unter ihm schlingerte und stampfte, sank sein Kopf auf die Brust, und er schlief ein. Es war nur ein unterbrochener Halbschlaf, und doch fühlte er sich erstaunlich erfrischt. Alle fünf Minuten wachte er auf. Zweimal erschrak er über sein eigenes Schnarchen. Dann wieder hob er hastig den Kopf, um festzustellen, ob sich das Wetter noch nicht besserte, oder seine rastlosen Gedanken machten ihn wieder völlig wach, und er fragte sich zum soundso vielten Male, was England und was seine Besatzung nach diesem Gefecht von ihm halten werden.

Bald nach Mitternacht wurde er völlig wach. Er wußte, mit dem Wetter geschah irgend etwas. Steifgliedrig stand er auf. Das Schiff arbeitete womöglich noch schwerer als zuvor, aber während er prüfend in den Wind schnupperte, merkte er, daß sich eine Besserung vorbereitete. Er schritt zum Kompaß hinüber, als plötzlich Bushs Gestalt undeutlich neben ihm aus der Dunkelheit aufragte.

»Wind dreht auf Süd und flaut ab, Sir«, sagte der Erste Offizier.

Zunächst allerdings veranlaßte die Änderung der Windrichtung ein Steilerwerden der in ihrem Lauf behinderten langrollenden Seen. Die Bewegungen der *Lydia* wurden noch heftiger.

»Schwarz wie der Teufel«, murmelte Bush, der in die Finsternis hinausspähte.

Irgendwo da draußen, vielleicht zwanzig Meilen, vielleicht nur zweihundert Meter weit entfernt, schlug sich die

Natividad mit dem gleichen Unwetter herum. Wenn der Mond durch die jagenden Wolken brach, konnte es jeden Augenblick zur Erneuerung des Gefechts kommen, aber noch war es so dunkel, daß man vom Achterdeck aus kaum schattenhaft das Großmarssegel erkennen konnte.

»Als ich sie zum letztenmal sah, trieb sie viel schneller nach Lee ab als wir selbst, Sir«, meinte Bush nachdenklich.

»Das habe ich ebenfalls beobachtet«, anwortete Hornblower unwirsch.

Mochte jedoch der Sturm abflauen, solange es so stockdunkel blieb, war nichts zu machen. Hornblower sah voraus, daß ihm wieder eine jener langwierigen Wartezeiten bevorstand, in der nichts unternommen werden konnte, obwohl alles bereit war. Er wußte aber, daß er wieder Gelegenheit hatte, sich als Mann zu zeigen, dessen eiserne Nerven durch nichts erschüttert werden konnten. Er gähnte ausgiebig.

»Ich gedenke noch ein wenig zu schlafen«, sagte er möglichst gleichgültig. »Bitte sorgen Sie dafür, daß die Posten Ausguck wach bleiben, Mr. Bush. Und lassen Sie mich wecken, sowie es heller wird.«

»Aye, aye, Sir«, erwiderte der Erste Offizier, worauf Hornblower zu seinem Mantel und seinem Liegestuhl zurückkehrte. Den Rest der Nacht lag er dort. Obwohl er wach blieb, verhielt er sich doch ganz still. Die Offiziere sollten denken, er schliefe, und ihn wegen seiner Kaltblütigkeit bewundern. Seine Gedanken weilten bei seinem Gegner Crespo. Was beabsichtigte der Mann?

Die *Natividad* war derartig schwer beschädigt worden, daß sich draußen auf See schwerlich eine wirkungsvolle Instandsetzung durchführen ließ. Wahrscheinlich lief sie den Golf von Fonseca an, um dort einen neuen Fockmast und eine neue Großmarsstenge aufzubringen. Wenn die *Lydia* sie dort angriff, so konnte die *Natividad* in jenen begrenzten Gewässern ihre artilleristische Überlegenheit voll zur Geltung bringen. Überdies würde sie von Küstenfahrzeugen, womöglich sogar von Landbatterien unterstützt werden. Auch konnte Crespo seine Verwundeten ausbooten und die Lücken in seiner Besatzung ausfüllen. Bei dem bis zum letzten durchgeführten Entscheidungskampf konnten selbst gänzlich ungeübte Leute verwendet werden. Crespo war schlau genug, den Rückzug anzutreten, falls dieser sich als vorteilhaft erwies. Allerdings blieb es fraglich, ob er es wagen würde, nach einem ungünstig verlaufenen Gefecht el Supremo vor Augen zu treten.

Hornblower überlegte. Immer wieder suchte er Crespos Charakter im Hinblick auf el Supremo zu beurteilen. Er erinnerte sich der Zungenfertigkeit dieses Rebellenadmirals. Der Kerl würde imstande sein, selbst el Supremo davon zu überzeugen, daß die zeitweilige Rückkehr zur Basis nur zur Durchführung eines gerissenen Planes gehörte, um die *Lydia* erst recht vernichten zu können. Zweifellos war es für Crespo am ratsamsten, die Bucht von Fonseca aufzusuchen. Versuchte er das, so würde er danach trachten, der *Lydia* aus dem Wege zu gehen. Dann ... fieberhaft suchte sich Hornblower den gegenwärtigen Standort der *Natividad* und die weiterhin von ihr zu steuernden Kurse zu vergegenwärtigen. Infolge ihres größeren und höheren Schiffsrumpfes war sie natürlich im Verlauf der letzten Stunden erheblich stärker nach Lee abgetrieben worden als die englische Fregatte. Schon bei Beginn der Dunkelheit hatte sie weit leewärts gestanden. Die Drehung und gleichzeitige Abnahme des Windes würden es ihr bald ermöglichen, die Segel zu setzen, die ihr verkrüppelter Zustand ihr belassen hatte. Um geradenwegs den Golf ansteuern zu können, dazu wehte der Wind ausgesprochen ungünstig.

Auch empfahl es sich für Crespo nicht, auf die Küste zuzuhalten, denn er mußte gewärtig sein, daß ihm die *Lydia* den Weg abschnitt und ihn zum Kampf stellte. Viel wahrscheinlicher war es, daß er die hohe See zu gewinnen suchte, um dann in weitem Bogen und fern der Küste zum Golf von Fonseca zu segeln. Traf die Vermutung zu, so galt es für Hornblower, den Punkt zu erraten, an dem die *Natividad* bei Tagesanbruch stehen mußte. Tiefer noch versenkte er sich in seine Gedankenarbeit.

Achtmal schlug die Schiffsglocke an. Acht Glas. Vier Uhr. Er hörte, wie Gerard die Wache von Bush übernahm. Es flaute zusehends ab, wenn auch die See vorläufig nicht mitmachte. Hornblower stellte fest, daß es auch droben am Himmel heller wurde. Zwischen den Wolken sah er einige Sterne schimmern. Jetzt konnte Crespo gewiß schon Segel setzen und versuchen zu entkommen. Es wurde Zeit, zu einem Entschluß zu gelangen. Hornblower erhob sich aus seinem Liegestuhl und trat zum Ruder.

»Bitte lassen Sie Segel setzen, Mr. Bush.«

»Aye, aye, Sir.«

Hornblower nannte den zu steuernden Kurs und wußte, daß er möglicherweise ganz falsch war, denn vielleicht stimmten seine Erwägungen durchaus nicht. Jeder von der *Lydia* zurückgelegte Meter Weges konnte sie von der *Natividad* entfernen. Vielleicht glitt Crespo gerade jetzt vorüber, um sich in Sicherheit zu bringen, und falls sich die *Natividad* im Golf von Fonseca vor Anker legte, gelang es womöglich überhaupt niemals, sie zu zerstören. Manche Kameraden würden schon diesen Mißerfolg Hornblowers Unfähigkeit zuschreiben, und gar nicht wenige würden ihn für feige halten.

10

Bei klarer Sicht konnte vom Großtopp der *Lydia* aus ein Schiff auf ungefähr zwanzig Seemeilen gesichtet werden. Demnach besaß der Kreis, den sie beherrschte, einen Durchmesser von vierzig Meilen. Hornblower verbrachte die letzten Stunden der Dunkelheit mit der Überlegung, in welchem Kreis die *Natividad* bei Tagesanbruch stehen würde. Sie mochte ganz in der Nähe sein oder hatte sich vielleicht schon hundertundfünfzig Seemeilen weit entfernt. Mit anderen Worten, die Wahrscheinlichkeit, die *Natividad* beim Hellwerden zu sichten, war äußerst gering, und damit hing auch sein Ruf als Seeoffizier am seidenen Faden. Nur sein navigatorischer Spürsinn konnte möglicherweise der Schwierigkeiten Herr werden. Seine Offiziere wußten so gut wie er selbst, daß sich sein Verhalten nur dann wirklich hätte rechtfertigen lassen, wenn ihm die Pläne des Feindes bekannt gewesen wären. Hornblower fühlte, daß ihn Gerard ungeachtet der Dunkelheit interessiert betrachtete, und dieses Empfinden veranlaßte ihn, starr und unbeweglich an Deck stehenzubleiben. Er verzichtete auf das Hinundhergehen, er regte nicht einmal die Hände, obwohl sein Herz schneller zu pochen begann, je näher die Stunde der Frühdämmerung kam.

Das schwärzliche Dunkel der Nacht wandelte sich in Grau. Allmählich traten die Umrisse des eigenen Schiffes zutage, und deutlich wurde das Großmarssegel sichtbar. Im Osten zeichnete sich ein ganz schwacher rosiger Schimmer ab. Das graue Meer konnte man sehen mit seinen weißen Schaumköpfen. Für geübte Augen erweiterte sich der Sichtbereich auf eine Meile. Und dann erschien weit hinter dem Heck der *Lydia* ein funkelndes Goldkorn über der Kimm, um gleich wieder zu verschwinden, als die

Fregatte in ein Wellental hinunterglitt. Der Vorgang wiederholte sich mehrere Male, wobei das Stück Gold zu wachsen schien. Die Sonnenscheibe stieg über den Horizont empor. Gierig sog sie den schwachen, über dem Wasser hängenden Dunstschleier ein, und dann stand sie in ihrer ganzen strahlenden Schönheit am Himmel. Das Wunder des jungen Tages war vollendet.

»Hart voraus ein Segel!« tönte es vom Großtopp hernieder. Hornblower hatte richtig kalkuliert.

Zehn Meilen vorwärts der *Lydia* schlingerte die *Natividad.* Ihr Aussehen stand in seltsamem Gegensatz zu dem Anblick, den sie am vorhergehenden Morgen dargeboten hatte. Man hatte versucht, eine Art von Nottakelung herzustellen. Eine gedrungene Marsstenge ragte an Stelle des verlorenen Fockmastes empor, und die Großmarsstenge war durch eine leichtere Stenge ersetzt worden. Diese Notmasten waren mit einem absonderlichen Sammelsurium von schlecht aufgebrachten Klüvern, Sprietsegeln und anderen Leinwandstücken versehen. »Als ob Großmama Wäsche trocknet«, meinte Bush.

Offenbar hatte man drüben die *Lydia* bemerkt, denn die *Natividad* wich vom bisherigen Kurs ab und schien ausreißen zu wollen.

»Jagdgefecht«, bemerkte Gerard, der das Fernrohr zum Auge geführt hatte. »Wird gestern wohl genug bekommen haben.«

Hornblower hörte die Bemerkung, aber er glaubte, Crespos Gedankengänge besser zu begreifen. Wenn es ihm vorteilhaft erschien, einem Kampf auszuweichen – und das traf unzweifelhaft zu –, so tat er durchaus recht daran, bis zur letzten Möglichkeit seine Absicht durchzuführen. Auf See war nichts gewiß. Irgend etwas mochte die *Lydia* daran hindern, ins Gefecht zu treten; eine Bö, eine zufällige Beschädigung der Takelage, plötzlich auftretender Nebel – es gab unzählige Möglichkeiten, denen zufolge die *Natividad* mit einem blauen Auge davonkommen konnte, und Crespo handelte entsprechend. Er dachte folgerichtig, wenn auch nicht heroisch, also ganz so, wie man es von ihm erwarten durfte.

Hornblowers Pflicht war es, die Absichten des Feindes zu durchkreuzen. Noch einmal musterte er die *Natividad* sehr eingehend. Er überzeugte sich auch davon, daß die Segel der *Lydia* günstig standen, und dachte dann an seine Besatzung.

»Lassen Sie die Leute Frühstück empfangen«, befahl er. Jeder Kommandant eines Kriegsschiffes legte Wert darauf, die Mannschaft, wenn irgend möglich, satt ins Gefecht zu führen.

Er begann wieder nach seiner Gewohnheit auf dem Achterdeck hin und her zu gehen, da er es einfach nicht fertigbrachte, sich noch länger stillzuhalten. Wohl lief die *Natividad* davon, aber er wußte sehr wohl, daß sie sich erbittert zur Wehr setzen würde, wenn er sie einholte. Ihre im Batteriedeck aufgestellten schmetternden Vierundzwanzigpfünder stellten für das Holz einer leichtgebauten Fregatte ein sehr schweres Kaliber dar. Sie hatten tags zuvor wahrlich genug Unheil angerichtet. Hornblower hörte das melancholische Geräusch der Pumpen, mit denen das Wasser drunten im Raum niedrig gehalten werden mußte. Seit gestern ächzten sie unaufhörlich. Mit ihrem Notmast, mit den vielen Schußlöchern im Rumpf, durch die ungeachtet des untergezogenen Segels fortwährend Wasser einströmte, und mit einem Ausfall von vierundsechzig Mann war die *Lydia* nicht mehr fähig, noch ein schweres Gefecht durchzukämpfen. Niederlage und Tod warteten vielleicht schon hinter jenem blauen Streifen der See.

Plötzlich stand Polwheal mit einem Tablett in Händen auf dem Achterdeck.

»Ihr Frühstück, Sir«, sagte er. »Wenn Ihre eigentliche Zeit kommt, werden wir im Gefecht sein.«

Mit einemmal kam es Hornblower zum Bewußtsein, wie sehr er nach einer Tasse dampfenden Kaffees verlangte. Er trank hastig, ehe es ihm einfiel, daß er vor diesem Untergebenen keine Schwäche zu erkennen geben durfte.

»Ich danke dir, Polwheal«, nickte er, worauf er bedächtig schlürfte.

»Und eine Empfehlung von der Dame, Sir, und ob sie im Orlopdeck bleiben dürfe, wenn's wieder losgeht.«

»Ha ... hm«, räusperte sich Hornblower. Er starte den Steward an, dessen unerwartete Frage ihn aus dem Takt brachte. Während der ganzen Nacht hatte er sich bemüht, nicht mehr an Lady Barbara zu denken, wie ein Mann einen schmerzenden Zahn zu vergessen sucht. Das Verbleiben im Orlop bedeutete, daß Lady Barbara, nur durch ein Stück Segeltuch von ihnen getrennt, in nächster Nähe der Verwundeten weilen würde. Das war natürlich kein Platz für eine Frau, aber schließlich war es das Kabelgatt ebensowenig, wie es sich eben nicht verheimlichen ließ, daß eine Frau an Bord einer ins Gefecht segelnden Fregatte überhaupt nichts zu suchen hatte.

»Bring sie meinetwegen unter, wo du willst, wenn sie dabei nur in Deckung bleibt«, sagte er gereizt.

»Aye, aye, Sir. Und die Dame läßt sagen, daß Sie Ihnen für den heutigen Tag alles Glück wünscht, Sir, und ... und ... sie glaubt sicher, daß Sie siegen werden, Sir, weil ... Sie's verdienen.«

Polwheal stolperte heftig über seine lange Rede. Offenbar war es ihm nicht gelungen, sie so fließend auswendig zu lernen, wie es seine Absicht gewesen war.

»Danke, Polwheal«, erwiderte Hornblower ernst. Er entsann sich des Augenblicks, da Lady Barbara gestern vom Oberdeck aus zu ihm emporgeblickt hatte. Klar und beseelt waren ihre Gesichtszüge gewesen ... wie ein Schwert, dachte er, und wußte doch nicht, wie ihm ein so sonderbarer Vergleich in den Sinn kommen konnte.

»Ha ... hm«, machte er zornig. Er fürchtete, daß sich sein Gesicht entspannt und daß Polwheal womöglich erkannt hatte, woran er gerade dachte. »Geh jetzt und sorge dafür, daß die Dame alles bekommt, was sie nötig hat.«

Die Leute hatten inzwischen gefrühstückt und strömten wieder an Deck. Nun die bisherige Mannschaft abgelöst worden war, wurde der Rhythmus der Pumpen lebhafter. Die Geschützbedienungen standen auf ihren Gefechtsstationen, und von der Back aus beobachteten ein paar Matrosen gespannt den weiteren Verlauf der Jagd.

»Glauben Sie, daß der Wind so bleibt, Sir?« fragte Bush, der wie ein Unglücksvogel auf dem Achterdeck erschien. »Mir scheint, die Sonne frißt ihn auf.«

In der Tat konnte kein Zweifel darüber bestehen, daß der Wind mit dem Höhersteigen des Tagesgestirns nachließ. Noch immer lief eine kurze und steile See, aber die Bewegungen der darüber hinweggleitenden Fregatte büßten jede Grazie und Leichtigkeit ein. Des steten Druckes eines guten Segelwindes beraubt, begann sie zu stoßen und zu bocken. Im Zenit nahm das Himmelsblau einen harten, metallischen Glanz an.

»Wir kommen schnell auf«, murmelte Hornblower, der den Gegner nicht aus den Augen ließ und jetzt so tat, als beachte er die Witterungszeichen nicht.

»Innerhalb von drei Stunden haben wir sie«, meinte Bush; »das heißt, wenn der Wind nicht vollends abflaut.« Schnell wurde es heiß. Der Gegensatz gegen die verhältnismäßig angenehme Kühle der vergangenen Nacht ließ die Hitze besonders stark fühlbar werden. Die Mannschaft hatte sich nach Möglichkeit schattige Plätzchen ausgesucht und machte es sich bequem. Nun der Wind nachließ, schien das Klank-klank der Pumpen lauter zu werden. Hornblower erkannte plötzlich, daß er todmüde sein würde, wenn er sich nur ein wenig in dieser Richtung gehenließ. So stand er eigensinnig auf dem Achterdeck, indessen die Sonne auf seinen Rücken brannte. Alle Augenblicke hob er das Fernglas, um zur *Natividad* hinüberzusehen. Bush versuchte durch Trimmen der Segel das Schwächerwerden des Windes auszugleichen.

»Kurs halten, verdammt noch mal!« fuhr Hornblower den Steuermann an, als das in ein Wellental gleitende Schiff mit dem Bug ein wenig abfiel.

»Verzeihen Sie, Sir, aber es geht nicht«, lautete die Antwort. »Wir haben nicht genug Wind.«

Das stimmte allerdings. Die Brise reichte nicht einmal mehr für die zwei Knoten aus, die dazu nötig waren, die *Lydia* steuerfähig zu erhalten.

»Wir müssen die Segel naß machen, Mr. Bush; sorgen Sie dafür«, befahl Hornblower.

Die Hälfte der einen Wache wurde für die neue Aufgabe eingeteilt. Ein nasses Segel läßt natürlich weniger Luft durch als ein trockenes. Die Leute schoren Jolltaue durch die Blöcke der Rahen, heißten Seewasser nach oben und übergossen die Segel. Die Sonne brannte jedoch so heiß, daß die Segeltucheimer dauernd auf- und niedersteigen mußten. In das Klank-klank der Pumpen mischte sich jetzt das Kreischen der Blockscheiben. Unter dem grellen Himmel schleppte sich die immer noch heftig arbeitende Fregatte weiter.

»Sie schafft's nicht«, meinte Bush und deutete mit dem

Daumen zur *Natividad* hinüber. »Mit unserem Schiff kann sie's nicht aufnehmen, und die neue Takelage da wird ihr wenig nützen.«

Wirklich glitt der Zweidecker träge der Dünung entsprechend vorwärts und rückwärts, wobei er abwechselnd seine Breitseite und die in einer Linie stehenden Masten zeigte. Bei dem kaum spürbaren Luftzug war er außerstande, auch nur einigermaßen Kurs zu halten. Selbstzufrieden sah Bush zu dem neuen Kreuztopp hinauf und dann hinüber zu der schlingernden, keine fünf Seemeilen mehr entfernten *Natividad*. Die Minuten verstrichen. Nur die eintönigen Geräusche des Schiffes markierten die Zeit. Hornblower stand im sengenden Sonnenschein und fingerte an seinem Fernrohr herum.

»Bei Gott, da ist die Brise wieder!« rief Bush plötzlich. Sie genügte wirklich, die *Lydia* ein wenig krängen zu lassen, und die Takelage gab einen leisen, harfenden Laut.

Stetig kroch die Fregatte weiter, wobei sie klatschend in die Dünung einstampfte. Die *Natividad* kam näher.

»Bald genug wird auch sie den Wind spüren . . . da! Was habe ich gesagt?«

Die Segel des ehemaligen Spaniers füllten sich, als sie von der Brise erreicht wurden. Sie steuerte wieder den alten Kurs.

»So viel wie uns nützt es ihr nicht«, bemerkte Bush. »Gott im Himmel, wenn's nur so bleibt!«

Der Wind schien nachlassen zu wollen, wehte dann aber von neuem. Noch eine Stunde – vielleicht auch weniger –, dann mußte man auf Schußweite an die *Natividad* herangekommen sein.

»Wir sollten mit Einzelfeuer auf große Entfernung beginnen«, riet Bush, aber Hornblower nahm ihm solche Bevormundung sehr übel.

»Mr. Bush, ich vermag die Lage auch ohne Ihre gewiß sehr scharfsinnigen Bemerkungen zu beurteilen.«

»Ich bitte um Verzeihung«, erwiderte Bush verletzt. Einen Augenblick stieg ihm die Zornröte ins Gesicht, aber dann gewahrte er den Ausdruck der Besorgnis in Hornblowers müden Augen, und so schritt er schnell zur entgegengesetzten Reling hinüber, um seinen Ärger hinunterzuschlucken.

Wie auf ein Stichwort begann das Großsegel mit dem Getöse eines Kanonenschusses einmal laut hin und her zu schlagen. So unvermittelt die Brise aufgekommen war, so plötzlich schlief sie auch wieder ein. Und die *Natividad* hielt ihren Kurs inne! Der tückische Wind half ihr dabei. Hier in den tropischen Gebieten des Stillen Ozeans konnte ein Schiff guten Wind haben, während ein anderes kaum zwei Meilen davon entfernt in eine Flaute geriet; gerade so, wie der Seegang verriet, daß der Sturm der vergangenen Nacht noch jenseits des Horizontes auf der entfernteren Seite des Golfes von Tehuantepec tobte. Nervös starrte Hornblower ins grelle Sonnenlicht. Er fürchtete, die *Natividad* werde ihm glatt davonlaufen. So windstill war es geworden, daß auch das Anfeuchten der Segel nichts mehr nutzte. Hilflos torkelte die *Lydia* in der Dünung umher. Zehn Minuten vergingen, bevor Hornblower aufatmend erkannte, daß sich die feindliche Fregatte genauso benahm. Die *Lydia* rollte so heftig, daß sie in allen Fugen knarrte und ächzte. Dazu klatschten die schlaff herabhängenden Segel, und das Klappern der Blöcke mischte sich hinein. Nur der metallische Laut der Pumpen tönte gleichmäßig durch die heiße Luft. Die *Natividad* war jetzt noch drei Seemeilen weit entfernt, und damit befand sie sich noch ein gutes Stück außerhalb der Reichweite der britischen Geschütze.

»Mr. Bush«, befahl Hornblower, »lassen Sie die Barkaß und den Kutter zu Wasser bringen; wir wollen die Boote vorspannen.«

Sekundenlang machte der Erste Offizier ein bedenkliches Gesicht. Was der eine tat, stand ja auch dem anderen frei, aber dann fiel ihm ein, was Hornblower schon vor ihm bedacht hatte, daß die schnittige *Lydia* viel leichter in Schlepp zu nehmen war als der plumpe Rumpf der *Natividad*. Jedenfalls war es Hornblowers Pflicht, alles zu tun, um sein Schiff ins Gefecht zu führen.

»Barkaß und Kutter klar!« brüllte Harrison.

Die Pfeifen der Maate gaben dem Befehl Nachdruck, und bald setzten die ausgeschwungenen Boote von der in der Dünung schlingernden Fregatte ab.

Für die Bootsbesatzungen begann nun eine äußerst anstrengende Arbeit. Mit kräftigen Schlägen trieben sie ihre schweren Boote über die bewegte See, bis die Schlepptaue mit einem Ruck steif kamen. Von dem Augenblick an schien es so, als ob sie ungeachtet ihrer Mühen überhaupt nicht mehr vorwärts kämen. Machtlos wirbelten die Riemen das schäumende blaue Meerwasser auf. Schließlich fiel es der *Lydia* ein, etwas vorwärts zu kriechen, worauf die ganze Arbeit wieder von frischem begann. Die kräftige Dünung behinderte die Leute. Zuweilen schnitten sämtliche Riemen einer Seite tief ins Wasser, so daß das betreffende Boot sich drehte und das andere behelligte. Die unter Segel so wendige *Lydia* wurde geradezu zum Klotz, wenn man sie auf diese Weise schleppen wollte.

Sie gierte und sackte zuweilen in einem Wellental so stark achteraus, daß die Beiboote mitgerissen wurden. Es gab dann jedesmal ein heftiges Klatschen der Riemen. Gleich darauf aber glitt die Fregatte plötzlich wieder vorwärts, ihren durchhängenden Schlepptauen nach. Die

Leute, die sich mit voller Wucht in die Riemen gelegt hatten, purzelten fast durcheinander und liefen obendrein Gefahr, überrannt zu werden.

Nackt saßen sie auf den Duchten, während ihnen der Schweiß in Strömen über die Gesichter und die Oberkörper rann. Im Gegensatz zu ihren pumpenden Kameraden war es ihnen unmöglich, ihre Anstrengung in der Eintönigkeit der Arbeit zu vergessen, denn keinen Augenblick durften sie in ihrer Aufmerksamkeit nachlassen. Verzweifelt zerrten sie an dem widerspenstigen Schiff. Ihr furchtbarer Durst wurde nur unvollkommen durch das Wasser gelöscht, das die Unteroffiziere von Zeit zu Zeit austeilten. Schließlich gab es sogar an den durch jahrelange seemännische Arbeit hornig und schwielig gewordenen Fäusten Risse und Blasen, so daß die Berührung der hölzernen Griffe zur Qual wurde. Hornblower kannte die Strapazen sehr wohl, die er der Mannschaft zumutete. Er begab sich nach vorn und sah zu den Seeleuten hinunter. Er wußte, daß sein eigener Körper solche Anstrengungen höchstens eine halbe Stunde lang würde ertragen können. Durch stündliche Ablösung trug er der Lage Rechnung, wie er überhaupt sein Bestes tat, die allgemeine Stimmung zu heben. Hornblower empfand ein beruhigendes Mitgefühl mit seinen Matrosen. Drei Viertel davon waren vor sieben Monaten noch keine Seeleute gewesen und hegten auch keineswegs den Wunsch, es zu werden. Die alles erfassenden Preßkommandos hatten sie zusammengetrieben. Fast gegen seinen Willen bemühte er sich stets, im Gegensatz zu den meisten seiner Offiziere, in ihnen nicht nur Toppsgäste oder Vorhandsgäste, sondern das zu sehen, was sie vor jener Freiheitsberaubung gewesen waren: Packer, Jollenführer und ähnliches.

Er hatte Fuhrleute und Töpfer, ja sogar zwei Tuchmachergehilfen und einen Drucker unter der Mannschaft. Leute waren das, die ohne Benachrichtigung der Familie und der Arbeitgeber zu diesem Dienst gepreßt worden waren. Sie mußten sich mit abscheulichen Arbeitsbedingungen abfinden, sie lebten in ständiger Furcht vor der neunschwänzigen Katze und hatten dauernd mit der Möglichkeit zu rechnen, den Tod des Ertrinkens zu finden oder in irgendeinem Gefecht zu fallen. Ein so lebhaft empfindender Mensch wie Hornblower mußte natürlich Verständnis für seine Leute haben, wie er überhaupt mit den zunehmenden Jahren im Herzen immer duldsamer wurde. Diese Schwäche aber fand ihren Ausgleich durch das unerschütterliche Bestreben, jede einmal begonnene Aufgabe auch zu Ende zu führen. Nun sich die *Natividad* in Sicht befand, durfte er nicht ruhen, ehe er sie niedergekämpft hatte, und wenn der Kommandant eines Kriegsschiffes keine Ruhe findet, so fällt auch die Ruhe der Besatzung ungeachtet schmerzender Rücken und blutender Hände aus.

Durch sorgfältige, mit Hilfe des Sextanten vorgenommene Messungen konnte er nach Verlauf einer Stunde mit Sicherheit feststellen, daß die *Lydia* ihrem Gegner um ein geringes näher gekommen war, und Bush, der die gleichen Messungen durchführte, bestätigte es. Die Sonne stieg, und zollweise schlich sich die *Lydia* an den Feind heran.

»*Natividad* bringt ein Boot zu Wasser, Sir!« rief Knyvett vom Vortopp aus.

»Wieviel Riemen?«

»Zwölf, soviel ich sehen kann, Sir. Sie nehmen das Schiff in Schlepp.«

»Viel Vergnügen«, spottete Bush. »Zwölf Riemen werden die alte Badewanne nicht weit bringen.«

Hornblower sah ihn mißbilligend an, worauf sich Bush wieder auf die andere Seite der Hütte zurückzog; er hatte ganz vergessen, daß sich sein Kommandant in wenig mitteilsamer Stimmung befand. Hornblower steigerte sich immer mehr in eine fieberhafte Spannung hinein. Er stand in der glutenden Sonne, und die Hitze, die von den Decksplanken zurückstrahlte, traf sein Gesicht. Das schweißige Hemd scheuerte seine Haut. Er kam sich eingesperrt vor wie ein gefangenes Tier, in seinen Bewegungen durch die Einzelheiten der dienstlichen Erfordernisse beengt. Das endlose Klanken der Pumpen, das Rollen des Schiffes, das Klappern der Takelblöcke, das Ächzen der in die Dollen gezwängten Riemen ... alle diese Geräusche machten ihn fast verrückt, als könne er beim geringsten Anlaß schreien oder gar weinen.

Zur Mittagsstunde wurden die in den Booten und an den Pumpen arbeitenden Leute abgelöst. Die Mannschaft trat zum Essenempfang an, wobei sich Hornblower bitter daran erinnerte, daß er sie des scheinbar dicht bevorstehenden Gefechtes wegen bereits zeitig hatte frühstücken lassen. Als es zwei glaste, fragte er sich, ob er die *Natividad* mit größter Erhöhung der Geschützmündungen bereits erreichen konnte, aber allein die Frage sagte ihm, daß es immer noch nicht der Fall war. Er kannte seine sanguinische Gemütsveranlagung und widerstand der Versuchung, seine Munition zu vergeuden. Und dann, als er zum tausendstenmal durchs Fernrohr blickte, sah er plötzlich am hohen Heck der *Natividad* eine weiße Scheibe erscheinen. Schnell entwickelte sich die Scheibe zu einer dünnen Wolke, und sechs Sekunden nach ihrem Sichtbarwerden hallte der dumpfe Ton des Schusses an sein Ohr. Offenbar versuchte der Feind seinerseits die Entfernung zu ermitteln.

»Die *Natividad* trägt auf dem Achterdeck zwei lange Achtzehnpfünder«, sagte Gerard zu Bush, so daß Hornblower es hören mußte. »Schweres Kaliber für so 'n Jagdgefecht.«

Hornblower wußte es. Möglicherweise mußte er die *Lydia* eine Stunde lang den Geschossen jener beiden schweren Geschütze aussetzen, ehe er seinen auf der Back aufgestellten Neunpfünder zum Tragen bringen konnte. Wieder quoll Rauch aus dem Heck der *Natividad* hervor, und diesmal gewahrte Hornblower eine Wassersäule, die ungefähr fünfhundert Meter vorwärts der *Lydia* aufspritzte. Angesichts der Entfernung und der hohen Dünung bedeutete das jedoch nicht, daß die englische Fregatte noch außer Schußweite des Feindes stand. Hornblower hörte die nächste Kugel brummen. Diesmal schlug sie gischend nur fünfzig Meter und etwas rechts vom Vorsteven der *Lydia* ein.

»Mr. Gerard«, sagte Hornblower, »Mr. Marsh soll mal feststellen, was er mit dem langen Buggeschütz leisten kann.«

Es würde die Leute aufheitern, wenn sie, statt als wehrlose Scheibe zu dienen, hin und wieder das Krachen eines Kanonenschusses vernähmen. Marsh kam aus der Finsternis der unteren Schiffsräume hervor – er war in der Pulverkammer gewesen – und blinzelte im grellen Sonnenschein. Während er die Entfernung zur *Natividad* abschätzte, schüttelte er zweifelnd den Kopf. Dennoch lud er die Kanone liebevoll mit eigener Hand. Er gab ihr die größtmögliche Ladung, und es dauerte mehrere Sekunden, bevor er die rundeste und kalibermäßig beste Kugel ausgesucht hatte. Sorgfältig richtete er das Geschütz und trat dann, die Hand an der Abzugsleine, beiseite. Er beobachtete das Heben und Senken des Bugs, indessen ein Dutzend Teleskope auf die *Natividad* gerichtet wurden und alles gespannt auf den Schuß wartete. Plötzlich riß Marsh an der Leine; die

Kanone brüllte auf. Flach hallte das Echo durch die heiße, regungslose Luft.

»Zwei Kabellängen zu kurz!« schrie Knyvett vom Vortopp herunter. Hornblower hatte den Einschlag nicht gesehen. Er empfand es als neuen Beweis seiner Unzulänglichkeit, verbarg das Gefühl aber unter seiner starren Maske.

»Noch mal, Mr. Marsh!«

Die *Natividad* feuerte jetzt gleichzeitig aus beiden Heckgeschüzen. Noch während Hornblower sprach, krachte eine der beiden achtzehnpfündigen Kugeln dicht oberhalb der Wasserlinie in den Bug der *Lydia*. Er hörte, wie der die Barkaß kommandierende junge Savage mit schriller Stimme seine Leute anschrie, um sie zu größerer Leistung anzuspornen. Offenbar war jene Kugel dicht über seinen Kopf hinweggeflogen. Marsh strich sich den Bart und machte sich dann daran, den Neunpfünder wieder zu laden. Indessen erwog Hornblower für sich sehr eingehend die Möglichkeiten des Gefechts.

Ungeachtet des geringeren Kalibers besaß das lange Buggeschütz eine größere Schußweite als die kürzeren Rohre der Batterie. Die Karronaden aber, die ungefähr die Hälfte der Armierung ausmachten, kamen höchstens für den Nahkampf in Frage. Also mußte die *Lydia* sich dicht an den Gegner heranarbeiten, ehe sie ihn erfolgreich anzugreifen vermochte. Zwischen dem Zeitpunkt, an dem die *Natividad* ihre gesamte Bewaffnung einsetzen konnte, und jenem, an dem die *Lydia* darauf antworten konnte, würde eine lange und gefahrbringende Spanne liegen. Ausfälle würde es geben, vielleicht demontierte Geschütze und schwere Verluste. Hornblower erwog das Für und Wider eines entscheidenden Gefechts, während Marsh über Kimme und Korn seines Neunpfünders visierte. Schließlich gab sich Hornblower innerlich einen Ruck. Er hörte auf, sein Kinn zu reiben, denn sein Entschluß stand fest. Er hatte das Gefecht begonnen, er wollte es unter allen Umständen bis zum Ende durchführen, koste es, was es wolle. Zuweilen konnte die Wendigkeit seines Geistes zu verbissenem Eigensinn erstarren.

Der Neunpfünder donnerte in die Stille, als wolle er solchen Entschluß bestätigen.

»Querab vom Ziel!« meldete Knyvett triumphierend.

»Gut so, Mr. Marsh«, lobte der Kommandant, worauf sich Marsh selbstzufrieden den Bart strich.

Die *Natividad* begann schneller zu feuern. Dreimal verkündete das Krachen splitternden Holzes, daß die Richtkanoniere ihre Sache gut gemacht hatten. Plötzlich taumelte Hornblower wie unter dem Zugriff einer unsichtbaren Faust, und ein kurzer zerreißender Laut gellte ihm in die Ohren. Ein Abpraller hatte eine Furche in die Beplankung des Achterdecks gepflügt. Nahe der Heckreling kauerte ein Seesoldat und starrte einfältigen Blicks sein linkes Bein an, dem der Fuß fehlte. Ein anderer ließ klappernd das Gewehr fallen und schlug beide Hände vor das von einem Splitter zerfetzte Gesicht. Blut sprudelte zwischen seinen Fingern hervor.

»Sind Sie verwundet, Sir?« rief Bush, der zu seinem Kommandanten eilte.

»Nein.«

Hornblower starrte bereits wieder durchs Glas zur *Natividad* hinüber, indessen die Verwundeten fortgeschafft wurden. An der Seite der *Natividad* erschien ein dunkler Punkt, der sich streckte, als wolle er auseinanderlaufen. Es war das Boot, das die Fregatte hatte schleppen sollen; vielleicht war der Versuch aufgegeben worden. Indessen wurde das Boot nicht aufgeheißt. Hornblower begriff den

Vorgang nicht gleich. Der stummelartige Fockmast der *Natividad* und der Großtopp wurden sichtbar. Unter größten Mühen versuchten die Leute dort drüben, das Schiff so weit herumzuholen, daß die Breitseite zum Tragen kam. Statt der bisherigen zwei würden alsbald fünfundzwanzig Kanonen auf die *Lydia* feuern.

Hornblowers Atem ging unwillkürlich ein wenig schneller, so daß er ein paarmal schlucken mußte, um ihn wieder zu regulieren. Auch sein Puls beschleunigte sich. Er behielt das Glas am Auge, bis er mit Sicherheit das Manöver des Feindes erkannt hatte, worauf er ganz gelassen zur Kuhl schritt. Er bemühte sich, einen sorglosen und heiteren Eindruck zu machen, denn er wußte, daß die Leute sich freudiger für einen solchen Kommandanten einsetzen würden.

»Kerls, die da drüben warten jetzt auf uns«, sagte er. »Binnen kurzem werden uns wohl einige Brocken um die Ohren fliegen. Wir wollen ihnen zeigen, daß sich Engländer aus so was nichts machen.«

Wie er erwartet und gehofft hatte, jubelten ihm die Männer zu. Wieder richtete er sein Glas auf die *Natividad*. Sie drehte noch immer, wenn auch sehr langsam, denn es war ein mühevolles Geschäft, den schweren Zweidecker in einer derartigen Flaute zu bewegen, aber die drei Masten waren jetzt ganz voneinander getrennt, und schon konnte Hornblower die weißen Pfortengänge aufleuchten sehen.

»Ha . . . hm . . .«

Von vorn tönte das Knirschen der Riemen herüber. Die Leute mühten sich ab, um die *Lydia* an den Feind zu bringen. An einer Stelle des Oberdecks stand eine kleine Gruppe von Offizieren – Bush und Crystal gehörten zu ihr –, die in sachlicher Weise den Prozentsatz der Treffer einer aus fast zweitausend Meter abgefeuerten spanischen

Breitseite erörterten. Die Leute waren so kaltblütig, wie es Hornblower aufrichtig niemals sein konnte. Mehr als den Tod fürchtete er die Niederlage und die mitleidvolle Geringschätzung seiner Kameraden. Die größte Angst aber hegte er vor einer etwaigen Verstümmelung. Ein auf zwei Holzbeinen einherstelzender ehemaliger Seeoffizier konnte wohl ein Gegenstand des Bedauerns sein, er mochte mit den Lippen als einer der heroischen Verteidiger Großbritanniens gefeiert werden, aber dessenungeachtet machte er doch eigentlich eine komische Figur. Und Hornblower verabscheute den Gedanken, eine komische Figur zu sein. Er wurde womöglich so entstellt, daß man seinen Anblick nicht ertragen konnte. Er schauderte, obwohl er sich die Sache nicht einmal im einzelnen ausmalte und nicht an die Schrecken dachte, die er, auf Gnade und Ungnade dem Nichtskönner Laurie ausgeliefert, dort drunten im dunklen Verbandsplatz zu erdulden haben würde.

Plötzlich war die *Natividad* in Pulverqualm gehüllt, und wenige Sekunden später wurde die Luft und das Wasser um das britische Schiff herum von den Einschlägen der Breitseite zerrissen.

»Nur zwei Treffer!« rief Bush erfreut.

»Was ich gesagt habe«, nickte Crystal. »Ihr Kommandant sollte herumlaufen und jedes Geschütz persönlich richten.«

»Wer weiß, vielleicht tut er s«, meinte Bush.

In diesem Augenblick brüllte wieder der Neunpfünder seinen trotzigen Hohn über das Meer. Hornblower bildete sich ein, daß seine angestrengt beobachtenden Augen mittschiffs der *Natividad* Holztrümmer umherwirbeln sahen, wenn ihm auch angesichts der Entfernung ein solcher Treffer unwahrscheinlich vorkam.

»Gut, Mr. Marsh!« schrie er. »Sie haben ihn getroffen, den Burschen!«

Die *Natividad* feuerte eine zweite Breitseite, eine dritte. Immer wieder fegten die Kugeln der Länge nach über die Decks der *Lydia*. Wie am gestrigen Tage lagen Tote umher, und stöhnende Verwundete wurden nach unten geschafft.

»Jedem mathematisch denkenden Menschen muß es einleuchten, daß die Geschütze von verschiedenen Männern gerichtet werden«, sagte Crystal. »Die Streuung ist zu groß, als daß es anders sein könnte.«

»Unsinn!« widersprach Bush nachdrücklich. »Beachten Sie doch die lange Pause zwischen den Breitseiten. Da hat einer Zeit genug, jedes Geschütz einzeln zu richten. Wozu könnten sie die Spanne sonst benutzen?«

»Die Mannschaft eines Dago . . .«, begann Crystal wieder, aber das Heulen der über ihm vorbeifliegenden Kanonenkugeln ließ ihn schweigen.

»Mr. Galbraith!« schrie Bush. »Lassen Sie das Großstengestag sofort spleißen.« Triumphierend wandte er sich an Crystal. »Haben Sie gemerkt, wie die ganze Breitseite zu hoch abkam? Wie erklären Sie das mit Ihrem mathematischen Denken?«

»Sie feuerten, als die *Natividad* nach Feuerlee krängte, Mr. Bush. Wirklich, ich sollte doch meinen, daß nach den Erfahrungen von Trafalgar . . .«

Gar zu gern hätte Hornblower die Fortführung des Gesprächs untersagt, das an seinen Nerven fraß, aber er konnte nicht ein solcher Tyrann sein.

Infolge der Windstille hatte sich der Pulverqualm um die *Natividad* gelagert. Geisterhaft schimmerte sie durch den Dunst, und nur ihr einsamer Kreuzmast ragte darüber hinaus in die klare Luft.

»Mr. Bush«, fragte er. »Wie weit schätzen Sie die Entfernung?«

Bush überlegte erst genau, bevor er antwortete.

»Dreiviertel Meilen, sollte ich meinen, Sir.«

»Eher Zweidrittel«, warf Crystal ein.

»Ich habe Sie nicht nach Ihrer Meinung gefragt«, sagte Hornblower kurz.

Mochte nun der eine oder der andere der Offiziere recht haben, jedenfalls konnten die Karronaden auf solche Entfernung nicht in das Gefecht eingreifen. Noch immer also mußte die Artillerie der *Lydia* mit Ausnahme des Neunpfünders schweigen. Bush war offenbar der gleichen Meinung. Jedenfalls ließen seine nächsten Befehle darauf schließen.

»Zeit zur Ablösung der Bootsgäste«, sagte er und begab sich nach vorn, um das Nötige zu veranlassen. Hornblower hörte, wie er die Leute zur Eile trieb, damit die Mannschaft wieder anrudern konnte, ehe die *Lydia* das bißchen Fahrt verlor, das sie noch machte.

Obwohl der Nachmittag bereits fortgeschritten war, herrschte dennoch eine Gluthitze. Der Dunst des aufs Deck vergossenen Blutes mischte sich mit dem Teergeruch der erwärmten Decksnähte und dem Pulverqualm des Neunpfünders, denn nach wie vor beschoß Marsh den Feind. Hornblower fühlte sich elend; ja, ihm war so übel, daß er fürchtete, er werde sich schändlicherweise angesichts seiner Untergebenen erbrechen müssen. Wenn Müdigkeit und Sorgen ihn bis zu einem gewissen Grad zermürbt hatten, empfand er die stampfenden und schlingernden Bewegungen des Schiffes viel stärker als sonst. Es fiel ihm auf, daß die Leute, die während längerer Zeit auf ihren Gefechtsstationen gelacht und Witze gemacht hatten, nunmehr still geworden waren, da sie sich gegen das feindliche

Feuer nicht wehren konnten. Das war ein schlechtes Zeichen.

»Weitergeben: Sullivan soll mit seiner Fiedel an Oberdeck erscheinen«, befahl Hornblower.

Der verrückte rothaarige Ire kam nach achtern. Die Geige hielt er unter den Arm geklemmt, und mit den Fingerknöcheln rieb er sich die Stirn.

»Spiel uns auf, Sullivan«, rief Hornblower. »Holla, Kerls, wer von euch tanzt am besten Hornpipe?«

Offenbar herrschte hinsichtlich der Beantwortung der Frage eine Meinungsverschiedenheit.

»Benskin, Sir«, meinten einige.

»Hall, Sir«, ließen sich andere Stimmen vernehmen.

»Nein, MacEvoy, Sir.«

»Dann haben wir ja die Auswahl«, sagte Hornblower. »Kommt mal her, ihr drei. Jeder von euch tanzt uns einen Hornpipe vor, und der Beste bekommt eine Guinee.«

In späteren Jahren wurde immer und immer wieder erzählt, wie die *Lydia* ins Gefecht geschleppt wurde, indessen man auf ihrem Oberdeck Hornpipe tanzte. Man betrachtete es als ein Beispiel für den kaltblütigen Schneid des Kommandanten, und nur Hornblower selbst wußte, wie wenig stichhaltig solche Behauptung war. Er gab den Befehl lediglich, um die Leute bei guter Stimmung zu halten.

Später an jenem schrecklichen Nachmittag ertönte vorn ein Krachen, dem von außenbords lautes Geschrei folgte. »Barkaß ist gesunken!« meldete Galbraith von der Back aus, aber Hornblower war bereits zu Stelle.

Eine Kanonenkugel hatte das Beiboot völlig zertrümmert. Die Leute strampelten in der Dünung; sie suchten das Wasserstag zu erwischen oder in den Kutter zu gelangen, denn alle Überlebenden hatten eine Höllenangst vor den Haifischen.

»Na, da haben uns die Dagos der Mühe enthoben, die Barkaß wieder aufzuheißen«, sagte Hornblower laut. »Jetzt sind wir nahe genug herangekommen, ihnen die Zähne zu zeigen.« Die Matrosen, die ihn hörten, riefen hurra.

»Mr. Hooker!« rief er den Midshipman des Kutters an. »Wenn Sie die Leute aufgefischt haben, legen Sie bitte Ihr Ruder nach Steuerbord. Wir wollen das Feuer eröffnen.« Er kehrte zur Hütte zurück.

»Hart Steuerbord!« befahl er dem Rudergänger. »Mr. Gerard, Sie können feuern, sobald Ihre Geschütze ein Ziel haben.«

Sehr langsam kam die *Lydia* herum. Noch ehe sie die Wendung vollendet hatte, wurde sie von einer neuen Breitseite der *Natividad* getroffen, aber Hornblower merkte es gar nicht. Die Zeit der Untätigkeit war endlich vorüber. Er hatte sein Schiff bis auf vierhundert Meter an den Gegner herangeführt. Nun bestand seine ganze Pflicht darin, daß er auf Deck hin und her gehend seinen Leuten ein gutes Beispiel gab.

»Sachte, Mr. Hooker!« brüllte er. »Es genügt!«

Zollweise drehte die Fregatte. Gerard visierte über eine Kanone hinweg, um den Augenblick abzupassen, da sie das Ziel fand.

»Achtung!« schrie er zurücktretend, wobei er genau die Schlingerbewegung des Schiffes abschätzte. »Feuer . . .!« Unter dem Donner der Salve quoll dichter Qualm aus den Stückpforten, und der Rückstoß ließ die *Lydia* nach Feuerlee überholen.

»Feste, Kerls!« schrie Hornblower durch den Lärm. Nun es endlich hart auf hart ging, empfand er eine freudige Erregung; vergessen war die entsetzliche Angst vor Verstümmelung. Innerhalb von dreißig Sekunden waren die

Geschütze wieder geladen, ausgerannt und abgefeuert. Das wiederholte sich unaufhörlich. Gerard beobachtete und kommandierte. Hornblower hatte den Eindruck, daß auf fünf Breitseiten der *Lydia* nur zwei des Gegners geantwortet hatten. Solche überlegene Feuergeschwindigkeit glich die schwere Bestückung der *Natividad* vollkommen aus. Bei der sechsten Salve ging eine Kanone eine Sekunde vor Gerards Kommando los. Hornblower sprang vor, um die betreffende Geschützbedienung festzustellen, die sich gleich durch verlegene Blicke und betonte Geschäftigkeit verriet. Er zeigte auf sie.

»Ruhe! Den nächsten, der vormuckt, lasse ich auspeitschen.«

Solche Strenge war nötig, um die Mannschaft bei dieser noch immer erheblichen Schußentfernung in der Hand zu behalten, denn in der Hitze des Gefechts konnte man sich nicht darauf verlassen, daß die Geschützführer immer den richtigen Augenblick zum Feuern abschätzten, zumal sie mit Laden und Richten alle Hände voll zu tun hatten.

»Old Horny soll leben!« quiekte eine unbekannte Stimme. Das schallende Gelächter und die Hochrufe wurden durch Gerards nächstes Kommando zum Schweigen gebracht.

Das Schiff war bereits in einen dichten Qualm gehüllt, der es mit einem Londoner Nebel aufnehmen konnte. Vom Achterdeck konnte man die auf der Back stehenden Menschen nicht mehr erkennen, und durch die künstliche Dämmerung zuckte lang flammendes, gelbrotes Mündungsfeuer, das ungeachtet des draußen herrschenden grellen Sonnenscheins deutlich zu sehen war. Von der *Natividad* allerdings war nichts als eine hohe Rauchwolke und die daraus hervorragende einsame Maststange sichtbar. Der in grauen Schwaden über Deck ziehende beißende

Dunst ließ die Augen tränen und reizte die Lungen. Die Haut begann in unangenehmer Weise zu prickeln.

Plötzlich stand Bush neben seinem Kommandanten.

»Die *Natividad* spürt die Beschießung, Sir!« schrie er durch den Spektakel. »Sie feuert sehr wild. Sehen Sie nur, Sir!« Von der nächsten feindlichen Breitseite trafen nur zwei Kugeln. Ein halbes Dutzend schlug zusammen hinter dem Heck der *Lydia* ein, so daß der aufsprühende Gischt das Achterdeck näßte. Hornblower nickte zufrieden. Dies war die Rechtfertigung der von ihm angewandten Taktik und des Wagnisses, das zunächst damit verbunden gewesen war. Um inmitten des Lärms, des Rauches, der eintretenden Verluste und dem Durcheinander eines Seegefechts ein schnelles und doch sorgfältig geleitetes Feuer zu unterhalten, dazu gehörte eine Manneszucht und ein Ausbildungsgrad, die zu besitzen sich die Besatzung der *Natividad* nicht rühmen konnte.

Durch den Dunst sah Hornblower zum Oberdeck der *Lydia* hinab. Der Laie, der das geschäftige Hin und Her der Kartuschbeutel herbeischleppenden Schiffsjungen, die fieberhaften Anstrengungen der Geschützbedienungen, die Toten und Verwundeten, das Halbdunkel und den Lärm beobachtet hätte, würde das Ganze vielleicht für ein heilloses Durcheinander gehalten haben, aber Hornblower wußte es besser. Er sah Gerard beim Großtopp stehen, und Gerard glich fast einem ekstatischen Heiligen, denn außer den Frauen hatte er nur eine einzige Leidenschaft, und das war die Artillerie. Hornblower bemerkte, wie die Midshipmen und die anderen Batterieoffiziere gespannt auf Gerards Befehle warteten, während die Bedienung der Geschütze rhythmisch fortgeführt wurde. Ladungen wurden eingerammt, mit Wischern, an denen nasse Schwämme befestigt waren, die Rohre gereinigt, und die Geschützführer beugten sich visierend und die rechte Hand erhebend über das Bodenstück ihrer Kanonen.

Die Backbordbatterie hatte bereits große Ausfälle. An jedem Geschütz standen nur noch zwei Mann. Sie hatten Feuerpause, blieben aber in Alarmbereitschaft, um sofort wieder in Tätigkeit treten zu können, wenn die Gefechtslage es forderte. Der Rest der Besatzung war überall verteilt. An den Steuerbordgeschützen mußten Ausfälle ersetzt werden, andere arbeiteten an den Pumpen, deren klägliches Klanken gleichmäßig durch den fürchterlichen Lärm tönte. Droben in der Takelage wurden Schäden ausgebessert, und nur die Kuttergäste drunten im Boot konnten ein wenig ruhen. Heimlich dankte Hornblower dem Himmel, daß es ihm ermöglicht worden war, sieben Monate lang die Mannschaft einzuexerzieren, bis sie diesen hohen Grad der Ausbildung und der Disziplin erreicht hatte.

Irgend etwas – war es der Rückstoß der Kanonen, ein schwacher Luftzug oder die rollende Dünung? – trieb die *Lydia* um ein geringes von ihrem Gegner fort. Hornblower erkannte, daß die Geschütze immer weiter herumgeworfen werden mußten, um dem auswandernden Ziel folgen zu können, wodurch die Feuergeschwindigkeit litt. Er rannte nach vorn und kletterte auf das Bugspriet hinaus, bis er sich über Hooker und seinen im Kutter sitzenden Leuten befand, die in höchster Spannung dem Kampf zusahen.

»Mr. Hooker, bringen Sie den Bug zwei Strich nach Steuerbord herum.«

»Aye, aye, Sir.«

Die Mannschaft legte sich in die Riemen und pullte auf die *Natividad* zu. Die Schlepptrossen kamen steif, indessen ringsum das Wasser abermals von einer schlecht liegenden Breitseite zu Schaum aufgewirbelt wurde. Den gewaltigen Anstrengungen der Kuttergäste war es zu danken, daß die Fregatte rechtzeitig herumkam. Sobald Hornblower sich davon überzeugt hatte, eilte er wieder zu seinem Standpunkt auf der Hütte zurück. Dort suchte bereits ein bleicher Schiffsjunge nach ihm.

»Mr. Howell schickt mich, Sir, Steuerbord vordere Pumpe ist kurz und klein geschossen.«

»So?« Hornblower wußte, daß ihm der Schiffszimmermann nicht bloß solche Hiobspost schicken würde.

»Er richtet 'ne andere her, Sir, aber es wird 'ne Stunde vergehen, vor daß sie arbeiten tut. Ich soll Ihnen melden, Sir, daß das Wasser langsam steigt.«

Hornblower räusperte sich. Der ihn anredende Bengel bekam runde Augen und wurde ganz zutraulich, nun die erste Befangenheit, zum Kommandanten zu sprechen, überwunden war.

»Vierzehn Mann sind bei der Pumpe zermalmt worden, Sir ... Es war fürchterlich, Sir.«

»Sehr schön. Lauf nur wieder zu Mr. Howell und sage ihm, der Kommandant ist davon überzeugt, daß er sein Bestes tun wird, die neue Pumpe bald in Gang zu bringen.«

»Aye, aye, Sir.«

Hornblower sah dem über das Oberdeck laufenden Jungen nach, der sich geschickt durch das dort herrschende Gedränge bewegte. Nun mußte er sich gegenüber dem Seesoldaten ausweisen, der beim vorderen Niedergang Posten stand, denn niemand durfte sich unter Deck begeben, wenn er nicht beweisen konnte, daß er dort dienstlich etwas zu tun hatte. Hornblower hatte das Gefühl, daß die Meldung des Zimmermanns belanglos war, weil sie von seiner Seite keine Entscheidung erforderte. Es galt, den Kampf fortzuführen, mochte ihnen das Schiff unter den

Füßen wegsacken oder nicht. In dieser Hinsicht jeder Verantwortung enthoben zu sein, bot ihm eine gewisse Befriedigung.

»Anderthalb Stunden schon, Sir«, sagte Bush, der händereibend auf ihn zutrat. »Großartig, Sir; einfach großartig!« Hornblower hätte ebensogut glauben können, das Gefecht habe nur zehn Minuten gedauert, aber Bush hatte pflichtgemäß die neben dem Kompaß angebrachte Sanduhr beobachtet.

»Noch nie im Leben habe ich Dagos so tapfer bei ihren Kanonen ausharren sehen«, setzte der Erste Offizier hinzu. »Richten tun sie miserabel, aber die Feuergeschwindigkeit läßt nicht nach. Dabei bin ich überzeugt, daß wir ihnen ganz gehörig zugesetzt haben, Sir.«

Er versuchte durch den wirbelnden Rauch zu spähen und wedelte sogar lächerlicherweise mit der Hand, ihn fortzutreiben. Diese Geste, die verriet, daß Bush doch nicht ganz so ruhig war, wie er sich den Anschein gab, bereitete dem Kommandanten ein eigentümliches Vergnügen. Noch während er sprach, näherte sich Crystal.

»Der Qualm wird etwas dünner, Sir. Ich möchte annehmen, daß eine leichte Brise aufkommt.«

Gleichzeitig hielt er einen angefeuchteten Zeigefinger empor. »Wahrhaftig, Sir; ein schwacher Luftzug von Backbord achtern kommend. Ah!«

Ein etwas stärkerer Stoß setzte ein. Wie eine zusammenhängende Masse wurde die Rauchschicht über den Steuerbordbug davongetrieben, und nun war es, als hebe sich der Bühnenvorhang vor einer Szene. Dort drüben lag die *Natividad*, und sie glich einem Wrack. Der behelfsmäßig aufgebrachte Fockmast war den Weg seines Vorgängers gegangen, und der Großtopp war ihm gefolgt. Jetzt stand lediglich noch der Kreuzmast, der hinterste von den dreien. Die *Natividad*, die in Feuerlee ein riesiges Gewirr von Takelage mit sich schleppte, rollte heftig in der Dünung. Vorn waren drei Stückpforten derartig zerschmettert, daß sie nur noch eine einzige darstellten. Es sah aus, als sei ihr ein Zahn ausgeschlagen worden.

»Liegt tief im Wasser, Sir«, meinte Bush, aber im gleichen Moment spie der Gegner eine neue Qualmwolke aus der zerfetzten Seite aus, und zufällig war diesmal jeder Schuß ein Treffer, wie das von drunten heraufönende Krachen zweifelsfrei verriet. Als sich der den Feind umgebende Rauch verzog, konnte man beobachten, wie die *Natividad* hilflos in den Wind drehte. Die *Lydia* hatte die Brise bereits gespürt. Hornblower fühlte, daß sie ausreichte, sein Schiff steuerfähig zu machen. Der am Ruder stehende Steuermann griff die Speichen des Rades, um ein Abweichen zu verhindern. Sofort erkannte Hornblower die Gunst des Augenblicks.

»Einen Strich Steuerbord«, befahl er. »Vorschiff, Achtung! Kutter loswerfen!«

Die *Lydia* legte sich quer vor den Bug des Gegners und bedachte ihn mit Donner und Flamme.

»Back das Großmarssegel!« rief Hornblower.

Durch das Krachen der Batteriegeschütze tönte vom Oberdeck wieder das Hurrageschrei der Leute herauf. Weit hinter dem Heck berührte die von rotgoldenem Glanz umgebene Sonnenscheibe den Horizont. Bald würde es Nacht werden.

»Sie muß doch endlich die Flagge streichen. Herrgott im Himmel! Weshalb streicht sie die Flagge nicht?« Bush sprach die Worte, denn abermals fegte eine auf nahe Entfernung abgefeuerte Breitseite der Länge nach durch den hilflosen Feind. Hornblower wunderte sich nicht über dessen Verhalten. Kein von Crespo geführtes und die

Flagge el Supremos führendes Schiff würde die Flagge streichen. Durch Qualm und Dunst hindurch sah er den goldenen Stern auf blauem Grund flattern.

»Drauf, Kerls! . . . Drauf!« brüllte Gerard.

Bei der kurzen Entfernung durfte er den zuverlässigen Geschützführern das Feuer freigeben. Jede Geschützbedienung arbeitete so schnell wie möglich. Die Rohre waren so heiß geworden, daß die tropfnassen Wischer jedesmal beim Berühren des fast glühenden Metalls zischten und dampften. Es wurde dunkler. Wieder konnte man das lang flammende, gelbrote Mündungsfeuer züngeln sehen. Hoch droben über dem schnell verblassenden Abendrot erschien der erste hell funkelnde Stern.

Zerfetzt und zersplittert hing das Vorgeschirr der *Natividad* von ihrem Bug herunter. Nun sah man im schwindenden Tageslicht auch den Kreuzmast über Bord gehen, der von den von vorn nach achtern über die Länge des Decks fegenden Kugeln zerschmettert worden war.

»Bei Gott, sie *muß* jetzt die Flagge streichen«, sagte Bush nochmals.

Bei Trafalgar war er als Prisenoffizier zu einem eroberten spanischen Schiff geschickt worden. In seinem Kopf drängten sich die Erinnerungen an den Anblick, der sich ihm geboten hatte. Er sah die demontierten Geschütze, die an Deck aufgehäuften Toten und Verwundeten, die auf dem entmasteten und hilflos in der Dünung schlingernden Spanier hin und her rollten, das ganze Elend der Besiegten. Wie zur Antwort auf seine Gedanken blitzte es plötzlich am Bug der *Natividad* auf. Ein paar todesmutige Kerle hatten es mit Takeln und Handspaken fertiggebracht, ein Batteriegeschütz nach vorn zu schaffen, und nun beschossen sie den düster emporragenden Rumpf der *Lydia*. »Schnellfeuer . . . zum Donnerwetter noch mal, Schnellfeuer!« tobte Gerard.

Die *Lydia* trieb nun nach Lee auf die umhertaumelnde Hulk zu. Von Minute zu Minute verringerte sich der Abstand. Sofern ihre Augen nicht vom Mündungsfeuer der Kanonen geblendet wurden, konnten Hornblower und Bush Bewegung auf dem Oberdeck der *Natividad* wahrnehmen. Gewehrfeuer knatterte auf. Dicht neben dem britischen Kommandanten klatschte eine Musketenkugel in die Reling. Er achtete nicht darauf. Seine überwältigende Müdigkeit kam ihm zum Bewußtsein.

Der Wind kam stoßweise aus nicht gleichbleibender Richtung, und die Dunkelheit erschwerte es noch mehr, den Winkel zu bestimmen, in dem sich die beiden Schiffe einander näherten.

»Je dichter wir herankommen, je schneller werden wir mit ihr fertig«, sagte Bush.

»Stimmt«, nickte Hornblower, »aber bald werden wir sie rammen, wenn's so weitergeht.«

Er raffte sich zu einer neuen Anstrengung auf.

»Mr. Bush, bereiten Sie die Leute darauf vor, daß sie möglicherweise einen Enterversuch abweisen müssen«, sagte er, worauf er sich dorthin begab, wo die beiden Steuerbordkarronaden des Achterdecks donnerten. Die Bedienungen waren derartig in die eintönige Arbeit des Ladens, Richtens und Feuerns vertieft, daß mehrere Sekunden vergingen, ehe sie ihn beachteten. Dann standen sie schwitzend still, indessen Hornblower seine Befehle gab. Die beiden Geschütze wurden mit Kartätschen geladen. Nun kauerten die Leute bei ihren Karronaden. Während die Batterie der *Lydia* unaufhörlich feuerte, trieben die Gegner immer näher aufeinander zu. Herausforderndes Gebrüll tönte von der *Natividad* herüber, und das am Bug aufblitzende Mündungsfeuer der Musketen beleuchtete eine dunkle Masse. Es waren die Männer, die auf den Moment des Zusammenprallens warteten. Dennoch trat dieser Augenblick unerwartet schnell ein, als ein Zusammenwirken von Wind und Seegang die bisherige Lücke plötzlich schloß. Der Bug der *Natividad* krachte unmittelbar vor dem Kreuzmast gegen die Seite der englischen Fregatte. Ein wahrer Höllenlärm erhob sich drüben, als die Menge vorwärts drängte, die *Lydia* zu entern. Die Geschützführer der Karronaden packten die Abzugsleine.

»Warten!« schrie Hornblower.

Sein Hirn arbeitete wie eine Rechenmaschine, während er Wind und See, Zeit und Entfernung in ihren Wechselwirkungen abzuschätzen suchte. Mit Hilfe von Handspaken und der Körperkräfte der Bedienungsmannschaften ließ er die eine der Karronaden herumwerfen, und die andere folgte dem Beispiel, derweil die auf der Back der *Natividad* versammelte Menge am Schanzkleid entlanglief, um den zum Entern günstigen Augenblick abzupassen. Die Mündungen der beiden Karronaden waren auf sie gerichtet.

»Feuer!«

Tausend Gewehrkugeln schmetterten auf einmal in das Gedränge. Sekundenlang herrschte Stille, aber dann erscholl an Stelle des tobenden Gebrülls ein schwacher Chor verzweifelten Wehgeschreis. Der Kartätschenhagel hatte die Back des Gegners reingefegt.

Für eine kleine Weile verharrten die Schiffe in ihrer Stellung. Die *Lydia* konnte auch jetzt noch ein Dutzend ihrer Geschütze zum Tragen bringen, und die schossen heraus, was das Zeug halten wollte, wobei die Rohrmündungen fast die Bordwand der *Natividad* berührten. Dann wurden die beiden Kämpfenden durch Wind und Seegang wieder auseinandergetrieben. Die *Lydia* glitt nach Lee zu davon und ließ den zerschossenen Rumpf des anderen hinter sich.

Sämtliche Geschütze ihrer einen Seite feuerten, während es an Bord der *Natividad* merkwürdig still blieb. Nicht einmal ein Gewehrschuß antwortete.

Abermals schüttelte Hornblower seine Müdigkeit ab.

»Feuer einstellen!« rief er dem auf dem Oberdeck stehenden Gerard zu. Die Geschütze schwiegen.

Durch die Dunkelheit starrte Hornblower zu der düsteren Masse der von der See umhergeworfenen *Natividad* hinüber.

»Ergebt euch!« rief er.

»Niemals!« tönte es zurück. Unzweifelhaft war es Crespos hohe Stimme. Es folgten ein paar unflätige Beschimpfungen. Der englische Kapitän durfte es sich leisten, ungeachtet seiner Müdigkeit zu lächeln. Er hatte das Gefecht durchgekämpft, und er hatte gesiegt.

»Sie haben getan, was ein tapferer Mann tun kann!« schrie er hinüber.

»Nicht alles«, klang es klagend aus der Finsternis.

Da wurde Hornblowers Aufmerksamkeit plötzlich auf etwas anderes gelenkt. Am Bug der *Natividad* leuchtete rote Glut auf.

»Crespo, Sie Narr!« brüllte er. »Ihr Schiff brennt! Ergeben Sie sich, solange es Ihnen noch möglich ist.«

»Niemals!«

Als die *Lydia* aus nächster Entfernung den Feind beschossen hatte, waren ihre flammenden Ladepfropfen zwischen das splitternde, zundertrockene Holz der alten spanischen Fregatte geflogen und hatten gezündet. Schnell breitete sich das Feuer aus. Schon in den wenigen Augenblicken, die verstrichen waren, seitdem Hornblower es zuerst bemerkt hatte, war es heller geworden; bald würde die *Natividad* lichterloh in Flammen stehen. Hornblowers Pflicht erheischte es, daß er zuerst für sein eigenes Schiff sorgte. Wenn die Feuersbrunst da drüben die an Deck aufgestapelte Bereitschaftsmunition erreichte oder gar bis zur Pulverkammer vordrang, so würde die Fregatte Crespos zu einem flammende Trümmer speienden Vulkan werden, durch den die *Lydia* aufs höchste gefährdet wurde. »Wir müssen abhalten, Mr. Bush«, sagte Hornblower, wobei er sich bemühte, das Zittern in seiner Stimme zu verbergen.

Dicht beim Wind liegend, steuerte die *Lydia* nach Luv zu hinweg von dem lodernden Wrack. Bush und Hornblower blickten starr dorthin zurück. Aus dem zerschmetterten Bug züngelten bereits helle Flammen empor, und die rote Glut spiegelte sich in der hochgehenden See. Und dann, während die beiden Männer noch hinsahen, verschwand der Feuerschein so plötzlich, als sei er wie eine Kerze ausgelöscht worden. Nichts war mehr zu sehen; nur das fahle Weiß der schäumenden See schimmerte durch die Dunkelheit. Das Meer hatte die *Natividad* verschlungen, bevor die Flammen sie vollends zerstören konnten.

»Bei Gott, sie ist gesunken!« stöhnte Bush, der sich über die Reling beugte.

In den Sekunden der Stille, die diesen Worten folgten, glaubte Hornblower noch immer jenes letzte klagende »Niemals!« zu hören. Dennoch war er von der gesamten Besatzung vielleicht der erste, der die Fassung wiederfand. Er ließ wenden und segelte dorthin, wo der feindliche Zweidecker untergegangen war. Hooker mußte mit dem Kutter nach etwaigen Überlebenden suchen. Der Kutter war das einzige noch verwendbare Beiboot, denn Gig und Jolle hatten die Kanonenkugeln der *Natividad* zerschmettert. Wirklich wurden einige Leute gerettet. Ein paar Matrosen, die in der Fockrüst der *Lydia* standen, fischten ihrer zwei auf, und der Kutter fand ein halbes Dutzend Schwimmer. Das war alles. Nun standen sie im Laternenschein an Deck der *Lydia*, indessen das Wasser aus ihren zerfetzten Kleidern und dem schwarzen Haar strömte. Die Engländer versuchten kameradschaftlich zu ihnen zu sein, aber sie blieben feindselig verschlossen. Einer der Geretteten schien sogar drauf und dran zu sein, den Verzweiflungskampf der *Natividad* auf eigene Faust weiterzuführen.

Hornblowers Müdigkeit hatte nun einen solchen Grad erreicht, daß er sich wie im Traum vorkam, als wäre alles, was ihn umgab – das Schiff selbst, die Kanonen, Masten und Segel, Bushs untersetzte Gestalt –, unwirklich und gespenstisch, als wäre nur diese entsetzliche Erschöpfung und die Schmerzen, die er innerhalb seines Schädels empfand, etwas tatsächlich Vorhandenes. Seine eigene Stimme klang ihm, als töne sie aus meterweiter Entfernung.

»Was für ein Kurs soll gesteuert werden, Sir?« fragte Bush.

»Kurs?« wiederholte Hornblower abwesend. »Kurs . . .?« Furchtbar schwer fiel es ihm, sich darüber klarzuwerden, daß das Gefecht vorüber, daß die *Natividad* gesunken war, daß es im Umkreis von Tausenden von Seemeilen keinen schwimmenden Feind mehr gab. Auch drang die Erkenntnis, daß sich die *Lydia* selbst in großer Gefahr befand, kaum zu seinem Bewußtsein durch. Eintönig klapperten die Pumpen, die doch nicht die vielen Schußlöcher unschädlich machen konnten. Noch immer wurde dem Einbruch des Wassers vor allem durch das untergezogene Segel begegnet, und die *Lydia* bedurfte dringendst einer gründlichen Überholung.

Nach und nach begriff Hornblower, daß nun ein neues Kapitel in der Geschichte seiner Fregatte begann, daß er neue Pläne ausarbeiten mußte. Und – richtig – eine ganze Reihe von Menschen wartete auf sofortige Befehle. Bush war da, der Bootsmann und der Zimmermann und der Waffenmeister und dieser Idiot Laurie. Er mußte sein müdes Hirn wieder zum Denken zwingen. Er schätzte die Stärke und die Richtung des Windes, als handele es sich nur um eine akademische Angelegenheit und nicht um einen Denkprozeß, der ihm seit zwanzig Jahren zur zweiten Natur geworden war. Müde schleppte er sich in die Kajüte hinunter, müde kramte er inmitten des wüsten Durcheinanders in der zerschmetterten Kartenkiste herum, und dann beugte er sich angestrengt nachdenkend über die zerrissene Seekarte.

So bald wie möglich mußte er seinen Sieg in Panama melden; das stand einmal fest. Vielleicht konnte er dort bereits seine Schäden ausbessern, obwohl er in Erinnerung an jene ungastliche Reede wenig Aussicht dafür sah, zumal das gelbe Fieber in der Stadt herrschte. Nun, jedenfalls galt es also, die schwer beschädigte *Lydia* nach Panama zu bringen. Er setzte einen Kurs fest, der ihn zunächst nach Kap Mala führen sollte, und durch eine besondere Willensanstrengung vermochte er sogar zu beurteilen, daß der Wind dafür sehr günstig war. Als er dann zum Erteilen der notwendigen Befehle wieder zur Hütte emporstieg, war die Masse der Menschen, die sich hilfesuchend herzugedrängt hatten, wie durch Zauberei verschwunden. Hornblower erfuhr nie, daß Bush sie samt und sonders davongejagt hatte. Er gab seinem Ersten Offizier den Kurs an, als plötzlich Polwheal mit Mantel und Liegestuhl neben ihm auftauchte. Hornblower vermochte keinen Einspruch mehr zu erheben. Widerstandslos ließ er sich in den Mantel hüllen, und dann sank er halb ohnmächtig in den Stuhl. Vor einundzwanzig Stunden hatte er sich zum letztenmal hinsetzen können. Wohl hatte Polwheal auch für einen Imbiß gesorgt, aber den übersah er. Er wollte nichts essen. Er brauchte nur Ruhe.

Und doch wurde er sekundenlang nochmals ganz munter, als ihm Lady Barbara einfiel, die drunten im stickigen und dunklen Raum mit den Verwundeten zusammengesperrt war. Doch seine Spannung ließ sofort wieder nach. Das verdammte Frauenzimmer mochte für sich selbst sorgen, denn dazu war sie durchaus befähigt. Was kümmerte ihn das alles? Das Haupt sank ihm auf die Brust. Das nächste, was ihn störte, war sein eigenes Schnarchen, und sehr lange störte es ihn nicht. Ungeachtet des Lärms, den die Leute dadurch verursachten, daß sie das Schiff wieder instand setzen wollten, schlief und schnarchte er weiter.

11

Was Hornblower schließlich weckte, war die Sonne, die über dem Horizont emporstieg und ihm geradewegs in die Augen schien. Blinzelnd räkelte er sich. Wie ein Kind suchte er das Gesicht mit den Händen zu stützen, um weiterschlafen zu können. Er wußte nicht gleich, wo er sich befand, und im Grunde genommen war es ihm auch gleichgültig. Dann fing er an, sich der gestrigen Ereignisse zu erinnern, und nun war es sein Bestreben, nicht mehr zu schlafen, sondern ganz wach zu werden. Seltsam, zunächst fielen ihm verschiedene Einzelheiten des Gefechts ein, ohne daß er sich des Untergangs der *Natividad* entsann. Doch als ihm schließlich diese Tatsache zum Bewußtsein kam, da war es mit der Schläfrigkeit endgültig vorbei.

Er stand auf und streckte sich mühsam, denn alle Glieder taten ihm weh. Bush stand beim Ruder. In der harten Beleuchtung sah sein graues, scharfgeschnittenes Gesicht seltsam alt aus. Der Kapitän nickte ihm zu, worauf der andere dienstlich grüßte. Bush hatte den Dreimaster auf den schmutzigen Kopfverband gestülpt. Hornblower würde ihn angeredet haben, wäre seine Aufmerksamkeit durch einen Rundblick über das Schiff nicht sofort abgelenkt worden. Es wehte eine frische Brise, die jedoch während der Nacht die Richtung geändert haben mußte, denn die jetzt dicht beim Winde liegende Fregatte konnte gerade noch Kurs halten. Sie hatte alle Segel gesetzt. Hornblowers hastig prüfendes Auge erkannte sowohl im stehenden wie im laufenden Gut zahllose Spleißungen. Der behelfsmäßige Kreuztopp schien seiner Aufgabe gewachsen zu sein, aber sämtliche Segel zeigten Schußlöcher; einige von ihnen hatten ein Dutzend oder mehr. Das Schiff bekam dadurch etwas vom Aussehen eines zerlumpten Vagabunden. Auf der Liste der Tagesarbeiten stand demnach an erster Stelle das Anschlagen neuer Segel. Mit dem Ersatz einzelner Teile der Takelage konnte man noch ein wenig warten.

Erst jetzt, nachdem Hornblower sich über Wetter, Kurs und Segel schlüssig geworden war, wandte er seinen Blick den Decks zu. Vom Vorschiff tönte das einförmige Klank-klank der Pumpen herüber. Das klare Wasser, das sie aussprudelten, war der deutlichste Beweis dafür, daß man des starken Wassereinbruchs noch eben Herr wurde. In der Nähe der Kuhl lag auf der Leeseite eine lange Reihe in Hängematten eingenähter Toter. Hornblower zuckte zusammen, und es bedurfte seiner ganzen Willenskraft, sie zu zählen. Vierundzwanzig! Und gestern waren vierzehn bestattet worden. Wahrscheinlich waren einige dieser Toten nachträglich gestorbene Verwundete aus dem ersten Gefecht, aber bei achtunddreißig Toten durfte man mit mindestens siebzig Verwundeten rechnen, die noch drunten im Schiff lagen. Mit anderen Worten: Die *Lydia* hatte einen Verlust von einem Drittel ihrer Besatzungsstärke zu buchen. Wer mochten sie sein, deren verzerrte Gesichter unter dem Segeltuch der Hängematten verborgen waren?

Derzeit gab es mehr Tote als Lebendige an Oberdeck. Bush schien bis auf ein starkes Dutzend Männer alles nach unten geschickt zu haben. Es war sehr vernünftig von ihm, denn nach den Strapazen des vergangenen Tages mußten alle erschöpft sein, und überdies arbeitete jeder siebente Mann an den Pumpen, bis die Schußlöcher abgedichtet werden konnten. Die wenigsten Leute hatten noch Willenskraft genug zum Aufhängen einer Hängematte besessen; die große Mehrzahl war einfach wo niedergesunken, wobei sie sich gegenseitig als Kopfkissen benutzten, sofern sie nicht mit härteren Unterlagen irgendwelcher Art vorliebnahmen. Aber auch abgesehen von den Toten und den noch nicht beseitigten dunklen Blutflecken, die die hellen Decksplanken verunstalteten, gab es noch manche anderen Spuren des überstandenen Gefechts. Die Decks waren kreuz und quer mit Schrammen und Furchen überzogen. Hier und da ragten noch zerfetzte Splitter auf. Schußlöcher in der Bordwand hatte man zunächst einmal mit Segeltuch geflickt. An Backbord waren die Ränder der Stückpforten schwarz von Pulverrückständen. An einer Stelle ragte eine Achtzehnpfünderkugel halb aus dem zähen Eichenholz hervor, in dem sie steckengeblieben war. Andrerseits aber war ein gewaltiges Stück Arbeit geleistet worden; vom Auslegen der Gefallenen bis zum Seefestzurren der Geschütze. Wenn man die Müdigkeit der Besatzung nicht in Rechnung stellen wollte, konnte die *Lydia* jederzeit wieder ins Gefecht treten.

Das Gefühl, daß so viel getan worden war, während er selbst faul in seinem Liegestuhl schlief, versetzte Hornblower einen Stich. Er zwang sich dazu, keinen Ärger darüber aufkommen zu lassen. Obwohl er dadurch, daß er Bushs Tatkraft lobte, sein eigenes Versagen zugab, mußte er doch ritterlich handeln.

»Wirklich ausgezeichnet, Mr. Bush«, sagte er, indem er zu seinem Ersten Offizier trat. Dennoch klangen seine Worte etwas kalt. Seine ihm angeborene Schüchternheit und ein gewisses Schamgefühl trugen die Schuld daran. »Ich bin ebenso erstaunt wie erfreut über die von Ihnen geleistete Arbeit.«

»Es ist Sonntag, Sir«, sagte Bush schlicht.

Das traf allerdings zu. Am Sonntag pflegte der Kapitän einen Rundgang durchs Schiff zu machen, um sich durch die Besichtigung aller Einzelteile davon zu überzeugen, daß der Erste Offizier seiner Aufgabe gewachsen war, das Schiff instand zu halten. So mußte am Sonntagmorgen alles tadellos aufgeräumt, das Tauwerk sauber aufgeschossen sein. Die Mannschaft trat im besten Anzug divisionsweise zur Musterung an; es wurde ein Gottesdienst abgehalten, nach dem die Kriegsartikel zur Verlesung kamen; kurzum, Sonntag war der Tag, an dem jeder Erste Offizier Seiner Britannischen Majestät Marine auf Herz und Nieren geprüft wurde.

Hornblower konnte ein Lächeln über die Erklärung nicht ganz unterdrücken.

»Sonntag oder Alltag«, nickte er, »Sie haben Ihre Sache glänzend gemacht, Mr. Bush.«

»Danke, Sir.«

»Ich werde daran denken, wenn ich meinen Bericht an die Admiralität schreibe.«

»Ich weiß, daß Sie das tun werden, Sir.«

Ein Ausdruck der Freude erhellte Bushs müdes Gesicht. Nach einem erfolgreichen Einzelgefecht wurde ein Kapitänleutnant – welchen Rang Bush bekleidete – meistens zum Korvettenkapitän befördert, und Bush, der weder Familie noch Verbindungen hatte, hegte die große Hoffnung, alsbald diesen entscheidenden Schritt auf der Stufenleiter der Rangordnung machen zu können. Andrerseits konnte ein eigennütziger Kommandant, der sich allein den Ruhm des Sieges sichern wollte, den Bericht so abfassen, als habe er den Erfolg ohne die Hilfe seines Untergebenen errungen.

»Die Sache wird in England Aufsehen erregen«, meinte Hornblower.

»Sicherlich, Sir. Es kommt nicht alle Tage vor, daß eine Fregatte ein Linienschiff versenkt.«

Es war etwas gewagt, die *Natividad* so zu bezeichnen. Als sie sechzig Jahre früher gebaut wurde, mochte sie gerade noch geeignet gewesen sein, im Geschwader der Linienschiffe mitzufahren, aber seither hatten sich die Zeiten geändert. Immerhin blieb die Tatsache bestehen, daß die *Lydia* einen beachtenswerten Sieg davongetragen hatte. Die ganze Bedeutung seines Erfolges kam Hornblower erst jetzt voll zum Bewußtsein, und seine Stimmung besserte sich dementsprechend. Das britische Volk konnte stolz sein über dieses Seetreffen, und es geschah nicht selten, daß sich die Admiralität der öffentlichen Meinung anschloß.

»Na, und wie sieht die Metzgerrechnung aus?« fragte Hornblower, womit er in brutaler Form dem Gedanken Ausdruck verlieh, der sie beide bewegte. Er wäre sich sentimental vorgekommen, falls er sich anders ausgedrückt hätte.

»Achtunddreißig Tote, Sir«, meldete Busch, der einen schmutzigen Zettel aus der Tasche zog. »Fünfundsiebzig Verwundete und vier Vermißte. Die Vermißten sind Harper, Dauson, North und Chump, der Neger; sie gehörten zur Besatzung der versenkten Barkaß. Clay fiel im ersten Gefecht ...«

Hornblower nickte. Er erinnerte sich, daß er den kopflosen Körper Clays auf dem Achterdeck hatte liegen sehen.

»Gefallen sind ferner der Obersteuermannsmaat John Summers sowie die Bootsmannsmaate Henry Vincent und James Clifton. Verwundet wurden die Leutnants Galbraith und Simmonds; außerdem der Midshipman Howard Savage und vier andere Decksoffiziere.«

»Galbraith?« fragte Hornblower besorgt.

»Schwer, Sir. Beide Beine unterhalb der Knie zerschmettert.«

Galbraith hatte also das Schicksal erlitten, das der Kommandant für seine eigene Person gefürchtet hatte. Die ihn erschütternde Nachricht gemahnte ihn an seine Pflicht.

»Ich werde sofort die Verwundeten besuchen«, sagte er, richtete sich dann aber plötzlich auf und sah prüfend seinen Ersten Offizier an. »Wie steht's denn mit Ihnen, Bush? Sie sehen eigentlich nicht so aus, als könnten Sie Dienst tun.«

»Mir geht's ausgezeichnet, Sir«, widersprach Bush. »Ich lege mich eine Stunde hin, wenn Gerard heraufkommt, mich abzulösen.«

»Gut also; wie Sie wollen.«

Drunten im Orlop konnte man an eine Szene aus Dantes Inferno denken. Es war dunkel. Die vier Öllampen, deren flackernder, rötlichgelber Schimmer von den Decksbalken zurückfiel, warfen nur Schatten. Die Luft war erstickend. Zu den normalen Gerüchen der Bilge und der Lasten traten die Ausdünstung zusammengepferchter, kranker Menschen und der Gestank der qualmenden Lampen. Der bittere Pulverdunst, der gestern eingedrungen war, hatte auch noch keine Zeit gefunden, sich wieder zu verziehen. Hitze und Gestank schlugen dem eintretenden Hornblower entgegen, und innerhalb einer Viertelminute war sein Gesicht so naß, als sei es mit Wasser begossen worden, denn die erhitzte Atmosphäre war mit Feuchtigkeit übersättigt.

Und nun erst der unterschiedliche Lärm! Da waren die üblichen Schiffsgeräusche, das Knacken und Ächzen der Hölzer, das von den Rüsten her weitergeleitete Vibrieren der Takelage, das Anschlagen der See gegen die Bordwand, das Glucksen des Bilgewassers und das monotone Klanken der Pumpen. Alles das wurde dadurch verstärkt, daß das Holz des Schiffes als Resonanzboden wirkte. Dennoch war das nur die Begleitung zu dem innerhalb des Verbandsplatzes herrschenden Lärm. Hier lagen dicht bei dicht fünfundsiebzig verwundete Männer, die stöhnend, schluchzend, schreiend, fluchend und sich erbrechend ihren Schmerzen Luft zu machen suchten. Schwerlich konnten verdammte Seelen inmitten der Hölle eine grausigere Umgebung finden oder qualvoller leiden.

Hornblower entdeckte Laurie, der tatenlos im Halbdunkel stand.

»Gott sei gedankt, daß Sie kommen, Sir«, stöhnte der Mann. Der Klang seiner Worte verriet, daß er heilfroh war, von diesem Augenblick an alle Verantwortung auf die Schultern seines Kommandanten abzuwälzen.

»Kommen Sie mit beiseite, und erstatten Sie mir Meldung«, herrschte Hornblower ihn an. Die ganze Angelegenheit war ihm widerwärtig, doch wenn er auch unumschränkter Herrscher an Bord war, durfte er doch nicht, seinen Gefühlen nachgebend, fliehen. Die Arbeit mußte unbedingt geleistet werden, und nun, da Laurie seine Unfähigkeit erwiesen hatte, war er selbst am geeignetsten dazu, mit ihr fertig zu werden. Er näherte sich dem letzten Mann in der Reihe und prallte betroffen zurück. Lady Barbara war dort. Das flackernde Licht beleuchtete das klassische Profil der neben dem Verwundeten Knienden. Mit einem Schwamm wusch sie dem sich krümmenden Mann Gesicht und Hals. Hornblower war peinlich davon berührt, sie auf solche Weise beschäftigt zu sehen. Der Tag, da eine Florence Nightingale aus der Krankenpflege einen auch für Frauen geeigneten Beruf machte, war noch nicht gekommen. Kein einigermaßen feinfühliger Mann konnte sich mit dem Gedanken abfinden, eine Frau mit der schmutzigen Arbeit eines Hospitals beschäftigt zu sehen. Höchstens durfte man dulden, daß barmherzige Schwestern dort ihres Seelenheils wegen tätig waren; versoffene alte Weiber mochten anderen Frauen in ihren Geburtsnöten beistehen und sich gelegentlich auch eines Kranken annehmen, die Behandlung von Verwundeten aber war ganz und gar Männerarbeit; und zwar wurde sie von Männern verrichtet, die nichts Besseres verdienten, die ihrer dienstlichen Unfähigkeit oder ihrer schlechten Führung wegen dazu kommandiert wurden wie zum Latrinenreinigen. Hornblower verspürte geradezu Übelkeit, als er Lady Barbara in nächster Nähe der mit Blut, Auswurf und Eiter besudelten schmutzigen Körper gewahrte.

»Lassen Sie das!« stieß er rauh hervor. »Gehen Sie fort von hier. Gehen Sie an Deck!«

»Ich habe die Arbeit nun einmal begonnen«, erwiderte Lady Barbara gleichgültig. »Ich lasse sie nicht unvollendet.«

Ihr Tonfall schloß jede weitere Erörterung aus. Offenbar sprach sie von der Tätigkeit als von etwas Unvermeidlichem; so, als ob sie sich erkältet hätte und warten müßte, bis die Krankheit sich ausgewirkt hatte.

»Der Herr, der hier die Aufsicht führt«, setzte sie hinzu, »hat keine Ahnung von seinen Pflichten.«

Lady Barbara glaubte durchaus nicht, daß die Krankenpflege ein vornehmer Beruf sei; ja, in ihrer Meinung war er noch erniedrigender als kochen oder Kleider flicken – zu welcher Tätigkeit sie gelegentlich auf Reisen ihre geschickten Finger benutzte, wenn die Umstände es forderten –, aber jetzt hatte sie feststellen müssen, daß eine bestimmte Arbeit unzureichend ausgeführt wurde, daß niemand da war, der sie besser leisten konnte, und daß gerade jetzt der Dienst des Königs eine gute Ausführung dringend verlangte. Mit derselben gründlichen Beachtung aller Einzelheiten und Hintanstellung ihrer eigenen Bequemlichkeit, mit der der eine ihrer Brüder Indien regiert und der andere die Mahratten dort bekämpft hatte, machte sie sich ans Werk.

»Dieser Mann hat einen großen Holzsplitter unter der Haut, der sofort herausgezogen werden sollte«, fuhr sie fort.

Sie deutete auf des Matrosen behaarte Brust. Unter der Tätowierung hob sich eine abscheulich aussehende, schwärzliche Erhebung ab, die vom Brustknochen bis zur rechten Achselhöhle verlief, unter der die Haut in zackiger Weise hervorstand. Als Lady Barbara die Finger auf jene Stelle legte, zuckte der Mann zusammen und stöhnte vor Schmerz. Auf hölzernen Kriegsschiffen bildeten dergleichen Fälle einen hohen Prozentsatz aller Verwundungen. Dabei konnten die Splitter nie dadurch wieder entfernt werden, daß man sie rückwärts herauszog, denn ihre Form verlieh ihnen natürliche Widerhaken. Im vorliegenden Fall war das große Stück von den Rippen abprallend am Brustkorb entlanggeglitten und schließlich steckengeblieben.

»Sind Sie jetzt bereit, es zu tun?« fragte Lady Barbara den unglücklichen Laurie.

»Ja, aber . . .«

»Wenn Sie sich weigern, tue ich es selbst. Seien Sie doch kein Narr, Mann.«

»Ich werde dafür sorgen, daß es geschieht, Lady Barbara«, mischte sich Hornblower ein. Er würde das Blaue vom Himmel herunter versprochen haben, nur um dieser Szene ein Ende zu bereiten.

»Also gut, Herr Kapitän.«

Lady Barbara stand zwar auf, traf aber keine Anstalten, sich in weiblicher Weise zurückzuziehen. Hornblower und Laurie sahen einander an.

»Vorwärts, Laurie«, befahl Hornblower grob. »Wo sind Ihre Instrumente? Ihr da, Wilcox und Hudson, bringt ihm einen gehörigen Schluck Rum. Also passen Sie auf, Williams, wir werden Sie von dem Splitter befreien. Wird allerdings weh tun.«

Hornblower mußte sich alle Mühe geben, um seinen Gesichtsausdruck nichts von dem Widerwillen und auch der Furcht verraten zu lassen, die er vor seiner Aufgabe empfand. Er sprach rauh, damit die Stimme fest blieb. Er verabscheute die ganze Geschichte aus tiefster Seele. Und wirklich, es war eine peinliche und blutige Angelegenheit. Obwohl Williams die Zähne zusammenbiß, bäumte er sich doch auf, als der Einschnitt gemacht wurde. Wilcox und Hudson mußten seine Hände ergreifen und die Schultern zurückdrücken. Dann stieß er einen langen, furchtbaren Schrei aus, und als das schwärzliche Stück Holz zutage gefördert worden war, sank er ohnmächtig zusammen, so daß er keinerlei Widerstand mehr leistete, als die Wundränder mit groben Stichen zusammengenäht wurden.

Lady Barbaras Lippen waren fest geschlossen. Sie beobachtete Lauries ungeschicktes Hantieren mit dem Verband, und dann bückte sie sich wortlos, um ihm den Leinenstreifen wegzunehmen. Bewundernd sahen die Männer zu, wie sie, die eine Hand gegen die Wirbelsäule des Verwundeten gepreßt, die Rolle behende um den Oberkörper des Matrosen Williams wickelte und festband.

»So wird es halten«, sagte Lady Barbara aufstehend.

Zwei lange Stunden verbrachte Hornblower dort unten im Lazarett, während er mit Lady Barbara und Laurie von einem Verwundeten zum anderen ging, aber die Tätigkeit war nicht annähernd so qualvoll mehr, wie sie hätte sein können. Einer der Hauptgründe seines Widerwillens hatte im Bewußtsein seiner eigenen Unzulänglichkeit bestanden. Unwillkürlich übertrug er einen Teil seiner Verantwortung auf die Schultern der Dame. Sie war so offensichtlich geschickt und selbstsicher, daß sie von allen an Bord befindlichen Personen sicherlich die geeignetste für die Behandlung der Verwundeten war. Nachdem Hornblower den Rundgang beendet und man die fünf mittlerweile Gestorbenen hinausgeschafft hatte, blickte er seiner Begleiterin im Flackerschein der am Ende der Reihe pendelnden Lampe in die Augen.

»Ich weiß nicht, wie ich Ihnen danken soll, Madame. Jedenfalls ist meine Dankbarkeit so groß wie die irgendeines dieser armen Menschen.«

Lady Barbara zuckte die schmalen Schultern. »Für eine Arbeit, die geleistet werden muß, bedarf es keines Dankes.«

Viele Jahre später sollte ihr herzoglicher Bruder die Worte »Des Königs Regierung muß fortgeführt werden« in genau dem gleichen Tonfall sprechen.

Der den beiden zunächst liegende Mann hob einen verbundenen Arm.

»Drei Hurras für Lady Wellesley«, krächzte er. »Hip ... hip ... Hurra!«

Einige Verwundete stimmten ein, aber es war ein trauriger Chor, in den sich das Wimmern und Stöhnen der fiebernden Männer mischte. Lady Barbara hob beschwichtigend die Hand und wandte sich dann wieder an den Kommandanten.

»Frische Luft sollten wir hier unten haben«, sagte sie. »Läßt sich das nicht einrichten? Ich erinnere mich, wie mein Bruder erzählte, daß die Sterblichkeit im Lazarett von Bombay sofort nachließ, als man anfing, den Kranken frische Luft zuzuführen. Vielleicht könnte man die leichter Verwundeten an Oberdeck schaffen.«

»Ich werde dafür sorgen«, nickte Hornblower.

Lady Barbaras Wunsch erhielt kräftigen Nachdruck durch den Gegensatz, den Hornblower beim Betreten des Oberdecks empfand; nach dem stickigen Dunst des Orlops kam ihm die frische Luft des Pazifik wie Champagner vor. Er gab Befehl, sofort die Windsäcke wieder anzubringen, jene weiten Leinenhüllen, die durch Aufheißen in die Takelage die Aufgabe von Ventilatoren übernahmen. Sie waren, als das Schiff gefechtsklar gemacht wurde, entfernt worden. »Mr. Rayner«, fuhr Hornblower fort, »einigen der Verwundeten würde es sehr guttun, wenn man sie an Oberdeck brächte. Sie müssen sich bei Lady Barbara Wellesley erkundigen, welche dafür in Frage kommen.«

»Lady Barbara Wellesley, Sir?« wiederholte Rayner erstaunt. Er wußte nichts von den allerjüngsten Geschehnissen.

»Sie hörten, was ich sagte!« fuhr ihn Hornblower an.

»Aye, aye, Sir«, beeilte sich Rayner zu bestätigen, worauf er aus Furcht, er könne noch mehr sagen, was den Kommandanten erzürnen würde, schleunigst unter Deck verschwand.

So wurde denn an jenem Morgen die Sonntagsmusterung und der Gottesdienst an Bord der *Lydia* abgehalten, nachdem die Toten bestattet worden waren.

Auf jeder Seite des Oberdecks pendelte eine Reihe von Verwundeten in ihren Hängematten, und von drunten drangen schwach die schrecklichen Laute aus dem Lazarett herauf.

12

Abermals segelte die *Lydia* an der pazifischen Küste Mittelamerikas entlang. Im Osten glitten die grauen, mit rötlichen Tönungen versehenen Vulkankegel vorüber. Zuweilen konnte man auch den darunter befindlichen grünen Küstenstreifen erkennen. Das Meer war blau, und der Himmel war blau. Fliegende Fische, die eine blitzschnell wieder verschwindende Furche hinter sich ließen, schossen über das Wasser. Doch Tag und Nacht arbeiteten zwanzig Mann an den Pumpen, um die Fregatte schwimmend zu erhalten, und der Rest der Besatzung verwendete jede nicht der eigenen Erholung vorbehaltene Stunde, um das havarierte Schiff instand zu setzen.

Während der beiden Wochen, die bis zur Umschiffung des Kaps Mala vergingen, wurde die Krankenliste wesentlich kleiner. Einige der Leute waren bereits halb genesen; die Abhärtung nach vielen Monaten schweren Seedienstes ließ sie leicht mit Verletzungen fertig werden, die für körperlich schwächere Menschen hätten tödlich sein können. Der Herzschlag und die Erschöpfung hatten das Schiff von der Gegenwart anderer befreit, und nun tat der Brand, jene furchtbare Erkrankung, der zu einer Zeit, da man noch keine Antisepsis kannte, so mancher Verwundete zum Opfer fiel, das Seinige, noch mehr Seeleute von Bord zu bringen. Jeden Morgen gab es die gleiche Zeremonie, wenn zwei, drei oder sechs in Hängematten genähte Bündel über die Seite hinweg in den blauen Ozean glitten.

Galbraith ging diesen Weg. Er hatte den ersten Schock der schweren Verwundung überstanden, er hatte die Folterqualen der Amputation ertragen, als Laurie, den dringenden Vorstellungen der Lady Barbara entsprechend, mit Messer und Säge darangegangen war, die zerquetschten Massen aus Fleisch und Knochen zu beseitigen, die früher einmal menschliche Beine gewesen waren. Blaß und geschwächt lag Galbraith in seiner Koje, doch schien er durchzukommen, so daß sich Laurie sogar gelegentlich seiner ärztlichen Geschicklichkeit rühmte, indem er auf die schönen, glatten Stümpfe und auf die Sauberkeit hinwies, mit der er die Arterien zusammengenäht hatte. Plötzlich aber traten jene beängstigenden Symptome auf, und fünf Tage später war Galbraith tot. Das Fieberdelirium hatte sein Ende etwas erleichtert.

In jenen Tagen kamen Hornblower und Lady Barbara einander näher. Lady Barbara hatte bis zum bitteren Ende um das Leben des jungen Galbraith gekämpft. Ohne sich zu schonen, hatte sie ihre ganze Willenskraft aufgeboten, obwohl sie so tat, als geschehe alles ohne irgendeine Gemütsbewegung, als handele es sich eben um eine Arbeit, die getan werden mußte. Selbst Hornblower hätte sich vielleicht von solcher äußeren Gelassenheit täuschen lassen, wenn er nicht einmal ihr Gesicht beobachtet hätte, als Galbraith ihre Hände in den seinen hielt und dabei wähnte, zu seiner Mutter zu sprechen. Der sterbende Junge schwatzte fieberisch mit jenem breiten schottischen Akzent, in den er sofort verfiel, als das Delirium über ihn kam. Sie aber, in dem Bestreben, ihn zu trösten, sprach leise und ruhig auf ihn ein. So gleichmäßig klang ihre Stimme, so regungslos blieb ihre Haltung, daß Hornblower erst durch ihren schmerzlichen Gesichtsausdruck erkannte, was in ihr vorging.

Ganz überraschenderweise empfand Hornblower tiefen Kummer, als Galbraith starb. Bisher hatte er sich selbst immer als einen Mann betrachtet, der zufrieden war, andere auszunutzen, glücklich darüber, keine menschlichen Gefühlsschwächen zu besitzen. Nun wunderte er sich, daß ihn des Midshipman Tod so traurig stimmte, daß seine Stimme bebte und ihm Tränen in die Augen traten, als er die Sterbegebete las. Heimlich warf er sich vor, zu empfindsam zu sein, und dann suchte er sich einzureden, daß er lediglich den Verlust eines brauchbaren Untergebenen bedauerte, aber er konnte sich damit nicht beruhigen. Wie um seine Gedanken loszuwerden, stürzte er sich in den Dienst. Immer wieder trieb er die mit der Instandsetzung der *Lydia* beschäftigten Leute zur Tätigkeit an, doch wenn er an Deck oder bei Tisch dem Blick der Lady Barbara begegnete, so geschah es mit einem Wohlwollen, das er bisher nicht empfunden hatte. Jetzt bestand so etwas wie ein Verstehen zwischen ihnen.

Übrigens sah Hornblower die Dame nur selten. Zuweilen speisten sie zusammen, doch war stets zum mindesten ein anderer Offizier anwesend, und im allgemeinen kümmerte er sich um seine dienstlichen Obliegenheiten, während sie sich der Verwundetenpflege widmete. Beide hatten keine Zeit, und dem Kapitän fehlte es zudem an der nötigen Energie, um die milden Tropennächte für einen Flirt zu nutzen. Als man in den Golf von Panama einlief, bekam Hornblower vollends so viel zu tun, daß alle Möglichkeiten dieser Art in nichts zerrannen.

An Backbord voraus erschienen gerade die Perleninseln, und die hart beim Winde segelnde *Lydia* nahm Kurs auf die noch eine Tagesreise weit entfernte Stadt Panama, als in Luv der Küstenschutz-Lugger auftauchte, der dem Briten schon einmal begegnet war. Sowie die *Lydia* in Sicht kam, hielt er auf sie zu, während Hornblower den anliegenden Kurs weitersteuerte. Die Aussicht, den Hafen von Panama anzulaufen – mochte das Nest auch vom Fieber heimgesucht und überhaupt recht erbärmlich sein –, versetzte ihn in gehobene Stimmung, denn nachgerade zehrte die dauernde Anstrengung, die *Lydia* schwimmend zu erhalten, an seinen Nerven.

Zwei Kabellängen querab der Fregatte drehte der Spanier bei, und wenige Minuten später enterte der Hornblower bereits vom letztenmal her bekannte elegante, in eine prachtvolle Uniform gekleidete Offizier über die Seite der *Lydia*.

»Guten Morgen, Herr Kapitän«, sagte er mit tiefer Verbeugung. »Ich hoffe, daß Eure Exzellenz sich bei bester Gesundheit befinden.«

»Ich danke«, sagte Hornblower.

Neugierig sah sich der Besucher um. Die *Lydia* trug noch manche Spuren des überstandenen Kampfes, und die Reihe der in ihren Hängematten ruhenden Verwundeten verriet einen guten Teil dessen, was sich ereignet hatte. Hornblower fiel das zurückhaltende Benehmen des Spaniers auf. Der Mann schien darauf zu warten, daß sich ihm etwas bisher Unbekanntes enthüllen würde.

»Wie ich sehe, ist Ihr schönes Schiff unlängst im Gefecht gewesen«, sagte er. »Hoffentlich haben Exzellenz Glück gehabt.«

»Wir haben die *Natividad* versenkt, wenn Sie das damit meinen«, erwiderte Hornblower brutal.

»Versenkt, Herr Kapitän?«

»Ja.«

»Sie ist vernichtet?«

»Ja.«

Die Gesichtszüge des anderen strafften sich; Hornblower glaubte, daß der Spanier die abermalige Niederkämpfung der großen Fregatte durch ein halb so starkes britisches Kriegsschiff als Demütigung empfand.

»Dann, Sir«, erklärte der Besucher, »habe ich Ihnen einen Brief zu überreichen.«

Er griff in die Brusttasche, zögerte dabei aber in eigentümlicher Weise. – Später begriff Hornblower, daß er offenbar zwei verschiedene Schreiben bei sich getragen hatte, von denen dem englischen Kommandanten das eine ausgehändigt werden sollte, falls die *Natividad* zerstört worden war, das andere aber nur dann, wenn sie noch imstande war, Schaden anzurichten.

Hornblower las. Der Brief war nicht kurz, aber bei aller Glätte der Redewendungen doch für den, der mit dem pomphaften spanischen Amtsstil vertraut war, von gewollter Grobheit, denn er enthielt das formelle Verbot für die *Lydia*, irgendeinen spanischen, zu Peru, Mexiko oder Neu-Granada gehörenden Hafen anzulaufen, geschweige dort zu ankern.

Indessen Hornblower das Schreiben noch ein zweites Mal las, kamen ihm – von drunten tönte das melancholische Geräusch der Pumpen herauf – mit einemmal die neuen Sorgen zum Bewußtsein, die man ihm auflud. Er dachte an sein zerschossenes, leckes Schiff, an seine Kranken und Verwundeten, an seine abgekämpfte Besatzung, an die zusammengeschmolzenen Vorräte, an die Umsegelung des Kap Hoorn und an die viertausend Meilen, die von dort aus zwischen ihm und England lagen. Und noch mehr: Er entsann sich der ergänzenden Befehle, die er beim Verlassen Englands mitbekommen hatte und die dahin lauteten, Spanisch-Amerika dem britischen Handel zu erschließen und die Baumöglichkeiten für einen die Landenge durchstechenden Kanal zu erkunden.

»Sie kennen den Inhalt dieses Schreibens, Sir?«

»Jawohl, Sir.«

Des Spaniers Haltung drückte Hochmut, ja beinahe Unverschämtheit aus.

»Können Sie mir dieses äußerst unliebenswürdige Benehmen des Vizekönigs erklären?«

»Ich erachte mich nicht dazu befugt, meines Gebieters Handlungen zu erläutern, Sir.«

»Dennoch bedürfen sie dieser Erläuterungen dringend. Ich begreife nicht, wie irgendein zivilisierter Mensch seinen Verbündeten im Stich lassen kann, der für ihn kämpfte und nur wegen der Folgen dieser Kämpfe Hilfe benötigt.«

»Sie kamen ungebeten in diese Gegend, Sir. Es hätte sich für Sie nicht die Notwendigkeit eines Kampfes ergeben, wenn sie dort geblieben wären, wo Ihr König gebietet. Die Südsee ist das Eigentum Seiner Katholischen Majestät, der dort keinen Eindringling duldet.«

»Ich verstehe«, sagte Hornblower.

Er erriet, daß neue Befehle eingelaufen waren, da die spanische Regierung inzwischen Nachricht vom Erscheinen einer englischen Fregatte im Pazifik erhalten hatte. Die Erhaltung der Alleinherrschaft in diesen Gebieten bedeutete für die Spanier eine Lebensfrage. In dieser Hinsicht kannte die spanische Regierung keine Bedenken. Sie schreckte auch nicht davor zurück, einen Verbündeten zu einer Zeit vor den Kopf zu stoßen, während sie selbst in einen Kampf auf Leben und Tod mit dem mächtigsten Despoten Europas verwickelt war. Die Regierenden in Madrid empfanden die Anwesenheit der *Lydia* als einen Hinweis auf das Kommen einer ganzen Flut britischer

Händler. Sie mußten fürchten, daß jener bisher unausgesetzte Zustrom von Gold und Silber, auf dem der Bestand der Regierung fußte, versiegen würde und daß – was noch schlimmer war – die Ketzerei zu einem Erdteil Zutritt fand, der dem Papst durch drei Jahrhunderte die Treue gehalten hatte. Daß Spanisch-Amerika arm, schlecht regiert und von Krankheiten heimgesucht war, spielte ebensowenig eine Rolle wie die Tatsache, daß die übrige Welt den Ausschluß um so peinlicher empfand, als das Kontinentalsystem Napoleons ohnehin den europäischen Handel zugrunde gerichtet hatte.

In einem hellsichtigen Augenblick sah Hornblower voraus, daß die Welt sich auf die Dauer einen solchen Grad des Egoismus nicht gefallen lassen und daß Spanisch-Amerika unter allgemeinem Beifall demnächst das spanische Joch abwerfen werde. Später, wenn weder Spanien noch Neu-Granada den Durchstich der Landenge vornahmen, würde es jemand anders für sie tun. Es lag ihm auf der Zunge, seine Gedanken auszusprechen, aber seine angeborene Vorsicht ließ ihn davon Abstand nehmen. Wenn er auch außerordentlich schlecht behandelt worden war, ließ sich doch durch einen offenen Bruch nichts gewinnen. Auch war es eine feinere Rache, die Gedanken für sich zu behalten.

»Sehr schön, Sir«, sagte er. »Empfehlen Sie mich Ihrem Gebieter. Ich werde keinen Hafen des Spanien gehörenden Festlandes anlaufen. Bitte übermitteln Sie Seiner Exzellenz meine lebhaften Gefühle der Dankbarkeit für das Entgegenkommen, das man mir erwies, und meine Freude, die ich über diesen neuen Beweis des guten Einvernehmens zwischen den Regierungen empfinde, denen zu unterstehen wir beide das Glück haben.«

Der spanische Offizier sah ihn scharf an, aber Hornblowers Gesicht blieb unbewegt, indessen er dem Besucher eine ausgesucht höfliche Verbeugung machte.

»Nun aber, Sir«, fuhr Hornblower trocken fort, »muß ich Ihnen zu meinem großen Bedauern Lebewohl sagen, indem ich Ihnen eine angenehme Reise wünsche. Ich habe noch viel zu tun.«

Es war peinlich für den Spanier, in so hochmütiger Weise entlassen zu werden, doch konnte er keine Einwendung gegen irgend etwas von dem erheben, was Hornblower gesagt hatte. Es blieb ihm nur übrig, des Briten Verbeugung zu erwidern und von Bord zu gehen. Kaum saß er wieder in seinem Boot, als Hornblower sich an Bush wandte. »Lassen Sie das Schiff beigedreht, Mr. Bush«, sagte er. Die fast stilliegende *Lydia* rollte heftig in der Dünung, derweil ihr Kapitän seine unterbrochene Wanderung auf dem Achterdeck wiederaufnahm. Heimlich folgten ihm die Blicke der Offiziere und Mannschaften, die den offenbar ungünstigen Inhalt der soeben erhaltenen Depesche zu erraten suchten. Auf und nieder wanderte Hornblower, auf und nieder, während ihn das Klank-klank der Pumpen, das traurig durch die schwere Luft drang, immer wieder daran erinnerte, wie wichtig es war, baldigst zu einem neuen Entschluß zu gelangen.

Ehe er sich jedoch der Frage nach dem Zustand seines Schiffes zuwandte, mußte er sich über die vorhandenen Vorräte und die Versorgung mit Wasser klarwerden, wie für jeden Kommandanten diese Angelegenheit an erster Stelle stand. Vor sechs Wochen hatte er Proviant und Frischwasser an Bord genommen. Seither aber war die Besatzung um ein Viertel verringert worden. Selbst wenn man lange Zeit zur Behebung aller Havarien brauchte, gab es genügend Lebensmittel, um zur Not damit bis zur

Rückkehr nach England durchhalten zu können, zumal die westöstliche Umsegelung des Kap Hoorn nie so zeitraubend zu sein pflegte wie der entgegengesetzte Weg. Überdies konnte die *Lydia* jetzt, da die Pflicht zur Geheimhaltung ihrer Bewegungen fortfiel, nötigenfalls St. Helena, Sierra Leone oder Gibraltar anlaufen, um dort ihre Bestände zu ergänzen.

Diese Lage der Dinge war ungemein befriedigend. Nun durfte er also seine gesamte Aufmerksamkeit auf das Schiff selbst richten. Überholt werden mußte es unbedingt, denn bei ihrem jetzigen Zustand konnte die *Lydia* nicht hoffen, die am Kap Hoorn tobenden Stürme zu überstehen. Sie leckte wie ein Sieb, hatte ein Segel unter den Boden ziehen müssen und trug einen Notmast. Die Instandsetzung ließ sich nicht auf See vornehmen, und die Häfen waren dem Kapitän Hornblower verschlossen. Er sah sich daher genötigt, so zu handeln, wie es die alten Seeräuber, wie Drake, Anson und Dampier, schon früher in diesen Gewässern getan hatten; das heißt, er mußte einen Schlupfwinkel aufsuchen, wo er sein Schiff auf einen weichen Strand setzen und kielholen konnte. Das Festland kam dafür nicht in Frage. Dort siedelten die Spanier an jeder schiffbaren Bucht. Es galt also, irgendeine geeignete Insel ausfindig zu machen.

Die eben über den Horizont ragenden Perleninseln waren unbrauchbar. Hornblower wußte, daß sie bewohnt waren und öfter von Panama aus besucht wurden. Überdies befand sich der Lugger noch in Sicht, der die Bewegungen der *Lydia* beobachtete. Hornblower begab sich in die Kajüte und kramte seine Karten hervor. Da war die Insel Coiba, die man gestern passiert hatte. Über ihre Beschaffenheit sagte die Seekarte nicht viel, aber offenbar empfahl es sich, sie an erster Stelle zu erkunden. Hornblower bestimmte den zu steuernden Kurs und kehrte an Oberdeck zurück.

»Wir wollen wenden, Mr. Bush«, sagte er.

13

Beinahe zollweise kroch Seiner Britannischen Majestät Fregatte *Lydia* in die Bucht. Der Kutter fuhr voraus, und Rayner lotete eifrig, während die *Lydia* vor einschlafender Brise sich in den gewundenen Kanal tastete, der die beiden Landzungen voneinander trennte. Die die Einfahrt flankierenden Vorgebirge waren steile Felsenklippen, und das eine überragte das andere ein wenig, so daß nur ein sehr scharfes Auge hätte erraten können, daß sich dahinter ein Wasserbecken erstreckte.

Hornblower hob den Blick, als man die Ecke umsegelte und sich die Bucht vor den Engländern auftat. Überall ragten Berge empor, doch im inneren Winkel fiel das Gelände nicht ganz so steil ab, und dort, am unteren Rande, des grünen Uferstreifens, der die Bucht einsäumte, leuchtete goldgelber Sand. Dort also mußte sich der Boden finden, den Hornblower suchte.

»Dies sieht sehr brauchbar aus«, sagte er zu Bush.

»Jawohl, Sir; wie geschaffen für unsere Zwecke.«

»Dann wollen wir ankern und sofort mit der Arbeit beginnen.«

Furchtbar heiß war es innerhalb dieser kleinen, zur Insel Coiba gehörenden Bucht. Die ragenden Berge hielten jeden Luftzug fern und strahlten gleichzeitig Wärme aus. Als die Ankerkette aus der Klüse rasselte, fühlte Hornblower, wie sich ihm die Hitze auf die Sinne legte. Obwohl er regungslos droben auf der Hütte stand, war er naß von

Schweiß. Er sehnte sich nach einem Bad und der Möglichkeit, in Ruhe den kühleren Abend zu erwarten, doch durfte er sich solchen Luxus nicht leisten. Wie immer, war auch jetzt die Zeit von größter Wichtigkeit. Er mußte sich gut verstecken, ehe die Spanier ihn aufzuspüren vermochten.

»Rufen Sie den Kutter zurück«, befahl er dem Ersten Offizier.

An Land war es noch drückender als auf dem Wasser. Hornblower ließ sich zum sandigen Ufer rudern. Unterwegs wurde gelotet, und mit Sorgfalt prüfte er die Bodenprobe, die am Talg des Bleilotes haftete. Zweifellos bestand der Untergrund aus Sand. Man konnte also die *Lydia* getrost aufsetzen. Er landete im luftlosen Dschungel. Nirgends wurde das Dickicht von Pfaden durchzogen, was mit Sicherheit darauf schließen ließ, daß hier keine Menschen hausten. Im Kampf ums Dasein hatte sich die aus hohen Bäumen, Buschwerk, Schlingpflanzen und Schmarotzern bestehende Vegetation gänzlich ineinander verfilzt. Fremdartige Vögel flatterten mit seltsamen Lauten durch das grüne Zwielicht. Der Dunst vermodernder Gewächse drang Hornblower in die Nase. Das schußbereite Gewehr in den Händen, folgte er seiner Begleitung, die schwitzend einen Weg durch diesen Urwald bahnte. Unweit der Einfahrt trat er dort, wo die Felsen für die Bewachsung zu steil wurden, wieder ins blendende Sonnenlicht hinaus. Schweißgebadet und erschöpft erkletterte er die steilen Hänge. Träge lag die *Lydia* auf dem leuchtenden Blau der kleinen Bucht. Jenseits des Kanals ragte düster das andere Kap empor, dessen abschüssige Flanken Hornblower durchs Fernrohr musterte. Dann begab er sich an Bord zurück, um seine Leute zu fieberhafter Tätigkeit anzuspornen. Ehe man die *Lydia* aufsetzen konnte, ehe der Zimmermann mit seinen Gesellen den Boden bearbeiten konnte, mußte sie erleichtert werden. Und bevor man sie wehrlos auf die Seite legen durfte, war es unerläßlich, die Bucht gegen einen etwaigen feindlichen Angriff zu sichern. Takel wurden angeschlagen und mit ihrer Hilfe die zwei Tonnen schweren Achtzehnpfünder aufgeheißt. Bei sehr vorsichtigem Verfahren und tadellosem Trimmen konnte der Kutter gerade eins dieser Ungeheuer tragen. Stück um Stück schaffte man sie zu den Vorgebirgen, wo Rayner und Gerard mit einem Kommando bereits eifrig an der Herstellung von Bettungen arbeiteten. Arbeitsabteilungen waren eingeteilt worden, um behelfsmäßige Zugangswege zu den Klippen herzustellen, und kaum waren diese einigermaßen fertig, als die Geschützbedienungen anfingen, mit Takeln und Langtauen ihre Geschütze auf die Höhe zu schaffen. Pulver und Kugeln folgten ebenso wie die für die Batteriebesatzungen erforderlichen Lebensmittel und Wassermengen. Nach sechsunddreißigstündiger angestrengtester Tätigkeit war die *Lydia* um hundert Tonnen erleichtert worden und der Zugang zur Bucht derartig gesichert, daß jeder, der den Versuch hätte wagen wollen, die Einfahrt zu forcieren, sich zunächst mit zwanzig Kanonen hätte auseinandersetzen müssen.

Mittlerweile war ein anderes Kommando angestrengt am sandigen Ufer der Bucht beschäftigt gewesen. Die Leute rodeten einen Teil des Waldes und schufen aus den gefällten Baumstämmen eine primitive Brustwehr. In das solcherweise geschaffene Fort schleppte man mit Pökelfleisch gefüllte Fässer, Mehlsäcke und Munition, bis die *Lydia* nur noch einer leeren Schale glich, die auf den kleinen Wellen der Bucht dümpelte. Für sich selbst spannten die Matrosen Persennings oder Zeltleinen auf, um sich gegen die gelegentlich niedergehenden tropischen Regengüsse zu schützen. Die Offiziere erhielten rohgezimmerte Holzhütten, und natürlich bekam Lady Barbara eine für sich. Mit diesem Befehl bewies Hornblower wenigstens ein einziges Mal, daß er sich der Gegenwart jener Frau bewußt war. Während der sich überstürzenden Arbeit und unter dem Druck der auf ihm lastenden Verantwortung brachte er weder die Zeit noch die Willenskraft auf, sich mit Lady Barbara zu unterhalten. Er war müde, und die schwüle Hitze zehrte an seinen Kräften, aber seiner persönlichen Veranlagung entsprechend und angesichts der Notwendigkeit, die Arbeiten bald zu beenden, steigerte er sich eigensinnig und unvernünftig immer stärker in die ihm obliegenden Tätigkeiten hinein, so daß er die Tage wie in einem Alpdruck der Überanstrengung verbrachte, und Lady Barbara war in den wenigen Minuten, die er mit ihr sprach, für ihn nur wie die Vision einer schönen Frau, die ein Mann während seiner Fieberphantasien haben kann.

Von der frühesten Dämmerung bis zum Abend trieb er seine Leute an und ließ sie in der fürchterlichen Hitze fronen, bis sie in wehmütiger Bewunderung die Köpfe schüttelten. Sie nahmen ihm seinen Eifer gar nicht übel, denn sie wußten, daß er sich selbst keinerlei Schonung auferlegte. Auch entsprach es dem Charakter britischer Seeleute, daß sie um so williger arbeiteten, je außergewöhnlicher die Begleitumstände waren. Statt in ihren bequemen Hängematten, schliefen sie auf dem Sand, und sie empfanden es als Abwechslung, daß sie nicht an Bord, sondern auf festem Boden beschäftigt wurden.

Die den Wald durchschwirrenden Leuchtkäfer, die seltsamen Früchte, die ihnen die Gefangenen von der *Natividad* liefern mußten, ja sogar die lästigen Moskitos, alles das machte ihnen Freude. In der Nähe der einen Sperrbatterie sprudelte ein klarer Bach von den Felsen hernieder, so daß sie endlich einmal nach Herzenslust Wasser vergeuden konnten. Den Männern, die es oft monatelang erlebten, daß ein Posten beim Wassertank stand, galt dergleichen als märchenhafter Luxus.

Am Strand und möglichst weit von den mit Persennings überzogenen, scharf bewachten Pulverfässern entfernt loderten Feuer empor, über denen das der Bootsmannslast entnommene Pech geschmolzen wurde. Ein Teil der Besatzung mußte Werg zupfen, da die vorhandenen Vorräte nicht ausreichten. Indessen wurde die *Lydia* auf den Strand gelegt und so weit übergeholt, daß der Zimmermann mit der Ausbesserung des Bodens beginnen konnte. Die Schußlöcher wurden mit entsprechenden Pfropfen verkeilt, die undicht gewordenen Nähte kalfatert. Zum Ersatz einiger losgerissener Kupferplatten mußten die letzten Reservebleche der Fregatte herangezogen werden. Vier Tage lang dröhnte der Hammerschlag, und der Geruch schmelzenden Pechs trieb über die stillen Wasser der Bucht, wenn die qualmenden Kessel zur Arbeitsstätte geschafft wurden.

Am Ende des Zeitabschnitts schritt Hornblower zusammen mit dem Zimmermann langsam den Schiffsboden ab und erklärte brummend, mit der geleisteten Arbeit zufrieden zu sein. Die *Lydia* wurde wieder in tiefes Wasser geschleppt und unter die steil abfallende Klippe gebracht, auf der die eine der beiden Batterien stand. Dort hatte Bush mittlerweile ein kranartiges Gestell aufgebracht, mit dessen Hilfe der Stumpf des alten Kreuzmastes wie ein Zahnstummel aus dem Schiff gezogen und der Notmast ordnungsgemäß eingesetzt wurde, so daß er nun auch den Stürmen des Kap Hoorn gewachsen war.

Nach Erledigung dieser langwierigen und schwierigen Arbeit kehrte die *Lydia* zu ihrem ursprünglichen Ankerplatz zurück, wo sie bis auf die Landbatterien alles wieder an Bord nahm, was vor dem Kielholen hatte ausgepackt werden müssen. Auch wurden sämtliche schadhaften oder notdürftig ausgebesserten Teile der Takelage ausgewechselt.

Nun endlich durfte sich auch Hornblower eine Atempause gönnen. Eine wahre Zentnerlast fiel ihm vom Herzen, als er abermals die Decksplanken der *Lydia* unter den Füßen spürte und das seit vierzehn Tagen andauernde Klanken der Pumpen verstummt war. Es tat wohl, wieder ein seetüchtiges Schiff zu kommandieren, und sehr angenehm empfand er auch das Bewußtsein, daß er fortan bis zur Rückkehr nach England keine strategischen und taktischen Pläne mehr auszuarbeiten brauchte.

Gerade jetzt wurde die eine der beiden Sperrbatterien abgebaut und geschützweise an Bord zurückgeführt. Schon war die eine Breitseite wieder verwendbar, und er konnte auf alle innerhalb des Pazifik zur See fahrenden Spanier pfeifen. Das war ein wundervolles Gefühl.

Als er sich umwandte, sah er Lady Barbara auf dem Achterdeck stehen. Strahlend lächelte er ihr zu.

»Guten Morgen, Madame. Ich hoffe, daß Ihre Kammer nun wieder wohnlich ist.«

Lady Barbara erwiderte sein Lächeln; ja, sie lachte beinahe; so komisch empfand sie den Gegensatz zwischen seiner Begrüßung und den finsteren Blicken, die sie seit elf Tagen von ihm gewohnt war.

»Danke der Nachfrage, Herr Kapitän. Sie ist fabelhaft wohnlich geworden. Wirklich, Ihre Leute haben in so kurzer Zeit wahre Wunder vollbracht.«

Ganz unbewußt hatte er ihre beiden Hände ergriffen und stand nun im Sonnenschein vor ihr, wobei sein Gesicht überschwengliche Freude ausdrückte. Lady Barbara fühlte, daß es nur eines einzigen Wortes bedurfte, ihn tanzen zu lassen. »Noch vor Einbruch der Dunkelheit werden wir in See sein«, rief er begeistert.

Ihm gegenüber konnte sie ebensowenig würdevoll bleiben wie gegenüber einem kleinen Kind. Sie kannte die Männer und ihre Angelegenheiten zur Genüge, um ihm sein bisheriges Benehmen nicht übelzunehmen. Ja, um die Wahrheit zu sagen, sie hatte ihn sogar ein wenig gern.

»Sie sind ein ausgezeichneter Seemann, Sir«, sagte sie plötzlich zu ihm. »Ich bezweifle, daß irgendein anderer Seeoffizier Seiner Majestät das gleiche hätte leisten können wie Sie.«

»Ich freue mich darüber, daß Sie so denken«, erwiderte er, aber mit diesen wenigen Worten war auch die Stimmung wieder verdorben. Sie hatte ihn an seine Person erinnert, und sofort fühlte er sich wieder befangen. Verlegen ließ er ihre Hände los, und unter der braunen Gesichtshaut schien er leicht zu erröten. »Ich habe nur meine Pflicht getan«, murmelte er fortblickend.

»Das können zwar viele Männer«, sagte Lady Barbara, »aber nur wenige vermögen sie so gut zu tun. Das Land steht in Ihrer Schuld, und ich hege die ernste Hoffnung, daß England sich dessen bewußt sein wird.«

Die Bemerkung drängte Hornblowers Gedanken auf einen Weg, den sie bereits öfter eingeschlagen hatten. England würde sich nur daran erinnern, daß dieses Gefecht mit der *Natividad* überflüssig gewesen war, daß ein stärker vom Glück begünstigter Kapitän schon etwas von dem neuen spanisch-englischen Bündnis gehört haben würde, ehe er die *Natividad* den Rebellen überantwortet hätte, wodurch dann alle weiteren Reibungen und Verluste vermieden worden wären. Wohl mochte ein solcher Kampf, bei dem es hundert Tote und Verwundete gab, ruhmvoll sein, aber doch nur dann, wenn er notwendig war. Keinem Menschen würde es einfallen, ihm gerechterweise zuzubilligen, daß er lediglich sorgfältig die ihm erteilten Befehle ausgeführt hatte. Gerade seiner Verdienste wegen würde man ihn tadeln, und so war Hornblower mit einemmal wieder voller Bitterkeit.

»Entschuldigen Sie mich bitte, Madame«, sagte er und ging dann nach vorn, um den Leuten Befehle zuzuschreien, die gerade einen Achtzehnpfünder aus der Barkaß an Bord heißten.

Kopfschüttelnd sah Lady Barbara ihm nach.

»Merkwürdiger Mensch!« sagte sie leise. »Für eine kurze Weile war er fast umgänglich.«

Infolge ihrer erzwungenen Einsamkeit hatte sie sich bald angewöhnt, Selbstgespräche zu führen, wie es Menschen auf entlegenen Inseln zu tun pflegen. Sie riß sich jedoch sofort zusammen, wenn sie sich dabei ertappte. Jetzt begab sie sich nach unten und kanzelte die schwarze Hebe wegen eines kleinen, beim Auspacken der Garderobe begangenen Fehlers heftig ab.

14

Es hatte sich an Bord herumgesprochen, daß die *Lydia* nun endlich die Heimreise angetreten habe. Ohne sich um die Fäden der hohen Politik zu kümmern, hatten die Leute erst auf der einen und dann auf der anderen Seite gefochten. Daß die Spanier dabei erst Feinde, dann Freunde und schließlich höchst unliebenswürdige Neutrale waren, hatte kaum einem einzigen von ihnen Kopfzerbrechen gemacht. Ihnen hatte es genügt, blindlings zu gehorchen. Nun aber erhielt sich das Gerücht von der Heimreise der *Lydia* so hartnäckig, daß man nicht mehr an seiner Wahrheit zweifeln konnte. Diesen leichtsinnigen Kerlen kam es so vor, als liege England ganz dicht hinter dem Horizont. An die fünftausend Seemeilen, die noch vor ihnen lagen, dachten sie nicht. Ihre Gedanken beschäftigten sich mit ganz anderen Dingen. Die gepreßten Seeleute dachten an ihre Familien, die Freiwilligen aber an die grobsinnlichen Freuden, die ihrer im Heimathafen harrten. Diese sonnigen Aussichten ließen sie sich nicht von der Möglichkeit überschatten, daß man sie an Bord eines anderen Fahrzeuges kommandieren und dann abermals um die halbe Welt segeln lassen würde, ehe sie überhaupt den Fuß auf britischen Boden setzen konnten.

Mit Feuereifer hatten sie die Fregatte aus der Bucht geschleppt, und nicht einer von ihnen blickte bedauernd zu jenem Schlupfwinkel zurück, der allein ihnen diese Heimreise ermöglichte. Schwatzend und Dummheiten machend wie ein Rudel Affen, waren sie aufgeentert, um Segel zu setzen, indessen drunten die Leute der Freiwache paarweise tanzten und die *Lydia* vor günstigem Winde über die blauen Weiten des Stillen Ozeans glitt. Mit seiner tropischen Launenhaftigkeit flaute der Wind jedoch immer mehr ab und wehte schließlich nur noch in einzelnen, ganz schwachen Stößen, so daß die Segel zu klatschen und die Takelage zu knarren begannen. Dauernd mußte die Wache an die Brassen treten und die Segel trimmen.

Hornblower, der in seiner Koje lag, erwachte in der kühlen Stunde, die der Dämmerung vorangeht. Noch war es zu dunkel, um den über seinem Kopf in der Decke eingelassenen Kajütskompaß sehen zu können, doch aus den langrollenden Bewegungen des Schiffes und den unaufhörlichen Geräuschen erriet er, daß man in eine Flaute geraten war. Es war bald Zeit zum Beginn der Morgenwanderung, aber im behaglichen Gefühl, schwerer Verantwortungen enthoben zu sein, blieb er noch ein wenig liegen, bis Polwheal hereinkam, um die Kleider zurechtzulegen. Gerade schlüpfte er in die Hosen, als er droben vom Ausguck her einen Ruf vernahm.

»Backbord querab ein Segel! Es ist wieder der Lugger, Sir!«

Im Augenblick schwand das Gefühl des Wohlbehagens von ihm. Zweimal schon war man hier im Golf von Panama jenem Lugger begegnet, und beide Male hatte er schlechte Nachrichten überbracht. Fast ein wenig abergläubisch wartete Hornblower darauf, was wohl dieses dritte Zusammentreffen mit sich bringen werde. Er riß Polwheal den Rock aus der Hand, zog ihn an und eilte nach oben.

Ja, zweifellos war es der Lugger, der dort kaum zwei Meilen entfernt in der Windstille lag. Ein halbes Dutzend Ferngläser wurde auf ihn gerichtet; offenbar teilten die Offiziere den abergläubischen Verdacht ihres Kommandanten.

»Die haben etwas an ihrer Takelage, was mich abstößt«, murmelte Gerard.

»Och, sie ist bloß so 'n richtiger spanischer Guardacosta«, meinte Crystal. »Zu Dutzenden habe ich die gesehen. In Habana zum Beispiel . . .«

»Wer kennt sie nicht?« unterbrach ihn Gerard ärgerlich. »Ich sagte . . . Hallo, da legt ein Boot ab!«

Er sah sich um und gewahrte den Kommandanten, der gerade das Achterdeck betrat.

»Lugger schickt ein Boot herüber, Sir.«

Hornblower tat sein Bestes, um seinem Gesicht den Ausdruck völliger Gelassenheit zu geben. Er sagte sich dabei, daß er mit dem schnellsten und kampfkräftigsten Schiff der ganzen pazifischen Küste unter den Füßen nichts zu befürchten hatte. Im übrigen war er bereit und dazu befähigt, die halbe Welt zu umsegeln und jedes Fahrzeug zu bekämpfen, dessen Armierung aus fünfzig Kanonen oder weniger bestand. Der Anblick des Luggers brauchte ihn also nicht zu beunruhigen ... und tat es dennoch.

Minutenlang beobachteten sie das in der Dünung langsam näher kommende Boot. Zuerst war es nur ein dunkler, hin und wieder auf den Wogenkämmen sichtbar werdender Fleck. Dann konnte man die nassen Riemenblätter sehen, von denen das im Widerschein der tiefstehenden Sonne glitzernde Wasser tropfte. Schließlich schor das Boot längsseit, und dann stand der so glänzend uniformierte junge Offizier wieder vor Hornblower, vor dem er sich verneigte. Er machte keinen Hehl aus seiner mit Bewunderung gemischten Neugier. Er bemerkte den neuen Kreuzmast, der so sauber und seefest aussah, als sei er auf einer Werft eingesetzt worden; er sah die tadellos geflickten Schußlöcher; er stellte fest, daß die Pumpen nicht mehr arbeiteten; kurzum, daß das Schiff im Verlauf der letzten sechzehn Tage vollkommen überholt worden war. Offenbar war das zudem geschehen, ohne daß es einen Hafen angelaufen hatte.

»Ich bin überrascht, Sie nochmals hier zu sehen, Sir«, sagte er.

»Für mich«, erwiderte Hornblower, »ist es sowohl eine Überraschung als auch ein Vergnügen.«

»Selbstverständlich gilt das auch für mich«, sagte der Spanier schnell, »aber ich dachte, daß Sie sich mittlerweile schon längst auf die Heimreise gemacht hätten.«

»Ich befinde mich in der Tat auf der Heimreise«, erklärte Hornblower, der großen Wert darauf legte, daß das Gespräch in höflichen Formen geführt wurde. »Wie Sie sehen, bin ich nur noch nicht weit gekommen. Allerdings dürfte es Ihrer Aufmerksamkeit nicht entgangen sein, daß die Schäden einigermaßen ausgebessert wurden, und nun wird mich nichts mehr davon abhalten, so schnell wie möglich nach England zu segeln; es sei denn, es hätte sich inzwischen etwas ereignet, was das Verbleiben innerhalb dieser Gewässer im Interesse der gemeinsamen Sache wünschenswert machte.« Hornblower sprach die letzten Worte mit einer gewissen Besorgnis aus, und im Geiste erwog er bereits allerlei Ausreden, um sich weiterer Verpflichtungen zu entziehen, falls das Angebot angenommen werden sollte. Doch die Antwort des Spaniers zerstreute seine Bedenken.

»Ich danke Ihnen, Sir, doch besteht kein Anlaß, von Ihrer Güte Gebrauch zu machen. Die überseeischen Besitzungen Seiner Katholischen Majestät sind durchaus imstande, sich selbst zu schützen. Ich bin davon überzeugt, daß Seine Britannische Majestät erfreut sein wird, eine so schöne Fregatte zurückkehren zu sehen, damit sie drüben seine Interessen wahrnehme.«

Die beiden Herren verneigten sich formell voreinander, worauf der Spanier abermals das Wort ergriff.

»Ich dachte gerade daran, Sir, daß Sie, die Gelegenheit der Flaute benutzend, mir vielleicht die große Ehre erweisen würden, für wenige Augenblicke mein Schiff zu besuchen. Ich wäre imstande, Ihnen etwas Interessantes zu zeigen, das Ihnen gleichzeitig Beweis dafür wäre, daß wir auf Ihre freundliche Hilfe verzichten können.«

»Worum handelt es sich?« fragte Hornblower mißtrauisch.

Der Spanier lächelte. »Es würde mir Vergnügen bereiten, wenn ich Sie überraschen dürfte. Bitte, tun Sie mir den Gefallen, Sir.«

Unwillkürlich musterte Hornblower den Horizont. Dann suchte er sich über den Gesichtsausdruck des Spaniers klarzuwerden. Der Mann war kein Narr, und nur ein Narr hätte angesichts einer auf Schußweite liegenden Fregatte an Verrat denken können, denn eine einzige Breitseite würde genügt haben, den Lugger zu versenken. Mochten diese spanischen Hitzköpfe auch zu manchem fähig sein, so würde doch keiner von ihnen wagen, einem britischen Seeoffizier Gewalt anzutun.

»Es wird mir eine große Freude sein, Sie zu begleiten, Sir«, sagte er.

Der Spanier verneigte sich abermals, worauf sich Hornblower an seinen Ersten Offizier wandte.

»Ich werde dem Lugger einen Besuch abstatten, Mr. Bush. Lange bleibe ich nicht drüben. Schicken Sie mir den Kutter nach, damit er mich wieder an Bord bringen kann.«

»Aye, aye, Sir.« Es gelang Bush nicht, sein fassungsloses Erstaunen zu verbergen. Er öffnete den Mund und schloß ihn wieder; er wollte Einwendungen erheben und wagte es doch nicht, so daß er schließlich nur ganz kleinlaut wiederholte: »Aye, aye, Sir.«

Während der Überfahrt zum Lugger war der Spanier geradezu ein Muster der Höflichkeit. Er plauderte über die Witterungsverhältnisse. Er erwähnte die letzten, den spanischen Krieg betreffenden Meldungen, wonach es außer allem Zweifel stand, daß sich eine in Andalusien stehende französische Armee den Spaniern ergeben hatte und daß die vereinigten spanisch-englischen Streitkräfte zum Einmarsch nach Frankreich zusammengezogen wurden. Er schilderte die Verwüstungen, die das gelbe Fieber auf dem Festland angerichtet hatte. Doch während der ganzen Zeit deutete er mit keinem Wort die Art der Überraschung an, die Hornblower erleben sollte.

Die beiden Schiffsführer wurden, als sie das Oberdeck des Luggers betraten, mit spanischem Zeremoniell empfangen. Es gab präsentierte Gewehre, und einige von zwei Hornisten begleitete Trommler vollführten eine schreckliche Katzenmusik.

»Alles hier an Bord steht zu Ihrer Verfügung«, lächelte der Spanier. »Wünschen Euer Exzellenz eine Erfrischung zu genießen? Vielleicht eine Tasse Schokolade?«

Gelassen dankend nahm Hornblower an. Er dachte nicht daran, seiner Würde dadurch etwas zu vergeben, daß er eine die angebliche Überraschung betreffende Frage stellte. Er konnte warten. Überdies bemerkte er, daß sich sein Kutter bereits dem Lugger näherte.

Auch der Spanier schien es mit einer Erklärung nicht eilig zu haben. Offenbar genoß er im voraus das große Erstaunen seines englischen Gastes. Er machte Hornblower auf einige Eigenheiten der Takelage aufmerksam; er ließ seine Offiziere rufen, um sie ihm vorzustellen; er äußerte sich über die Tüchtigkeit seiner Besatzung, die wie jene der *Natividad* durchweg aus Indianern bestand. Schließlich siegte Hornblower. Der Spanier hielt es nicht mehr länger aus, unbefragt zu bleiben.

»Darf ich Sie bitten, mit mir zu kommen, Sir?« sagte er einladend. Er führte seinen Besucher zum Vordeck, und dort war el Supremo. Man hatte ihn mit den Hüften an einen Ringbolzen gefesselt. Auch die Unterarme und die Fußgelenke trugen Ketten. Der Mann war halb nackt. Nur Kleiderfetzen umhingen seinen Körper. Das verwilderte Bart- und Haupthaar umrahmte sein Gesicht, und an Deck lag sein eigener Kot.

»Wie ich annehme«, begann der Spanier wieder, »hatten Sie bereits das Vergnügen, Seine Exzellenz Don Julian Maria de Jesus de Alvarado y Montezuma, der sich selbst den Allmächtigen nennt, kennenzulernen?«

El Supremo reagierte mit keiner Gebärde auf diesen

Hohn. »Allerdings wurde mir der Kapitän Hornblower vorgestellt«, sagte er stolz. »Lange und getreu hat er mir gedient. Ich hoffe, daß Sie sich der besten Gesundheit erfreuen, Herr Kapitän.«

»Danke sehr, Sir«, nickte Hornblower.

Ungeachtet der Lumpen, des Schmutzes und der Ketten bewahrte el Supremo doch die gleiche hoheitsvolle Würde, deren sich Hornblower so gut erinnerte.

»Auch ich befinde mich so wohl, wie ich es mir nur wünschen kann. Es ist mir eine Quelle unausgesetzter Befriedigung, daß meine Sache so glänzende Fortschritte macht.«

In diesem Augenblick erschien ein Negersklave an Deck, der ein Tablett mit Schokolade trug; ein anderer brachte Stühle herbei. Der Einladung seines Gastgebers folgend, nahm Hornblower Platz. Er tat es insofern gern, als er plötzlich eine seltsame Schwäche in den Knien spürte, aber die Schokolade reizte ihn durchaus nicht. Der spanische Kommandant schlürfte geräuschvoll, während ihm el Supremo zusah. Etwas wie Gier leuchtete in seinen Augen auf. Er beleckte die Lippen, seine Augen weiteten sich, und er streckte sogar die Hände aus, aber schon im nächsten Moment war er wieder ganz ruhig und gleichgültig.

»Ich hoffe, daß Ihnen die Schokolade schmeckt, meine Herren«, sagte er. »Ich habe sie eigens für Sie bestellt, denn ich selbst mache mir schon seit langem nichts mehr daraus.«

»Das bleibt sich gleich«, bemerkte der spanische Kapitän. Er lachte laut, trank abermals und schnalzte mit den Lippen. El Supremo beachtete ihn nicht, sondern wandte sich an Hornblower.

»Sie sehen, daß ich diese Ketten trage. Es entspricht das

einer seltsamen Laune von mir und meinen Dienern. Ich denke, Sie werden mir zustimmen, daß meine Gestalt dadurch vorteilhaft zur Geltung gelangt.«

»Aller ... dings, Sir«, stammelte Hornblower.

»Wir befinden uns auf dem Wege nach Panama, wo ich den Thron der Welt besteigen werde«, fuhr der Wahnsinnige fort. »Sie reden von Aufhängen, diese Burschen, und sagen, daß dort auf der Bastion der Zitadelle bereits der Galgen wartet. O nein, das wird das Gerüst für meinen goldenen Thron sein. Er besteht nämlich aus Gold, mit diamantenen Sternen und einem großen, aus Türkisen gebildeten Mond ist er verziert. Von dort aus werde ich eine Proklamation an die Welt verlesen.«

Der spanische Kommandant ließ abermals ein wieherndes Lachen hören, aber el Supremo stand in seinen Ketten würdevoll da, und die Sonne brannte auf sein wirres Haar nieder.

»Lange hält solche Stimmung bei ihm nicht an«, sagte der Spanier halblaut zu seinem Gast. »Ich bemerke schon Anzeichen des Umschlagens. Es freut mich, daß Sie Gelegenheit haben, ihn in seinen beiden verschiedenen Launen beobachten zu können.«

»Tag für Tag wächst die Sonne in all ihrer Herrlichkeit«, rief el Supremo. »Erhaben und furchtbar ist sie, wie auch ich es bin. Töten kann sie ... töten ... töten ... töten, wie sie die Menschen tötete, die ich ihren Strahlen aussetzte ... Wann war das doch? ... Und Montezuma ist tot, und sein ganzes Geschlecht ist tot ... gestorben im Laufe der Jahrhunderte. Allein ich bleibe zurück ... Und Hernandez ist tot ... Sie erhängten ihn, während noch das Blut aus seinen Wunden floß. Hernandez starb in meiner Stadt San Salvador, und er starb mit meinem Namen auf den Lippen ... Männer und Frauen wurden dort in San Salvador in langen

Reihen aufgehängt. Nur el Supremo ist am Leben geblieben, um zu herrschen von seinem goldenen Thron. Sein Thron ist es . . . sein Thron!«

Starren Blickes sah sich der Wahnsinnige um. Etwas wie Verständnis huschte über seine Züge, als er mit den Ketten rasselte. Nun glotzte er sie wieder blöde an.

»Ketten! . . . Das sind Ketten!«

Er kreischte und brüllte. Er lachte irre, und das Gelächter ging in Schluchzen über. Dann wieder warf er sich fluchend auf die Decksplanken nieder, wobei er wütend in seine Ketten biß. Seine Worte endeten in unartikulierten Lauten. Der Geifer lief ihm über das Kinn. Zuckend warf er sich hin und her.

»Interessant, nicht wahr?« meinte der spanische Seeoffizier. »Mitunter tobt er unausgesetzt vierundzwanzig Stunden lang.«

Hornblower stand auf, klappernd fiel sein Stuhl um. Er war nahe daran, sich zu erbrechen. Sein Gastgeber, der sein bleiches Gesicht und die bebenden Lippen sah, war ein wenig belustigt und machte daraus keinen Hehl.

Aber Hornblower konnte seinem anwachsenden Widerwillen keinen Ausdruck verleihen. Vernunftgemäß sagte er sich, daß an Bord eines so kleinen Schiffes, wie es der Lugger war, ein Wahnsinniger an Deck angekettet werden mußte. Wohl war diese spanische Art, daraus eine Schaustellung zu machen, einfach widerwärtig, doch gab es dafür zahlreiche Parallelen aus der britischen Geschichte. Einen der größten Schreiber in englischer Sprache, der obendrein ein kirchlicher Würdenträger gewesen war, hatte man seinerzeit als Geisteskranken für Geld sehen lassen.

»Sie werden ihn also ungeachtet seines Irrsinns aufhängen?« fragte Hornblower. »Ohne ihm Gelegenheit zu geben, seinen Frieden mit Gott zu machen?«

Der Spanier zuckte die Achseln.

»Wahnsinnig oder nicht, Rebellen werden gehängt. Euer Exzellenz werden das so gut wissen wie ich.«

Hornblower wußte es in der Tat. Er murmelte etwas Unverständliches, obwohl er sich wütend über sein Benehmen ärgerte. Um wenigstens einigermaßen die seiner Meinung nach verlorene Würde wiederzugewinnen, raffte er sich auf und sprach ein paar abschließende Worte.

»Ich bin Ihnen außerordentlich verbunden, Sir, daß Sie mir Gelegenheit boten, diesem höchst interessanten Schauspiel beizuwohnen. Jetzt aber werde ich Sie zu meinem Bedauern verlassen müssen, indem ich meinen Dank wiederhole. Mir scheint, daß ein wenig Wind aufkommt.«

In möglichst beherrschter Haltung enterte er über die Seite und nahm auf der Achterducht seines Bootes Platz. Es kostete ihn eine weitere Anstrengung, den Befehl zum Ablegen zu geben, und dann starrte er während der Überfahrt zur *Lydia* schweigend und düster vor sich nieder. Bush, Gerard und Lady Barbara beobachteten ihn, als er an Bord kam. Ohne zu sehen und ohne zu hören, blickte er umher, und dann eilte er in seine Kammer hinunter, um sich mit seinem Elend zu verstecken. Ja, er barg sein Gesicht sogar sekundenlang erschüttert ins Kopfkissen seiner Koje, ehe er seine Fassung so weit wiedergewann, daß er sich einen sentimentalen Idioten schimpfte. Doch vergingen noch mehrere Tage, bis seine Züge jenen todesstarren Ausdruck verloren, und während dieser Zeitspanne zog er sich immer wieder in die Einsamkeit seiner Kammer zurück, denn unmöglich wäre es ihm gewesen, sich unter die heitere Gesellschaft des Achterdecks zu mischen, deren vergnügtes Geplauder durchs Skylight zu ihm herniedertönte. Er selbst faßte die Tatsache, daß ihn der Anblick eines irrsinnigen Verbrechers, der sein Schicksal reichlich verdiente, derartig aus dem Gleichgewicht brachte, als neuen Beweis für seine seelische Schwäche und seine Torheit auf.

III

1

In der warmen, monderhellten Nacht saßen Lady Barbara und Kapitänleutnant Bush plaudernd bei der Heckreling. Es war das erste Mal, daß Bush ein solches Beisammensein zu zweien erlebte, und überdies war es rein zufällig zustande gekommen. Wahrscheinlich würde er es sogar vermieden haben, falls er es vorausgesehen hätte, aber nun die Unterhaltung begonnen hatte, ergab er sich ganz dem Genuß, ohne irgendwelche Beunruhigung zu empfinden. Er hockte auf einem Stapel der mit Werg gefüllten Kissen, die Harrison für Lady Barbara hatte anfertigen lassen, und streichelte sein Knie, während Lady Barbara sich in ihrem Liegestuhl streckte. Sanft hob und senkte sich die *Lydia* zur leisen Begleitmusik der Wellen und des in der Takelage harfenden Windes. Die weißen Segel schimmerten im Mondlicht. Droben am Himmel funkelten in seltsamer Klarheit unzählige Sterne. Doch Bush sprach nicht von sich selbst, wie es unter solchem Tropenmond jeder vernünftige Mann im Beisein einer jungen Dame getan haben würde.

»Gewiß, Madame«, sagte er. »Er hat Ähnlichkeit mit Nelson. Er ist so sensibel, wie Nelson es war, und zwar aus dem gleichen Grunde. Er denkt in einem fort . . . Sie würden erstaunt sein, wenn Sie wüßten, über was er alles nachdenkt.«

»Ich glaube kaum, daß es mich überraschen würde«, lächelte Lady Barbara.

»Das liegt daran, daß Sie selbst ein nachdenkliches Gemüt haben, Madame. Ich müßte sagen, daß nur wir Dummen erstaunt sein würden. Er hat mehr Verstand als wir übrigen zusammengenommen; Sie selbst natürlich ausgenommen. Außerordentlich tüchtig ist er, das kann ich Ihnen versichern.«

»Und ich will es gern glauben.«

»Er ist der beste Seemann von uns allen, und was die Navigation betrifft ... nun, Crystal ist ein Stümper, wenn man ihn mit dem Kommandanten vergleicht.«

»Wirklich?«

»Natürlich ist er zuweilen kurz angebunden, selbst mir gegenüber, aber das ist zu erwarten. Ich weiß, wieviel Sorgen er mit sich herumschleppt, und seine Körperkräfte sind nicht sehr groß. Auch darin gleicht er Nelson. Manchmal mache ich mir meine Gedanken über ihn.«

»Sie lieben ihn.«

»Lieben, Madame?« Bushs männlicher Charakter griff das Wort und seine gefühlvolle Bedeutung auf. Er lachte ein wenig befangen. »Wenn Sie es sagen, dann muß es wohl so sein. Ich selbst habe es mir in diesem Sinne noch gar nicht überlegt. Aber daß ich ihn gern habe, gebe ich ohne weiteres zu.«

»Das wollte ich auch bloß ausdrücken.«

»Die Leute vergöttern ihn. Sie würden für ihn durchs Feuer gehen. Bedenken Sie, was er auf dieser Reise alles geleistet hat, und dabei kommt die Peitsche noch nicht einmal in der Woche zur Anwendung. Darin ähnelt er ebenfalls Nelson. Die Kerls lieben ihn nicht wegen seiner Taten oder wegen seiner Worte, sondern seiner Persönlichkeit wegen.«

»In gewisser Hinsicht kann man ihn hübsch nennen«, meinte Lady Barbara; sie war weiblich genug, um solchem Gedanken Raum zu geben.

»Nun Sie's erwähnen, Madame, will es auch mir so scheinen. Aber unsertwegen dürfte er auch so häßlich wie die Sünde selbst sein.«

»Selbstverständlich!«

»Aber schüchtern ist er, Madame. Nie kommt ihm seine Tüchtigkeit zum Bewußtsein. Das ist eins der Dinge, die mich immer wieder überraschen. Sie werden es mir nicht glauben wollen, aber er hat nicht mehr Zutrauen zu sich wie ... wie ich selbst, Madame, wenn ich mich so ausdrücken darf. Weniger sogar, weniger.«

»Wie sonderbar«, meinte Lady Barbara. Sie war an das unerschütterliche Selbstbewußtsein ihrer Brüder gewöhnt, aber ihre Worte waren eigentlich nur aus Höflichkeit gesprochen worden, denn in Wirklichkeit fand sie es gar nicht so seltsam.

»Sehen Sie, Madame«, sagte Bush plötzlich, die Stimme senkend.

Hornblower war an Deck erschienen. Die beiden konnten sein im Mondschein bleiches Gesicht erkennen, als er nun rundum blickte, um sich davon zu überzeugen, daß alles in Ordnung war, und sie erkannten auch die Qual, die er empfand. Während der wenigen Sekunden seines Verweilens hätte man ihn für ein Gespenst halten können.

Als er sich wieder in die Einsamkeit seiner Kajüte zurückgezogen hatte, sagte Bush nachdenklich: »Wenn ich nur wüßte, was diese Teufel mit ihm angestellt haben, als er sich an Bord des Luggers befand. Hooker, der das Boot steuerte, behauptete, er habe droben jemanden wie einen Wahnsinnigen heulen hören. Die Folterknechte!

Vermutlich handelte es sich um eine ihrer Bestialitäten. Sie sehen, wie sehr es ihn erschüttert hat, Madame.«

»Ja«, sagte Lady Barbara leise.

»Verzeihen Sie mir meine Offenherzigkeit, aber ich wäre Ihnen sehr dankbar, wenn Sie ihn ein wenig aus seinen trüben Gedanken reißen könnten. Er bedarf offenbar sehr stark der Ablenkung. Vielleicht wäre es Ihnen möglich . . .«

»Ich will's versuchen«, nickte Lady Barbara, »wenn ich auch bezweifle, daß ich dort Erfolg haben kann, wo Sie selbst versagten. Kapitän Hornblower hat mich niemals sonderlich beachtet, Mr. Bush.«

Glücklicherweise traf die formelle Einladung, die Lady Barbara durch Hebe dem Steward Polwheal überbringen ließ und die von ihm dem Kommandanten ausgehändigt wurde, Hornblower in einem Augenblick an, da er sich gerade bemühte, den auf ihm lastenden Druck abzuschütteln. Er las die Zeilen so aufmerksam, wie Lady Barbara sie niedergeschrieben hatte, und sie hatte sich große Mühe bei der Abfassung der Einladung gegeben. Hornblower nahm ihre nette kleine Bitte um Entschuldigung entgegen. Sie belästige ihn zwar zu einer Zeit, da er offenbar in seine Arbeit vertieft sei, doch habe sie von Mr. Bush erfahren, daß die *Lydia* im Begriff stehe, den Äquator zu passieren, und so sei ihr der Gedanke gekommen, ob man das Ereignis nicht durch eine kleine Feier würdigen könne. Wenn daher Herr Kapitän Hornblower der Lady Barbara das Vergnügen machen wolle, mit ihr zu speisen, und wenn er zudem einen Offizier namhaft machen wolle, dessen Hinzuziehung er für angebracht erachte, so würde sie – Lady Barbara – sich außerordentlich freuen. Hornblower antwortete schriftlich, daß er der gütigen Einladung bereitwilligst Folge leisten werde. Lady Barbara möge ganz nach Gutdünken noch einen anderen Offizier auffordern.

Und dennoch bereitete ihm die Rückkehr zum geselligen Leben keine ungemischte Freude. Hornblower war von jeher arm gewesen, und damals, als er das Kommando der *Lydia* übernahm, wußte er nicht mehr aus noch ein, wie er die nötigen Existenzmittel für seine zurückbleibende Frau aufbringen sollte. Dadurch wiederum hatte er sich außerstande gesehen, sich selbst hinreichend auszurüsten, so daß nun nach dem Verlauf so vieler Monate seine Garderobe im Zustand gänzlichen Verfalls war. Keiner seiner Röcke war ungeflickt. Die blind und unansehnlich gewordenen Epauletten verrieten, daß sie ihr Dasein in nur oberflächlich vergoldetem Zustand begonnen hatten. Die Dreimaster waren Ruinen. Hornblower besaß weder Hosen noch Wadenstrümpfe mehr, die sich hätten sehen lassen können, und die einstmals weißen Halstücher konnten in ihrer Zerschlissenheit nicht mehr für Seide genommen werden. Nur der Degen ›im Werte von fünfzig Guineen‹ behielt sein gutes Aussehen bei, doch konnte ihn Hornblower nicht gut zum Diner tragen.

Er war sich dessen bewußt, daß seine an Bord angefertigten weißen Hosen nicht den eleganten Schnitt aufwiesen, an den Lady Barbara gewöhnt war. Er sah schäbig aus und fühlte sich dementsprechend schäbig. Als er sich in dem kleinen Spiegel betrachtete, gewann er die Überzeugung, daß Lady Barbara über seine Erscheinung die Nase rümpfen würde. In sein braungelocktes Haar mischten sich graue Streifen, und als er den Scheitel festlegte, entdeckte er zu seinem Entsetzen, daß er eine richtige Glatze bekam. Der Haarausfall hatte in letzter Zeit unerhört schnelle Fortschritte gemacht. Voller Mißfallen betrachtete er sein Spiegelbild, und doch würde er gern den Rest seines Schopfes für ein Ordensband oder einen Stern geopfert haben, mit dem er Lady Barbara gegenüber hätte Eindruck machen können. Aber schließlich wäre auch das nutzlos gewesen, denn Lady Barbara hatte ihr ganzes Dasein im Bereich des Hosenband- und des Andreasordens zugebracht; das aber waren Auszeichnungen, die zu erhalten er nie erwarten durfte.

Schon war er drauf und dran, seine Zusage zur Einladung zu widerrufen, als ihm einfiel, daß Polwheal nach all diesen umständlichen Vorbereitungen den Grund der Absage erkennen und ihn samt seinem schäbigen Aussehen heimlich verspotten würde. Er begab sich also zum Diner und rächte sich auf seine Weise dadurch, daß er wortkarg und zerstreut am Ehrenplatz der Tafel saß und mit seiner düsteren Gegenwart jeden Versuch, eine zwanglose Unterhaltung in Gang zu bringen, vereitelte. Das Mahl begann in frostiger, ungemütlicher Stimmung. Es war eine sehr kümmerliche Rache, aber eine gewisse Befriedigung empfand Hornblower doch, als er Lady Barbaras auf ihn gerichteten und besorgten Blick auffing. Schließlich wurde er aber auch dieses Trostes beraubt, denn plötzlich lächelte sie und begann eine leichte Unterhaltung, wobei sie Bush veranlaßte, ihr seine persönlichen Erlebnisse von Trafalgar zu erzählen. Hornblower wußte, daß sie die Geschichte zum mindesten schon zweimal gehört hatte.

Jedenfalls aber wurde die Unterhaltung allgemein und angeregt, denn Gerard fiel es nicht ein, Bush allein zu Wort kommen zu lassen, und so mußte er die Erzählung seines Zusammentreffens mit einem algerischen Seeräuber zum besten geben. Die Sache lag schon weit zurück. Gerard hatte sie erlebt, als er noch im Sklavenhandel tätig gewesen war. Hornblower aber hielt es nun nicht länger aus, schweigend und teilnahmslos abseits zu bleiben. Fast gegen seinen Willen sah er sich ins Gespräch gezogen, das immer lebhaftere Formen annahm. Erst nach der Beendigung der Mahlzeit und nachdem er auf die Gesundheit des Königs getrunken hatte, faßte er sich einigermaßen, so daß er Lady Barbaras Aufforderung zu einer Partie Whist ablehnte. Das jedenfalls sollte seiner Meinung nach Eindruck auf die Dame machen. Zum wenigsten traf das für seine Offiziere zu, denn er merkte, wie Bush und Gerard einander betroffen ansahen, weil der Kommandant die Gelegenheit zu einem Spiel ausschlug.

In seine Kammer zurückgekehrt, lauschte er dem geräuschvollen Verlauf des ›Vingt-et-un‹, das Lady Barbara an Stelle des Whist in Vorschlag gebracht hatte. Fast wünschte er, er wäre drüben geblieben, obwohl er Vingt-et-un für ein Spiel hielt, an dem nur primitive Gemüter Gefallen finden konnten.

Immerhin hatte die Einladung doch ihren Zweck erfüllt, denn fortan wich er der an Oberdeck weilenden Lady Barbara nicht mehr aus. Er brachte es fertig, mit ihr zu plaudern und mit ihr den Zustand der wenigen Verwundeten zu erörtern, die noch in der Krankenliste geführt wurden. Nach einigen solchen morgendlichen Begegnungen fiel es ihm leicht, auch während der heißen Nachmittage und der zauberhaften, vom Mondlicht erhellten Abende in ihrer Gesellschaft zu verweilen, indessen die *Lydia* über den tropischen leichtbewegten Ozean glitt. Er hatte sich wieder an seine abgetragenen Röcke und die schlechtsitzenden Hosen gewöhnt. Vergessen war der rachsüchtige Plan, Lady Barbara in ihre Kajüte zu verweisen. Vor allem aber wurde sein Geist nicht mehr so unaufhörlich von den Erinnerungen gequält. Nicht länger verfolgte ihn der Anblick des an Deck angeketteten el Supremo, des sterbenden Galbraith und des armen kleinen Clay, dessen blutiger, kopfloser Rumpf auf den Decksplanken gelegen hatte. Nun konnte er sich nicht mehr, weil ihn diese Bilder verfolgten, einen Feigling nennen.

Wirklich, es waren glückliche Tage. Der tägliche Dienst spielte sich mit der Regelmäßigkeit eines Uhrwerks ab. Fast immer wehte wenigstens so viel Wind, daß die *Lydia* steuerfähig blieb, und zuweilen frischte es zur Unterbrechung der Eintönigkeit ein wenig auf. Stürme gab es nicht während dieser goldenen Zeit, die man als endlos betrachten konnte, denn unerreichbar fern schien der fünfzigste südliche Breitengrad zu liegen. Daran änderte auch die Tatsache nichts, daß die Sonne jeden Mittag etwas tiefer und das Kreuz des Südens um Mitternacht höher stand.

Himmlisch waren die Nächte, wenn das Schiff ein langes, schwach phosphoreszierendes Kielwasser hinter sich zurückließ. Hornblower und Lady Barbara plauderten über alles mögliche. Die Dame der großen Welt erzählte von dem leichtfertigen Ton, der am Hofe des irischen Vizekönigs in Dublin herrschte, und von den Intrigen, mit denen sich ein Generalgouverneur von Indien herumzuärgern hatte, von mittellosen französischen Emigranten, die ihre Stelle den schwerreichen Eisenbaronen Nordenglands einräumen mußten, von Lord Byrons Extravaganzen und den Dummheiten der königlichen Prinzen. Hornblower vermochte dem allen neidlos zuzuhören.

Er seinerseits sprach von den heftigen Stürmen, des von felsigen Küsten gesäumten Golfes von Biskaya oder davon, wie Admiral Pellew seine Fregatten bis in die Brandung selbst führte, um das französische Linienschiff *Droits-de-l'Homme* samt ihrer zweitausend Mann zählenden Besatzung zu versenken. Von Strapazen, Grausamkeiten und Entbehrungen war die Rede. Ein geradezu eintönig anstrengendes Dasein spielte sich vor Lady Barbaras geistigem Auge ab. Es erschien ihr so phantastisch wie ihm das ihrige. Im Maße, wie seine Befangenheit schwand, konnte er sogar auf seine beruflichen Erwartungen zu sprechen kommen, die ihr natürlich wie die bedeutungslosen Wünsche eines Kindes vorkommen mußten, das gern ein neues Steckenpferd hätte. Sein ganzer Ehrgeiz ging dahin, zweitausend Pfund Prisengelder zusammenzubringen, die es ihm, wenn er aus dem Dienst schied, ermöglichen sollten, den Halbsold auszugleichen, die paar Morgen Land zu bewirtschaften, die zu seinem Häuschen gehörten, und sich mit Büchern zu umgeben.

Und dennoch hörte sie ihm zu, ohne zu lächeln, und im Mondlicht zeigte ihr Gesicht sogar einen leichten Zug des Neides, denn ihre eigenen Lebenswünsche waren viel zu unklar, um sie in Worte kleiden zu können. Sie wußte selbst nicht recht, was sie wollte, erkannte aber doch, daß sie es nur dann erreichen konnte, wenn es ihr gelang, einen Mann zu finden. Daß die Tochter eines Earls einen mittellosen Fregattenkapitän beneiden konnte, berührte Hornblower, der ihren Ausdruck beobachtete, aufs tiefste. Er empfand Genugtuung darüber, daß Lady Barbara überhaupt jemanden beneiden konnte, und war doch gleichzeitig traurig darüber.

Sie unterhielten sich auch viel über Literatur, wobei ihre Meinungen öfter auseinandergingen, da Hornblower eigentlich nur die Klassiker gelten ließ und sich abfällig über die jüngeren Dichter äußerte, unter denen ein gewisser Walter Scott mit an erster Stelle genannt wurde. Wohl wunderte sich Lady Barbara anfangs darüber, daß ein Seeoffizier ein so großes Interesse für die Literatur besaß, aber sie lernte schnell, ihre bisherigen Begriffe einer Prüfung zu unterziehen. Kriegsschiffskommandanten waren durchaus nicht einer wie der andere, wie ein oberflächlicher Beobachter hätte meinen können. Von Hornblower und von seinen Untergebenen erfuhr sie, daß es Kapitäne gab, die griechische Elegien schrieben, daß manche ihre Kajüten mit Altertümern vollstopften, die sie auf den griechischen Inseln gefunden hatten, daß dieser oder jener mit Cuvier im Briefwechsel stand und Seetiere klassifizierte. Andererseits gab es natürlich auch Kommandanten, denen es Spaß machte, menschliche Rücken mit der neunschwänzigen Katze zerpeitschen zu lassen, die sich jeden Abend bis zur Bewußtlosigkeit betranken und dann im Säuferwahnsinn das ganze Schiff auf den Kopf stellten, und noch andere, die ihre Mannschaft hungern ließen und ihr dabei Tag und Nacht keine Ruhe gönnten.

Lady Barbara war immer mehr davon überzeugt, daß Hornblower ein besonders tüchtiger Kapitän war, ein Beruf, der vom Publikum ganz erheblich unterschätzt wurde.

Vom Tage ihres Anbordkommens an hatte Lady Barbara an Hornblowers Gesellschaft Gefallen gefunden. Jetzt war beiderseits eine gewisse Gewöhnung eingetreten. Der eintönige Verlauf der stetig nach Süden führenden Reise war für diese Entwicklung sehr günstig. Zur Gewohnheit wurde der Austausch eines Lächelns, mit dem sie einander in der Frühe beim Betreten des Achterdecks begrüßten, und in diesem Lächeln spiegelten sich die Erinnerungen an die Gespräche, die man abends zuvor geführt hatte. Zur Gewohnheit wurde für Hornblower, nach der mittäglichen Berechnung des Bestecks den Fortschritt der Reise mit Lady Barbara zu besprechen, zur Gewohnheit auch, nachmittags mit ihr Kaffee zu trinken. Vor allem aber bestand nun seit längerem schon die Gewohnheit, abends in der warmen Dunkelheit an Oberdeck zu bleiben, während sich die Unterhaltung scheinbar aus dem Nichts unter dem zauberhaften Schimmer der Sterne immer üppiger entfaltete, bis man sich spät nach Mitternacht zögernd trennte. Dabei wurde dieses abendliche Beisammensein niemals auch nur andeutungsweise vereinbart.

Sie konnten jetzt sogar schweigend beisammensitzen, wortlos den am Sternenhimmel kreisenden Bewegungen der Mastspitzen folgen und dabei dem schwachen Knarren und Knacken des Schiffskörpers lauschen. Dennoch blieben ihre Gedanken gleichgerichtet, und wenn einer von ihnen eine Bemerkung machte, so entsprach sie ganz den Gedanken des anderen. Bei solchen Gelegenheiten ruhte Lady Barbaras Hand an ihrer Seite, so daß sie ohne Schwierigkeit hätte berührt werden können. Oft hatten Männer diese Hand berührt, wenn sie gar keinen Wert darauf legte. Auf Londoner Bällen und bei den Empfängen des Generalgouverneurs war es der Fall gewesen. Nun aber war sie unklug genug, es darauf ankommen zu lassen, obwohl sie sich sagen mußte, daß es in Anbetracht der noch mehrere Monate langen Reise leichtsinnig war, die geringste körperliche Intimität zu begünstigen. Hornblower jedoch schien die Hand nicht zu beachten. Sie sah sein friedvolles und unbewegtes Gesicht zu den Sternen emporblikken, und das Bewußtsein, diese Änderung seines Ausdrucks seit jenem Abend bewirkt zu haben, an dem sie mit Bush sprach, tat ihr wohl.

Vier Wochen währte dieser angenehme Teil der Reise, während die *Lydia* immer weiter nach Süden glitt, bis die Abende kühl und die Morgenstunden nebelig wurden, bis das Blau des Himmels sich in Grau wandelte und seit drei Wochen zum erstenmal ein niedergehender Regen das Oberdeck näßte, bis der Westwind schneidend wurde, so daß sich Lady Barbara, falls sie überhaupt oben bleiben wollte, in einen Mantel hüllen mußte. Schließlich fanden die auf der Hütte verlebten Abende ihr unvermeidliches Ende. Das Wetter wurde stürmisch und zusehends kälter, obwohl die südliche Halbkugel ihren Spätsommer erlebte. Zum erstenmal im Leben sah Lady Barbara den Kommandanten in Ölzeug und Südwester, wobei sie seltsamerweise fand, daß ihm diese häßliche Kleidung sehr gut stand. Es geschah zuweilen, daß er mit leuchtenden Augen und windgeröteten Wangen in die Kajüte trat, und dann fühlte sie ihren Puls schneller schlagen.

Sie wußte, daß sie töricht war. Sie sagte sich, daß ihre Schwäche darauf zurückgeführt werden mußte, daß Hornblower an Bord der *Lydia* der einzige Mann war, der Kultur besaß. Überdies konnte dies viele Monate dauernde Beisammensein auf engem Raum nur dazu führen, daß sie ihn entweder liebte oder haßte. Da aber Haß ihrer ganzen Charakterveranlagung nach nicht in Frage kam, blieb eben das andere übrig. Sie war sich auch darüber klar, daß ihr Interesse für ihn schwinden würde, sobald man zur Zivilisation zurückkehrte und Hornblower sich vor dem ihr vertrauten, im Laufe der Zeit aber in ihrem Gedächtnis verblaßten Hintergrund abhob.

An Bord sah man die Dinge in falscher Perspektive. Pökelfleisch, madiges Brot und Dörrerbsen, eine Kost, die zweimal in der Woche durch ein Glas Zitronensaft ergänzt wurde, bedeutete Eintönigkeit. Kleinigkeiten gewannen übertriebene Wichtigkeit, wenn man genötigt war, ein solches Leben zu führen. Das alles sah Lady Barbara ein, aber seltsamerweise änderte es nichts an ihren Gefühlen. Man hatte mittlerweile das Gebiet des Passats erreicht. Tagtäglich brauste er stärker, und täglich nahm der Seegang zu. Die *Lydia* kam ausgezeichnet vorwärts. Es gab Tage, an denen sie über zweihundertundvierzig Seemeilen innerhalb vierundzwanzig Stunden zurücklegte. Kalt war es, und es regnete in Strömen, so daß das Oberdeck mitunter knöcheltief unter Wasser stand.

An anderen Tagen blieb Lady Barbara nichts anderes übrig, als sich in ihrer Koje festzustemmen, während das Schiff hin und her geworfen wurde, als wolle es jeden Augenblick kentern. Hebe, die ihre Neigung zur Seekrankheit niemals ganz überwand, lag in ihre Decken gewickelt am Boden, und ihre Zähne klapperten vor Kälte. Sämtliche Feuer waren gelöscht worden. Es konnte nichts gekocht werden, und das Stöhnen der Hölzer schwoll zu einer Stärke an, daß man es mit Orgeltönen hätte vergleichen können.

Als man den südlichsten Punkt der ganzen Reise erreichte, bewies das am Kap Hoorn herrschende Wetter aufs neue seine Launenhaftigkeit. Eines Morgens erwachte Lady Barbara und merkte, daß die Bewegungen des Schiffes wieder sehr stetig geworden waren. Polwheal klopfte an die Kammertür, um eine Mitteilung des Kommandanten zu überbringen. Wenn es der Lady Barbara beliebe, so könne sie von dem Wetterumschwung Gebrauch machen und an Oberdeck frische Luft schöpfen. Natürlich folgte sie der Einladung. Der Himmel war blau, aber die Frische ließ sie doch dankbar den Büffelmantel empfinden, den ihr Gerard geliehen hatte. Es wehte nur noch eine frische Brise, die die *Lydia* unter vollen Segeln, einschließlich des Royals, vorwärtstrieb. Hell schien die Sonne. Es tat wohl, wieder einmal an Deck spazierengehen zu können; fast so wohl wie der dampfend heiße Kaffee, den der grinsende Polwheal der Dame und den Offizieren auf der Hütte servierte. Köstlich war es, die Lungen, die so lange die üblen, unter Deck herrschenden Dünste eingeatmet hatten, mit reiner Luft zu füllen. Überall in den Wanten trockneten die schnellstens aufgehängten Kleidungsstücke der Seeleute. Sie schienen mit unzähligen flatternden Armen und Beinen die frische Brise zu begrüßen.

Aber Kap Hoorn schenkte den Menschen nur diesen einen angenehmen Morgen. Noch vor der Mittagsstunde überzog sich die Sonne mit einem feinen Schleier, es frischte merklich auf, und in Luv stiegen schnell näher kommende Wolkenmassen empor.

»Lassen Sie die Royals bergen, Mr. Bush«, knurrte Hornblower. »Lady Barbara, ich fürchte, daß Sie sich wieder in Ihre Kajüte zurückziehen müssen.«

Kaum hatte sie ihre Kammer erreicht, als auch schon heulend die Bö einfiel. Den ganzen Nachmittag hindurch lief die *Lydia* vor dem Winde, und als es Abend wurde, schloß Lady Barbara, die inzwischen allerlei Seemannschaft gelernt hatte, aus den Bewegungen der Fregatte, daß sich Hornblower genötigt gesehen hatte, beizudrehen. Sechsunddreißig Stunden hielt der Zustand an, indessen sich das Wetter zu bemühen schien, den ganzen Himmel in tausend Stücke zu zerreißen. Einigen Trost bot nur die Gewißheit, daß auch die Abtrift nach Lee dem Schiff half, den östlichen Kurs beizubehalten. Lady Barbara hielt es für kaum glaublich, daß es Menschen jemals gelungen sein sollte, Kap Hoorn in ostwestlicher Richtung zu umsegeln. Sie schloß sich Hornblowers Meinung an, wonach sich sehr bald, und spätestens nach dem Abschluß eines allgemeinen Friedens, die ganze Welt zusammentun werde, um den Antrag zu stellen, die Landenge von Panama mit einem Kanal zu durchstechen. Vorläufig allerdings mußte man sich damit begnügen, auf den glücklichen Tag zu warten, an dem man St. Helena erreichte, wo das Schiff Frischfleisch und Gemüse, womöglich Milch und Obst an Bord nehmen konnte.

2

Der Umschlag der Witterung, der nach der Umrundung des Kap Hoorn eintrat, war geradezu dramatisch. Lady Barbara kam es so vor, als sei das Schiff noch gestern bei einem Seegang, der bis zu den Rahen reichte, in Kälte und Unbehaglichkeit vor den Südweststürmen schwer arbeitend, seines Weges gerollt, und heute genoß man bei leichten südöstlichen Winden herrlichen Sonnenschein. In der Tat hatte die *Lydia* insofern Glück gehabt, als sie von dem letzten tobenden Unwetter von Süden her in den Bereich des Passats getrieben worden war. Das Meer war wieder tiefblau, und von dieser Bläue hoben sich wundervoll die weißen Schaumkämme ab. Fliegende Fische durchfurchten die wie emailliert aussehende Oberfläche. Im Augenblick waren alle Entbehrungen und Strapazen, die das Kap Hoorn mit sich gebracht hatte, vergessen.

Es schien ganz selbstverständlich zu sein, daß Lady Barbara nach Einbruch der Dunkelheit bei der Heckreling saß, und ebenso selbstverständlich, daß Hornblower aus dem Halbdunkel auftauchte, um die von Fall zu Fall immer wiederholte höfliche Einladung anzunehmen, er möge ihr ein wenig Gesellschaft leisten. Es war durchaus natürlich, daß die Offiziere das ganz in der Ordnung fanden und daß der Wachhabende seine Wanderung auf den vorderen Teil der Hütte beschränkte. Um Mitternacht, als Gerard erschien, um seinen Kameraden Rayner abzulösen, machte der seinen Nachfolger durch eine Bewegung mit dem Daumen und eine Kopfwendung auf die kleine, im Dunkel kaum sichtbare Gruppe aufmerksam. Gerard grinste; in seinem tiefgebräunten Gesicht schimmerten die Zähne.

Er hatte die Tugendhaftigkeit der Dame bereits auf die Probe gestellt, als sein Kommandant noch gar nicht daran dachte, von ihrer Anwesenheit Notiz zu nehmen. Er glaubte nicht, daß Hornblower dort Erfolg haben würde, wo er selbst einen Mißerfolg erlitten hatte, und jedenfalls meinte Gerard genügend Vernunft zu besitzen, um nicht mit seinem eigenen Vorgesetzten zu rivalisieren. Im übrigen hatte Gerard in seinem Leben so viele Eroberungen gemacht, daß er während seiner Wachen genügend Stoff zum Nachdenken hatte. Er wünschte seinem Kapitän viel Glück, kehrte dem Paar den Rücken zu und hielt sich weit genug entfernt, die Gespräche nicht mit anhören zu können.

Für Hornblower – und auch für Lady Barbara – lagen die Dinge hier im Atlantik nicht mehr so, wie sie drüben im Stillen Ozean gelegen hatten. Hornblower empfand eine ihm bisher unbekannte Nervosität. Vielleicht drängte sich ihm nach dem Umsegeln des Kap Hoorn das Bewußtsein auf, daß selbst Segelschiffsreisen irgendeinmal enden müssen, daß selbst die fünftausendundeinige Seemeilen, die zwischen ihm und Portsmouth lagen, nicht ewig vorhalten konnten. Im Pazifik hatte er angemessenerweise in Lady Barbaras Gesellschaft Frieden gefunden. Jetzt aber empfand er eine Unruhe, die sich mit jener Spannung vergleichen ließ, die man verspürte, wenn man inmitten einer glasigen Flaute in den westindischen Gewässern lag und das Barometer rapide fiel.

Aus irgendeinem Grunde – vielleicht nur deswegen, weil er an England dachte – war das Bild seiner Frau in letzter Zeit wieder sehr lebendig in ihm geworden. Er sah die kleine, rundliche Maria, deren Gesichtshaut leicht ein wenig fleckig war, mit ihrem schwarzseidenen Sonnenschirm, den sie zärtlich liebte; er sah sie in ihrem flanellenen Nachthemd und den in Papier gewickelten Locken, indessen ein Ton der Herzlichkeit aus ihrer etwas rauhen

Stimme klang. Er stellte sich Maria vor, wie sie mit dem Besitzer eines Fremdenheims verhandelte, wie sie, in Portsmouth an Bord kommend, die geringe Achtung zu erkennen gab, die sie für den gewöhnlichen Seemann hegte. Es war nicht schön, daß Hornblower in solcher Weise an sie dachte. Besser hätte er jener fieberigen Nacht gedenken sollen, da ihre Augen rot vom Weinen waren und sie sich tapfer bemühte, ihre Lippen nicht zittern zu lassen, derweil der an den Blattern erkrankte kleine Horatio in ihren Armen starb und die kleine Maria bereits tot im Nebenzimmer lag. Hornblower räusperte sich scharf und regte sich unruhig auf seinem Stuhl.

Lady Barbara betrachtete sein vom Sternenlicht beschienenes Gesicht. Es trug jenen freudlosen, vereinsamten Ausdruck, den sie fürchten gelernt hatte.

»Können Sie mir sagen, was Ihnen fehlt, Herr Kapitän?« fragte sie freundlich.

Hornblower verweilte einige Sekunden lang regungslos, bevor er den Kopf schüttelte. Nein, er vermochte es ihr nicht zu erklären. Übrigens wußte er es selbst nicht recht, denn obwohl er zu den Menschen gehörte, die sich über ihr Innenleben Rechenschaft zu geben pflegen, hätte er doch nicht zuzugeben gewagt, daß er Vergleiche zwischen zwei Frauen angestellt hatte, von denen die eine kurz und gedrungen, die andere groß und schlank war; Vergleiche zwischen apfelrunden Wangen und einem klassischen Profil.

In der folgenden Nacht schlief Hornblower schlecht, und der sich daran anschließende Morgenspaziergang war nicht seinem eigentlichen Zweck geweiht. Er brachte es einfach nicht fertig, seine Gedanken den dienstlichen Fragen zuzuwenden; wie hoch sich die Wasser- und Lebensmittelvorräte beliefen, wie man die Mannschaften beschäftigen konnte, um keinen schädlichen Müßiggang einreißen zu lassen, wie sich die Witterungsverhältnisse gestalteten und welche Kurse zu steuern waren. Diese Dinge pflegte er sonst während der Frühstunden zu erledigen, um für den Rest des Tages als ein Mann zu erscheinen, der sich über seine Entschlüsse klargeworden war. Zeitweilig fühlte er sich so unglücklich, daß er überhaupt nicht zusammenhängend denken konnte, und dann wieder kämpfte er mit Gedankenbildern, deren Ungeheuerlichkeit ihn mit Abscheu erfüllte. Er fühlte sich versucht, der Lady Barbara den Hof zu machen; das wenigstens durfte er sich eingestehen. Er spürte ein brennendes Verlangen danach, das noch peinvoller wurde, wenn er daran dachte.

Ganz unerhört fand er selbst seinen Verdacht, daß Lady Barbara seine Annäherungsversuche vielleicht gar nicht zurückweisen würde. Es schien ihm unbegreiflich und dennoch möglich, wie die Entwicklungen eines wüsten Traumes. Er konnte womöglich sogar seine heiße Hand auf ihre kühle Brust legen; ein Gedanke war das, der ihm sonderbare Qualen bereitete. Seine Sehnsucht danach, sie zu umarmen, wurde zur Marter. Seit fast einem Jahr war er an Bord der *Lydia* eingesperrt, und ein ganzes Jahr unnatürlicher Lebensweise vermag merkwürdige Vorstellungen zu erwecken. Irgendwo, aber unmittelbar jenseits des Horizonts seiner Gemütsbewegungen, lauerten noch seltsamere Wahnbilder; dunkle Phantome der Vergewaltigung und des Mordes.

Und dennoch, während Hornblower solcherweise mit dem Wahnsinn spielte, beschäftigte er sich in unerträglicher Gründlichkeit mit anderem Für und Wider. Ob er Lady Barbara beleidigte oder ob die Verführung gelang, in jedem Fall spielte er mit dem Feuer. Die Familie Wellesley konnte ihn mit Leichtigkeit vernichten. Sie konnte bewirken, daß ihm das Kommando entzogen wurde und er für den Rest seines Daseins bei halbem Sold am Hungertuch nagte. Schlimmer noch, sofern ihre Rachsucht groß genug war, ließen sich in seinen dienstlichen Handlungen des letzten Jahres Vorwände für die Einleitung eines kriegsgerichtlichen Verfahrens finden, und das unter dem Druck der Wellesleys stehende Kriegsgericht konnte durchsetzen, daß er mit Schimpf und Schande davongejagt wurde, um fortan der kirchlichen Fürsorge zur Last zu fallen. Das schien ihm das Schlimmste zu sein, was ihm geschehen konnte – abgesehen vielleicht von einem Zweikampf mit tödlichem Ausgang –, und das Harmloseste war auch nicht viel besser. Wenn sich die Brüder Wellesley, was immerhin im Bereich der Möglichkeit lag, mit der Verführung ihrer Schwester abfanden und angesichts der vollendeten Tatsache die Angelegenheit irgendwie zu bereinigen suchten? . . . Aber nein, das war letzten Endes doch undenkbar. Er hätte sich von Maria scheiden lassen müssen, was nicht nur eines parlamentarischen Beschlusses bedurft, sondern auch fünftausend Pfund gekostet haben würde.

Eine Liebelei mit Lady Barbara hätte seinen beruflichen, gesellschaftlichen und wirtschaftlichen Ruin herbeiführen können. Und er wußte, daß er unzuverlässig wurde, sobald es sich um Wagnisse handelte. Als er damals die *Lydia* bis auf Schußweite an die *Natividad* hatte heranpullen lassen, um den Entscheidungskampf durchzufechten, da war das ein solches Wagnis gewesen, daß ihm noch heute bei der bloßen Erinnerung daran ein gelinder Schauder über den Rücken lief. Wagnisse und Gefahren lockten ihn, obwohl er sich der Torheit, sich ihnen auszusetzen, vollauf bewußt war. Und er wußte, daß auch der Gedanke an das Wagnis ihn nie davon abhielt, eine einmal begonnene Tat vorzeitig abzubrechen. Selbst in diesem Augenblick, da er kaltblütig darüber nachdachte, war etwas gefährlich Faszinierendes in der Vorstellung, die gesamte Familie Wellesley vor den Kopf zu stoßen und sich dann den Folgen ihrer Erbitterung auszusetzen.

Und dann wurden alle diese kühlen Erwägungen wieder von einer Welle heißer Leidenschaft davongespült, als er an sie dachte, an ihre schlanke, süße Gestalt, an ihre verständnisvolle und liebreiche Art. Er bebte vor Erregung, das Blut hämmerte in seinen Adern, und verworrene Bilder vereinigten sich in seinem Denken zu einem phantastischen Ganzen. Er stand an der Reling und starrte blicklos über das blaue Meer, auf dem Flecken goldgelben Tangs trieben, und er empfand nichts als den wilden Aufruhr seines Blutes und seiner Gedanken. Als sich sein Puls schließlich wieder beruhigt hatte und er sich umdrehte, um das Auge über das Schiff schweifen zu lassen, erkannte er jede Einzelheit in eigentümlicher Schärfe, und gleich darauf war er wirklich froh, daß er seine Selbstbeherrschung wiedergefunden hatte, denn Lady Barbara erschien. Sie lächelte heiter, wie sie es immer tat, wenn die Sonne schien, und bald befand er sich im Gespräch mit ihr.

»Ich habe in der vergangenen Nacht allerlei geträumt«, sagte Lady Barbara.

»Wirklich?« meinte Hornblower verlegen. Auch er hatte geträumt.

»Ja«, begann Lady Barbara wieder. »Meistens träumte ich von Eiern; von Spiegeleiern und dick mit Butter bestrichenen Scheiben weißen Brotes; von reichlich mit Sahne gemischtem Kaffee; von gedünstetem Kohl. Bis zum Spinat verstiegen sich meine Phantasien nicht, aber beinahe hätte es noch junges Karottengemüse gegeben. Nun, und heute morgen brachte mir Hebe meinen schwarzen Kaffee mit dem von Maden bevölkerten Maisbrot, und Polwheal läßt fragen, ob ich zum Mittagessen Rindfleisch oder

Schweinefleisch haben will. Ich glaube, daß ich heute mit dem siebenten Bruder jenes Schweines anfange, von dem ich die Koteletts zuerst in Panama kostete. Ich kenne die Rasse nachgerade.«

Während sie so plauderten, zeigte Lady Barbara lachend die weißen Zähne, die sich von ihrer bräunlichen Gesichtsfarbe abhoben, und dieses Lachen war es, das Hornblowers Leidenschaft für ein Weilchen dämpfte. Er empfand Mitleid mit ihr. Die lange Reise brachte es mit sich, daß jedermann von frischer Nahrung träumte, aber ihre natürliche Art wirkte auf Hornblowers Gemütszustand, als habe jemand die Fenster eines ungelüfteten Zimmers aufgerissen. Dem Gespräch über das Essen war es zu danken, daß die Krisis nochmals um einige Tage hinausgeschoben wurde, indessen die *Lydia*, den Südostpassat ausnutzend, der Insel St. Helena zustrebte.

Und dann flaute es ausgerechnet an jenem Abend ab, als der Ausguck hart voraus eine vom letzten Tageslicht beleuchtete Bergspitze über den Horizont ragen sah. Der Ruf »Land voraus!« verriet Hornblower, daß er abermals ein Glanzstück der Navigation vollbracht hatte. Der Wind, der schon den ganzen Tag hindurch immer schwächer geworden war, schlief mit Sonnenuntergang völlig ein, gerade als die *Lydia* binnen weniger Stunden hätte ihr Ziel erreichen können. Von Deck aus war noch kein Land zu sehen. Wie Gerard sich Lady Barbara gegenüber ausdrückte, mußte sie sich mit der Nähe der Insel begnügen, bis es dem Wind wieder einfiel, zu blasen. Ihre Enttäuschung darüber, daß sie noch nicht so bald zum Genuß der versprochenen Spiegeleier kommen sollte, war so lebhaft, daß Crystal nach vorn eilte, um sein aufgeklapptes Messer in den Untermast des Großtopps zu stoßen. Das sei ein sicheres Mittel, um Wind zu schaffen, und falls es durch irgendeinen unglücklichen Zufall versagen sollte, so werde er alle Schiffsjungen gemeinsam so lange pfeifen lassen, bis solche Unklugheit die in der Tiefe schlummernden Stürme weckte. Diese Verzögerung der Ankunft aber führte bei Hornblower in überstürzter Weise die Krisis herbei, denn unzweifelhaft fürchtete er im geheimen, daß das Anlaufen St. Helenas unerwünschte Veränderungen an Bord verursachen könnte. Andererseits geschah alles zwangsläufig, wenn auch einige Zufälligkeiten zusammentrafen und das ihrige dazu beitrugen, daß die Sache gerade an diesem Abend geschah. Ein Zufall war es, daß Hornblower die im Dämmerdunkel liegende Kajüte betrat, da er Lady Barbara an Oberdeck wähnte, wie es auch ein Zufall war, daß seine eine Hand ihren bloßen Arm streifte, während er zwischen dem Tisch und dem Wandschrank stand. Er bat um Entschuldigung wegen der verursachten Störung, aber dann hielt er sie bereits in den Armen, und immer wieder küßten sie sich leidenschaftlich. Ein Überholen des Schiffes zwang ihn dazu, sie loszulassen. Sie sank auf die sofaartige Backskiste und lächelte ihm zu, so daß er neben ihr niederkniete und das Haupt an ihrer Brust barg. Sie strich ihm über das lockige Haar, und sie küßten einander, als könnten sie niemals genug bekommen.

»Liebster«, flüsterte sie. »Liebster . . .«

Es war schwer für sie, ihre Liebe in Worten auszudrükken. »Wie schön deine Hände sind«, sagte sie, während sie seine Linke auf ihre offene Handfläche legte und die langen, schlanken Finger spielen ließ. »Ich liebe sie, seit ich sie in Panama zum ersten Male sah.«

Hornblower selbst hatte seine Hände bisher immer knochig und häßlich gefunden. Die Linke zeigte zudem den eingebrannten Pulverstreifen, den er beim Entern der *Castilla* davongetragen hatte. Heimlich vergewisserte er sich durch einen Blick, daß sie ihn nicht verspottete, und dann küßte er sie wieder voller Inbrunst. Ihre Lippen waren so kußfreudig. Glich es nicht einem Wunder, daß sie sich küssen ließ? Abermals wurden sie beide von ihrer Leidenschaft überwältigt.

Hebes Eintreten ließ sie sich trennen. Zum mindesten sprang Hornblower auf, um nun bolzengerade und befangen dazusitzen, indessen Hebe sie grinsend mit schlauem Gesichtsausdruck musterte. Für Hornblower war es ein furchtbar peinlicher Vorfall, daß ein Kommandant sich an Bord seines eigenen Schiffes und sozusagen im Dienst bei einem Schäferstündchen ertappen ließ. Es mußte das nicht nur als ein Verstoß gegen die Kriegsartikel, sondern überhaupt als unwürdig, disziplinschädigend und gefährlich bezeichnet werden. Lady Barbara blieb völlig gelassen.

»Geh hinaus, Hebe. Ich brauche dich noch nicht.«

Sie wandte sich wieder Hornblower zu, aber der Zauberbann war gebrochen. Er hatte sich in einem neuen Licht gesehen, wie er sich heimlicherweise mit einem weiblichen Passagier in ungebührliche Dinge einließ. Heiß stieg ihm die Röte ins Gesicht. Wütend war er über sich selbst, und dabei fragte er sich, was wohl der Wachhabende droben und der Rudergänger durch das offene Skylight von dem Gemurmel verstanden haben mochten.

»Was sollen wir nun tun?« fragte er zaghaft.

»Tun?« wiederholte sie. »Wir haben einander gefunden, und uns gehört die ganze Welt. Wir werden tun, was uns paßt.«

»Aber ...«, begann er und setzte dann nochmals an: »Aber ...«

Mit wenigen Worten hätte er ihr die Unmöglichkeit der Lage darlegen wollen, in die sie zu geraten drohten. Wie ein kaltes Fieber kam es über ihn. Er hätte ihr auseinandersetzen mögen, wie sehr er die schlecht bemäntelte Belustigung Gerards, die geradezu taktlos taktvolle Zurückhaltung Bushs fürchtete. Ein Kriegsschiffskommandant sei durchaus nicht sein eigener Herr, wie sie sich das einzubilden scheine, aber er erkannte, daß es hoffnungslos war. Er vermochte lediglich zu stammeln. Sein Gesicht war abgewandt, und seine Hände zuckten. In seinen wahnsinnigen Träumen hatte er natürlich aller dieser praktischen Einzelheiten nicht gedacht. Lady Barbara berührte sein Kinn und veranlaßte ihn dazu, sie anzusehen.

»Liebster, was bedrückt dich? ... Sage es mir doch.«

»Ich bin ein verheirateter Mann«, sagte er, feige ausweichend

»Das weiß ich. Kann das ... unser Tun beeinflussen?«

»Überdies ...« Wiederum ruderte er hilflos mit den Händen, weil er alle seine Zweifel nicht auszudrücken vermochte. »Hebe ist zuverlässig«, sagte sie leise. »Sie verehrt mich; auch würde sie es nicht wagen, indiskret zu sein.«

Nun erst sah sie seinen Gesichtsausdruck, und da stand sie mit einem Ruck auf. Sie empfand Hornblowers Benehmen als eine tödliche Beleidigung ihres angesehenen Geschlechts. So verschleiert auch ihr Angebot gewesen sein mochte, es war abgelehnt worden. Kalter Zorn erfüllte sie jetzt.

»Bitte, Herr Kapitän, wollen Sie die Güte haben, jene Tür für mich zu öffnen!«

Mit der ganzen Würde, die der Tochter eines Earls zustand, rauschte sie aus der Kajüte, und falls sie in der Stille ihrer Kammer weinte, so erfuhr Hornblower doch nichts davon. Er ging hastigen Schrittes droben an Deck hin und her, hin und her. Das also war das Ende seiner hochfliegenden Träume! So also erwies er sich als Mann, dem Gefahr und Wagnis einen Plan nur reizvoller machten. Wahrhaftig, ein feiner Herzensbrecher war er, ein richtiger Teufelskern! In seinem Schamgefühl verhöhnte er sich, weil er, der sich ausgemalt hatte, wie er der ganzen Sippe der Wellesley hatte Trotz bieten wollen, aus Furcht vor dem Spott Gerards zurückwich.

Es hätte übrigens noch alles gut werden können. Wenn die Flaute einige Tage angehalten hätte, so daß Lady Barbara imstande gewesen wäre, ihren Zorn zu vergessen und Hornblower seine Bedenken, dann könnte sich wohl mehr ereignet haben. Vielleicht hätte es einen aufsehenerregenden gesellschaftlichen Skandal gegeben. Das Schicksal wollte es indessen, daß gegen Mitternacht ein wenig Wind aufkam – vielleicht war er durch Crystals Messer angelockt worden –, und gleich darauf erschien Gerard, um sich nach den Befehlen des Kommandanten zu erkundigen. Abermals durfte Hornblower nicht die öffentliche Meinung unberücksichtigt lassen. Er konnte auch nicht den Gedanken an das Mißtrauen und die heimlichen Fragen ertragen, die zweifellos dann spürbar geworden wären, wenn er ungeachtet des günstig wehenden Windes das Schiff auf anderen Kurs gelegt und auf ein Anlaufen St. Helenas verzichtet haben würde.

3

»Da liegen ja verteufelt viel Schiffe«, meinte Bush, durchs Glas spähend, als im Dämmerlicht die Reede vor ihnen lag. »Kriegsschiffe, Sir; keine Indienfahrer . . . Doch, ein paar Indienfahrer sind auch dabei. Und ein Dreidecker liegt dort! Wahrhaftig, es ist die gute alte *Temeraire*, und die Konteradmiralsflagge weht am Stock. Scheint das Rendezvous für den nach England fahrenden Geleitzug zu sein, Sir.«

»Mr. Marsh soll kommen«, sagte Hornblower.

Na ja, es würde Salut geschossen, und es würden Besuche gemacht werden müssen. Unwiderstehlich zog ihn jetzt der Dienstbetrieb des größeren Verbandes in seinen Bann. Für die nächsten Stunden würde er viel zu beschäftigt sein, ein Wort mit Lady Barbara zu sprechen, sofern sie ihm solche Unterredung überhaupt zugestanden haben würde. Er wußte nicht recht, ob er sich über diese Wendung der Dinge freuen oder ärgern sollte.

Die *Lydia* setzte ihr Erkennungszeichen, und der Donner der Salutschüsse begann langsam über die Bucht zu rollen. Hornblower hatte seine verblichene Paradeuniform angelegt – den abgetragenen blauen Rock mit den blindgewordenen Epauletten, den schäbigen weißen Kniehosen und den Seidenstrümpfen, deren unzählige ›Leitern‹ Polwheal notdürftig zusammengezogen hatte. Der Hafenoffizier kam und erhielt die Bescheinigung, daß keine ansteckenden Krankheiten an Bord herrschten. Einige Augenblicke später polterte der Anker aus der Klüse, und Hornblower ließ den Kutter klarpfeifen, um sich zum Flaggschiff übersetzen zu lassen. Er begab sich gerade ins Boot, als Lady Barbara an Oberdeck erschien. Nur für Sekunden konnte er beobachten, wie sie erfreut zu den grünen Hängen hinüberschaute und erstaunt die große Zahl der ankernden Schiffe gewahrte. Es trieb ihn, stehenzubleiben und sie anzureden, aber wiederum zwang ihn die Notwendigkeit seiner Stellung, darauf zu verzichten. Auch durfte er sie nicht mitnehmen. Kein Kapitän konnte eine dienstliche Besuchsfahrt mit einer Dame beginnen, selbst wenn spätere Erklärungen erwiesen haben würden, daß es sich um eine Wellesley handelte.

Mit gleichmäßigem Schlag näherte sich der Kutter der *Temeraire.*

»Lydia«! schrie der Bootsmann als Antwort auf den Anruf. Dabei hielt er vier Finger empor, um die Anwesenheit eines Fregattenkapitäns anzudeuten und dem wachhabenden Offizier zu ermöglichen, den vorschriftsmäßigen Empfang vorzubereiten.

Sir James Saumarez empfing den Kapitän Hornblower auf der Heckgalerie seines Flaggschiffes. Er war ein hochgewachsener, schlanker Mann von noch jugendlichem Aussehen, das allerdings einige Einbuße erlitt, als er, den Hut lüftend, sein schneeweißes Haar enthüllte. Höflich nahm er Hornblowers dienstliche Meldung entgegen. Seine vierzigjährige Dienstzeit, von der er die letzten sechzehn Jahre in einem endlosen Krieg verbracht hatte, ließen ihn manches von den wilden Abenteuern erraten, die Hornblower bei diesem mündlichen Bericht nicht eingehender schilderte, aber in seinen streng dreinblikkenden blauen Augen leuchtete etwas wie Anerkennung, als er erfuhr, daß die *Lydia* in hartem Kampf einen Zweidecker von fünfzig Kanonen versenkt hatte.

»Sie können sich dem Geleitzug anschließen«, sagte er zum Schluß. »Ich verfüge nur über zwei Linienschiffe und über keine einzige Fregatte, um die ganze von Ostindien kommende Gesellschaft nach Hause zu bringen. Eigentlich hätte die Regierung mittlerweile die Notwendigkeit, Fregatten bei so etwas einzusetzen, erkennen können, denn der Krieg begann doch bereits im Jahre dreiundneunzig. Meinen Sie nicht auch? Sie bekommen noch heute vormittag Ihre schriftlichen Befehle. Aber nun, Herr Kapitän, machen Sie mir vielleicht das Vergnügen, an einem Frühstück teilzunehmen, das ich gerade geben will.«

Hornblower wies darauf hin, daß es seine Pflicht sei, sich beim Gouverneur zu melden.

»Seine Exzellenz ist mein Gast«, sagte der Admiral.

Hornblower wußte, daß es sich nicht schickte, Bedenken gegen die Einladung eines höheren Vorgesetzten zu erheben, aber er befand sich in einer Zwangslage.

»An Bord der *Lydia* befindet sich eine Dame, Sir«, sagte er, und als Sir James die Brauen emporzog, begann er schleunigst die Gegenwart der Lady Barbara zu erklären.

Der Admiral pfiff leise.

»Eine Wellesley! . . . Und Sie haben sie mit ums Kap Hoorn genommen? Das muß ich gleich der Lady Manningtree erzählen.«

Eilig begab er sich mit Hornblower in die geräumige Admiralskajüte. Neben dem langen, mit einem blütenweißen Tuch bedeckten, reich mit Kristall und Silber geschmückten Tisch stand eine kleine Gruppe lebhaft plaudernder und sehr eleganter Gäste. Der Admiral stellte hastig vor – Seine Exzellenz der Herr Gouverneur nebst Gattin; Earl und Countess Manningtree, Sir Charles und Lady Wheeler.

Lady Manningtree war eine kleine, dickliche Frau, deren Gutmütigkeit aus jedem Zug ihres Gesichtes sprach. Sie zeigte durchaus nichts von der vornehmen Zurückhaltung, die man vielleicht von der Gattin eines gerade auf der Heimreise befindlichen Generalgouverneurs von Indien hätte erwarten dürfen, dessen Dienstzeit abgelaufen war. »Herr Kapitän Hornblower hat Lady Barbara Wellesley mit von Darien herübergebracht«, sagte Sir James, worauf er sich in erklärenden Einzelheiten verlor. Ganz entsetzt hörte Lady Manningtree zu.

»Und Sie haben sie drüben gelassen auf dem kleinen Schiff?« rief sie. »Das arme Kind! Keinen Augenblick darf sie länger dort bleiben! Sofort fahre ich hin, um sie zu holen. Sir James, Sie müssen mich entschuldigen. Ich habe keine Minute lang Ruhe, bis ich sie an Bord der *Hanbury Castle* in der mir benachbarten Kabine untergebracht habe. Bitte, wollen Sie die Güte haben, mir ein Boot zur Verfügung zu stellen, Sir James.«

Eine Flut von Entschuldigungen und Erklärungen hervorsprudelnd, in die sich allerlei vorwiegend an Hornblowers Adresse gerichtete tadelnde Bemerkungen mischten, verließ sie mit flatternden Röcken die Admiralskajüte.

»Wenn Frauen das Kommando übernehmen«, murmelte Sir James philosophisch, nachdem sich die Tür hinter ihr geschlossen hatte, »dann tun die Männer gut daran, beiseite zu treten. Bitte, wollen Sie hier Platz nehmen, Herr Kapitän?«

Sonderbarerweise konnte Hornblower fast nichts von dem köstlichen Frühstück genießen. Es gab himmlische Hammelkoteletts; es gab Kaffee mit frischer Milch; es gab Weizenbrot, Butter, Obst und Gemüse; alle jene Dinge, von denen Hornblower geträumt hatte, wenn seine Gedanken nicht von Lady Barbara in Anspruch genommen wurden, und nun konnte er nur hin und wieder einen Bissen herunterbringen. Zum Glück blieb seine Appetitlosigkeit unbeachtet, weil er vollauf beschäftigt war, die auf ihn einstürmenden Fragen nach Lady Barbara, den im Stillen Ozean erlebten Abenteuern, der Umsegelung des Kap Hoorn und wieder nach Lady Barbara zu beantworten.

»Ihr Bruder tut große Dinge in Spanien«, sagte Sir James.

»Nicht der ältere, der Marquis, sondern Arthur, der seinerzeit die Schlacht bei Assaye gewann. Glänzend gerechtfertigt ging er damals aus den kriegsgerichtlichen Verhandlungen hervor. Jetzt hat er den Soult aus Portugal verjagt, und als ich Lissabon verließ, befand er sich in unaufhaltsamem Vormarsch auf Madrid. Seit Moore fiel, ist er der aussichtsreichste Soldat der Armee.«

Lady Wheeler räusperte sich. In gewissen Kreisen der anglo-indischen Gesellschaft war der Name Wellesley noch immer verfemt. »Ich nehme an, daß diese Lady Barbara erheblich jünger ist als er. Ich erinnere mich, sie in Madras gesehen zu haben, aber da war sie fast noch ein Kind.«

Augen richteten sich auf Hornblower, aber der herzensgute Lord Manningtree enthob ihn der Verlegenheit, sich über Lady Barbaras Alter äußern zu müssen.

»Sie ist kein Kind«, erklärte er mit Nachdruck. »Sie ist eine sehr begabte junge Dame. Schon in Indien hat sie ein Dutzend beachtenswerter Anträge abgewiesen, und Gott weiß, wie viele inzwischen noch dazugekommen sind.«

Aber Lady Wheeler räusperte sich abermals.

Hornblower hatte den Eindruck, daß dieses Frühstück kein Ende nehmen würde, und so war er froh, als sich die Gesellschaft schließlich doch zum Aufbruch anschickte. Der Gouverneur benutzte die Gelegenheit, um einige, die Verproviantierung der *Lydia* betreffende Fragen mit ihm zu besprechen; noch immer ließen ihn die dienstlichen Verpflichtungen nicht los. Es war dringend notwendig für ihn, an Bord seines Schiffes zurückzukehren. Er entschuldigte sich bei Sir James und verabschiedete sich von den Gästen.

Noch lag die Admiralsbarkaß unter der Fockrüst der *Lydia*, als Hornblower die Fregatte erreichte. Die Bootsmannschaft trug scharlachrote Röcke und Hüte mit goldenen Litzen. Hornblower hatte Fregattenkapitäne gekannt, die ihre Gigmannschaft ebenfalls in Phantasieuniformen steckten, aber das waren reiche Leute gewesen, die Glück mit dem Erwerb von Prisengeldern gehabt hatten; nicht solche Habenichtse wie er. Er begab sich an Bord. Beim Fallreepspodest türmte sich Lady Barbaras Gepäck und wartete darauf, in die Barkaß geschafft zu werden. Aus der achteren Kajüte tönte das Schwatzen weiblicher Stimmen herauf. Lady Manningtree und Lady Barbara saßen dort in eifrigem Gespräch. Offenbar gab es so viel zu erzählen, daß man damit nicht warten konnte, bis man die *Hanbury Castle* erreicht hatte. Ein fesselndes Thema hatte zum anderen geführt, so daß die beiden Damen alles um sich herum vergaßen; die Barkaß, das wartende Gepäck und sogar das Frühstück.

Offensichtlich hatte Lady Barbara aus ihrem großen Gepäck, zu dem sie jetzt gelangt war, einige neue Kleidungsstücke ausgepackt. Sie trug eine Robe, die Hornblower noch nicht kannte, einen neuen Hut und einen neuen Schleier. Nun war sie wieder ganz die große Dame. Als sie sich erhob, kam es dem überraschten Hornblower so vor, als sei sie in der Zwischenzeit um mehrere Zoll gewachsen. Sein Erscheinen war das Signal zum Aufbruch.

»Lady Barbara hat mir schon alles, was Ihre Reise betrifft, erzählt«, sagte Lady Manningtree, die sich gerade die Handschuhe zuknöpfte. »Sie verdienen unendlichen Dank dafür, daß Sie sich ihrer in so ungemein fürsorglicher Weise angenommen haben.«

Die gutherzige alte Dame gehörte zu den Menschen, die nie etwas Schlechtes denken können. Sie sah sich in der engen und häßlichen Kajüte um.

»Dennoch denke ich, daß es höchste Zeit für sie geworden ist, wieder ein wenig mehr Bequemlichkeit zu genießen, als Sie ihr hier bieten können, Herr Kapitän«, setzte sie hinzu. Hornblower brachte es fertig, ein paar Worte zu murmeln, die sich auf die vortrefflichen Einrichtungen der für die Aufnahme von Passagieren bestimmten, luxuriösen Ostindienfahrer bezogen.

»Selbstverständlich will ich Ihnen damit keine Schuld beimessen, Herr Kapitän«, beeilte sich Lady Manningtree zu versichern. »Ich finde Ihr Schiff sogar wunderschön. Eine Fregatte ist es, nicht wahr? Aber schließlich wurden Fregatten niemals gebaut, um Frauen zu befördern, und damit ist bereits alles gesagt. Nun müssen wir uns aber verabschieden, Herr Kapitän. Ich hoffe, daß wir später das Vergnügen haben werden, Sie an Bord der *Hanbury Castle* empfangen zu dürfen. Während der höchst langweiligen Heimreise wird sich dazu sicherlich öfter Gelegenheit bieten. Auf Wiedersehen, Herr Kapitän.«

Hornblower verneigte sich und ließ sie an sich vorübergehen. Dann folgte Lady Barbara.

»Leben Sie wohl«, sagte sie. Hornblower beantwortete ihren Knicks mit einer abermaligen Verbeugung. Er sah sie dabei an, konnte indessen merkwürdigerweise keine Einzelheiten ihres Gesichtes erkennen, das er nur als etwas Helles empfand.

»Ich danke Ihnen für all Ihre Güte«, sagte Lady Barbara. Die Barkaß legte ab und glitt unter gleichmäßigen Schlägen davon. Auch sie verschmolz vor Hornblowers Augen zu einem undeutlichen Gemisch von Rot und Gold. Plötzlich stand Bush neben ihm.

»Der Verpflegungsoffizier signalisiert, Sir.«

Dienstliche Pflichten ergriffen wieder Besitz von Hornblowers Aufmerksamkeit. Als er den Blick von der Barkaß wandte, um sich in seine Aufgaben zu vertiefen, fiel ihm ganz unvermittelt ein, daß er in etwa zwei Monaten Maria wiedersehen sollte. Und ehe der Gedanke ihm entglitt, verspürte er ein unbestimmtes freudiges Empfinden. Er fühlte, daß er mit Maria glücklich sein werde. Hell schien die Sonne auf ihn nieder, und vor ihm erhoben sich die steilen, grünen Hänge der Insel St. Helena.